La fuite de Pénélope

Madeline Hunter

La fuite de Pénélope

Traduit de l'américain
par Corrèze Maica

J'AI LU

Titre original :

THE ROMANTIC
Published by Bantam Dell, a division of Random House, Inc.

1

Rien n'est plus dangereux, pour un célibataire, qu'une femme heureuse en mariage.

Car aux yeux de cette épouse comblée, un homme sans attaches qui a du bien et une bonne situation est semblable à une belle maison inhabitée. Plus l'union de cette femme est heureuse, plus elle est convaincue qu'il faut donner une maîtresse à cette maison célibataire. Elle est persuadée que cette maison-là serait beaucoup plus heureuse si elle était remplie de cris d'enfants, comme la sienne.

C'est pour cette raison qu'au dîner de la vicomtesse de Laclere, Julian Hampton se retrouva assis près d'une certaine Mme Morrison, une jolie veuve très bavarde. La vicomtesse, nota-t-il vaguement, semblait garder un œil sur eux.

— Vous devez avoir un métier fascinant, monsieur Hampton, déclara la belle veuve lorsqu'elle en eut terminé avec le compte rendu fort détaillé de ses vacances d'été à Brighton.

— À vrai dire, le métier de notaire est assez ennuyeux.

C'était faux, mais aucune Mme Morrison au monde n'aurait compris pourquoi il aimait son métier.

Elle éclata de rire et se tourna tout à fait vers lui.

— J'ai du mal à croire que vous fassiez quoi que ce soit d'ennuyeux, monsieur Hampton, répliqua-t-elle avec un regard appuyé.

— Je vous assure que je suis un être fort banal. Je m'ennuie moi-même tellement que j'ai de la peine à rester éveiller.

— Eh bien, moi, vous ne m'ennuyez pas, ripostat-elle avec un sourire plein de sous-entendus.

Julian s'interrogeait : pourquoi diable la vicomtesse avait-elle choisi de lui jeter à la tête cette jeune femme gracieuse, volubile et sans esprit ? Sous prétexte qu'il ne s'était lié à aucune des candidates séduisantes et intelligentes qu'elles lui avaient présentées, la vicomtesse et ses amies en avaient-elles conclu qu'il ne voulait pas de compagne intéressante ?

Enfin, puisque lady Laclere avait ouvert son salon à une femme fort éloignée du cercle de ses amis, juste pour lui faire plaisir, il se fit un devoir d'évaluer sérieusement les qualités de Mme Morrison. Elle était plus que jolie, et sans doute très agréable au lit, s'il en jugeait par sa gorge charmante révélée par un généreux décolleté. Belle, soumise, dotée d'une confortable fortune, elle était parfaite pour un homme désireux de s'assurer un foyer tranquille.

Malheureusement, ce n'était pas son cas.

Il la questionna poliment sur son jeune fils et elle répondit avec l'enthousiasme propre à toutes les mères. Mais pendant qu'il écoutait les récits des facéties et des exploits du jeune garçon, il composait mentalement une lettre à la vicomtesse Laclere.

Très chère lady Laclere,

Je vous suis infiniment reconnaissant de vous soucier de mon bonheur futur. Le défilé de candidates au mariage que vous avez organisé à mon intention ces derniers mois m'impressionne par sa variété. Je suis touché, non, ému par tant de prévenance de votre part. Cependant je regrette de vous informer, bien chère amie, que vos efforts sont vains, comme le sont ceux de la duchesse d'Everdon, et ceux, plus subtils, de Mme Saint-John. Je ne me marierai pas. Par conséquent, je vous demande très respectueusement de me libérer du rôle de bon parti que vous m'avez fait endosser jusqu'à présent.

Votre serviteur et célibataire endurci...

— La conversation de votre voisine de gauche ne vous intéresse pas ?

La voix basse et sensuelle provenait de la jeune femme assise à la droite de Julian.

La *señora* Perez était aussi une femme mariée, et dangereuse à sa façon, quoique de manière différente de la vicomtesse. C'était l'épouse de Raoul Perez, un diplomate vénézuélien venu vivre à Londres pour promouvoir les intérêts économiques de son pays. Ce dîner étant censé célébrer la récente adoption de la loi abolissant l'esclavage dans tout l'Empire britannique, la vicomtesse de Laclere n'avait pas manqué de l'inviter ainsi que son épouse. C'était en effet un événement très important pour tous les peuples des Amériques.

Depuis le début du repas, Julian avait tenté d'ignorer le fait que cette femme lui faisait comprendre qu'elle trouvait les belles maisons inhabitées fort à son goût.

— Vous parlez remarquablement bien l'anglais, remarqua-t-il sans répondre à son commentaire. C'est d'autant plus étonnant que vous n'avez rejoint votre mari à Londres que depuis peu.

— Oh, mais cela fait des années que j'étudie votre langue et vos coutumes ! Il n'était pas question de venir ici tant que je n'aurais pas maîtrisé votre langue. Je voulais que Raoul soit fier de moi, surtout à des réceptions comme celle-ci.

— Vous y avez admirablement réussi.

Elle sourit et entreprit d'évoquer son professeur, à Caracas. Mais Julian ne l'écoutait que d'une oreille, imaginant les eaux d'un bleu transparent et les plages de sable blanc du pays de la jeune femme. Des bateaux de pirates dansaient sur les vagues tandis que des hommes traînaient leur butin vers le rivage, sous le regard de femmes à la peau ambrée vêtues de robes multicolores et...

— Vous n'êtes pas trop porté sur les relations sociales, n'est-ce pas, monsieur Hampton ?

La voix rauque de la señora Perez était rendue plus chaude encore par son léger accent espagnol. Ses yeux sombres et rieurs, sa peau mate, son allure exotique contrastaient avec sa robe du soir bleue, d'une austérité toute britannique.

— C'est que je n'ai pas la chance de me sentir à l'aise dans des situations que la plupart des gens apprécient.

— Ce n'est pas vrai, monsieur Hampton. Je vous ai observé dans le salon. Vous n'êtes pas mal à l'aise ; cela ne vous intéresse pas, tout simplement. On doit souvent se méprendre sur votre réserve. Cela dit, vous ne vous souciez sans doute pas non plus de ce que l'on pense de vous.

— On se méprend sur mon attitude ? Moi qui croyais passer complètement inaperçu.

— Les hommes vous trouvent fier, et tout aussi ennuyeux que vous prétendez l'être.

— Ils ont peut-être raison sur ces deux points.

— En ce qui concerne les femmes... c'est différent. Elles se demandent ce qui se passe dans votre tête, et ce qui se cache sous cette carapace d'indifférence. Et aussi ce que vous pensez lorsque vous contemplez notre dérisoire comédie humaine.

Il émanait de cette femme une sensualité à laquelle aucun homme, quelle que soit l'armure qu'il s'était forgée, ne pouvait rester insensible. D'autant qu'à la manière propre à sa culture, la señora Perez le dévisageait sans réserve, ses prunelles de braise révélant un tempérament volcanique.

— C'est ce que vous vous demandez, madame ?

— En effet.

— Vous plairait-il de connaître la vérité ? De savoir les pensées qui m'occupent tandis que je demeure silencieux ?

— J'en serais ravie.

Il pencha la tête de côté d'un air songeur.

— Je pense à…

— Oui ?

— Je pense au menu de mon dîner du lendemain.

Elle baissa à demi ses lourdes paupières.

— Je tiens pour un grand triomphe que vous daigniez me taquiner ainsi, monsieur Hampton. Je comprends très bien les hommes tels que vous. Votre réserve est semblable à celle de mon peuple, pour qui le silence peut être une forme de magnétisme… Avec le temps, je pourrais vous amener à me révéler toutes vos pensées. Avec quelques encouragements appropriés.

Et elle lui fit sur-le-champ comprendre ce qu'elle entendait par là en pressant sa jambe contre la sienne, sous la table.

Julian but une gorgée de vin et regarda lady Laclere à la lumière dansante des chandelles.

Très chère vicomtesse,

Votre hospitalité m'a comblé, ce soir. Il est rare en effet qu'un homme quitte sa maison pour se retrouver au bout de quelques heures assis entre une veuve accorte dotée d'une jolie fortune et une maîtresse potentielle d'une indubitable sensualité. Les occasions que vous m'offrez sont vraiment très généreuses. Malheureusement, elles impliquent que je choisisse entre une vie mortellement ennuyeuse et un mari furieux deman-

dant réparation. Par conséquent, je pense qu'il vaut mieux que je renonce à l'une et l'autre de ces possibilités. Voilà pourquoi je refuse, non sans regret, ces deux offres.

Avec ma plus sincère gratitude, etc.

Julian Hampton

Ce soir-là, de retour dans sa maison de Russel Square, Julian s'assit à son bureau pour écrire une autre lettre. Une vraie, cette fois.

Les événements de la soirée le rendaient prolixe, et sa plume courait sur le papier. Il fallait absolument qu'il soulage l'agitation de son esprit avant qu'elle se transforme en amertume et en ressentiment.

Mon incomparable bien-aimée,

Cela fait sept mois que vous êtes partie et je crains que vous ne rentriez jamais. J'attends vos lettres si brèves et si rares tel un adolescent guettant désespérément la moindre preuve que vous vous rappelez son existence. J'espère que vous vous lasserez bientôt de cette terre étrangère où vous vivez à présent. Je relis vos missives des centaines de fois, cherchant le plus petit indice de votre retour prochain. La partie de mon esprit qui ne fait rien d'autre qu'attendre croît chaque jour, et bientôt il ne me restera plus de ressource pour accomplir mes tâches quotidiennes. Un seul mot, mon aimée, c'est tout ce que je demande. Un mot pour me faire savoir que vous ne resterez pas au loin pour toujours, et que j'aurai au moins votre présence et votre amitié, même si je ne pourrai jamais avoir votre passion et votre amour.

Il écrivit la dernière phrase avec lenteur. Il fallait pourtant bien admettre et formuler cette évidence. Ne s'était-il pas juré, il y a bien longtemps, de ne se faire aucune illusion en ce qui concernait cette femme ?

Il ne prit pas la peine de signer. Plus calme, à présent, et même étrangement serein, il contempla la lettre un long moment avant de la plier avec soin. Puis il ouvrit un tiroir dans lequel se trouvait un épais tas de lettres semblablement pliées. Certaines, comme celle-ci, avaient été écrites pour dissiper sa tristesse ou calmer une fureur explosive. D'autres contenaient des poèmes, ou des récits dans une langue bien plus riche que la prose dépourvue de romantisme de sa courte missive. Sur les feuilles au fond du tiroir, l'encre commençait déjà à changer de couleur, témoignant de leur ancienneté.

En fait, cela faisait des semaines qu'il n'avait rien ajouté à son tiroir. Pourquoi ce soir ? Pourquoi ce besoin d'écrire s'était-il emparé de lui lors de la réception, persistant malgré sa fatigue ?

Peut-être était-ce à cause de ces deux femmes, au dîner. D'ordinaire, cela lui était égal de ne pouvoir accepter ce que l'une et l'autre lui offraient, mais ce soir, il s'était senti frustré. Combien de temps encore pourrait-il jouer ce rôle d'amoureux transi ? Cela faisait des années, maintenant, qu'il soliloquait, qu'il espérait envers et contre tout. Son amour ne serait jamais payé de retour, et il était las d'être seul.

Au dîner, chacune à sa façon, ses voisines l'avaient tenté. Il lui avait même été difficile de résister à la señora Perez, et son excitation sexuelle n'avait fait qu'accroître sa colère. Il se calmerait en allant voir dès le lendemain une professionnelle qui ne demandait ni amour ni révélations. C'était l'exutoire qu'il avait choisi pour apaiser les tempêtes qui grondaient en lui. Mais n'était-ce pas un leurre ?

Il fixa la lettre qu'il tenait entre les doigts et une froide résolution s'empara de lui. Il allait la brûler, ainsi que toutes les autres. Il les détruirait, épouserait

Mme Morrison, aurait une liaison avec la señora Perez et mènerait enfin une vie normale. Il était trop vieux, à présent, pour écrire des lettres et des poèmes qu'il n'envoyait jamais.

Son regard se posa sur le tas de lettres, puis sur les flammes dans la cheminée.

— Monsieur ?

Comme Julian ne répondait pas, le domestique lui tapota doucement le bras. Julian sortit d'un rêve où il faisait des choses scandaleuses à la douce Mme Morrison. Mais comme elle n'arrêtait pas de parler, il ne fut pas mécontent d'être interrompu.

— Pardonnez-moi de vous avoir réveillé, monsieur, mais la dame en bas refuse de partir.

Le visage de son valet de pied flottait au-dessus du sien, fantomatique dans la lumière de sa lampe de chevet. Il affichait une expression désolée.

— De quoi diable parlez-vous, Batkin ?

— J'ai entendu frapper à la porte, monsieur. Oh, pas très fort, mais ma chambre donne sur la rue, et ma fenêtre était ouverte. Je suis descendu, et il y avait là une dame. Elle est entrée et maintenant elle ne veut plus partir.

Julian se redressa. Bien qu'il ait été tiré de son lit en pleine nuit, Batkin était habillé de pied en cap. Mais après tout, si un valet ne pouvait se rendre présentable très vite, qui le pourrait ? songea Julian en se réveillant tout à fait.

— Comment s'appelle-t-elle ?

— Elle n'a pas voulu le dire, monsieur. Elle prétend qu'elle doit vous parler sans attendre.

— A-t-elle un accent ?

Il était fort improbable que la señora Perez vienne le trouver au beau milieu de la nuit vu qu'il ne l'y avait pas encouragée. Mais qui sait ? Son rêve l'ayant laissé dans un état d'excitation indéniable, il espérait vaguement qu'elle aurait eu cette audace.

— Non, monsieur. Elle parle comme une lady britannique. Je ne pourrais pas décrire son visage, car elle porte une voilette. Elle prétend toutefois être l'une de vos clientes.

Julian s'assit au bord du lit. Il doutait fort qu'une de ses clientes ait un besoin à ce point urgent de le rencontrer. Mais si cette personne ne voulait pas partir, il n'avait pas le choix. Il devait aller lui parler.

— Faites-la patienter dans la bibliothèque, Batkin. Je m'habille et je descends.

Une demi-heure plus tard, Julian pénétra dans la bibliothèque, à la fois contrarié et intrigué.

La dame en question était assise sur le divan en face de la cheminée. En entrant, il ne vit que le haut de son chapeau vert sombre, couronné de plumes bleues, d'où tombait une voilette bleu nuit.

Il sut pourtant aussitôt de qui il s'agissait.

Il se sentit soudain en proie à une indicible euphorie.

La comtesse de Glasbury était de retour en Angleterre. Pénélope était enfin rentrée !

Une fois assise dans la bibliothèque, Pénélope soupira de soulagement. Mais ce dernier fut de courte durée. Très vite, elle éprouva des émotions contradictoires. Certes, elle était enfin hors de danger. Elle avait l'impression d'arriver au port après un dangereux voyage. Mais ce sentiment était troublé par une gêne et une inquiétude grandissantes. M. Hampton ne manquerait pas d'être choqué qu'elle déboule ainsi chez lui sans prévenir.

Après tout, elle avait fait intrusion chez un homme au milieu de la nuit ! Il avait le droit de considérer son comportement comme tout à fait scandaleux. Car M. Hampton avait beau être son confident et son conseiller, il était aussi célibataire.

C'était la première fois qu'elle voyait où il vivait. Il avait emménagé dans cette grande maison cinq ans auparavant, mais comme il n'invitait jamais personne, elle n'y était jamais entrée. De même qu'elle n'avait jamais pénétré dans l'appartement qu'il occupait avant.

Étrange, d'ailleurs, songea-t-elle soudain. Après tout, ils se connaissaient depuis l'enfance, ou presque. C'était l'ami de ses frères, et le notaire de la famille, et il assistait généralement aux réceptions que donnaient les Laclere. Mais sa vie privée demeurait un mystère. Tout comme lui-même était, à bien des égards, une véritable énigme.

Une grande aquarelle sur le mur de gauche attira l'attention de la jeune femme. En dépit de la faible lueur de la lampe, elle reconnut une étude de Turner. La facture romantique, brumeuse, était encore plus libre et plus informelle que dans ses peintures à l'huile.

Ce n'était pas le genre d'œuvre que l'on s'attendait à trouver chez M. Hampton. Considérant sa froide réserve, elle aurait imaginé qu'il préférait des œuvres plus classiques. Cependant, elle avait toujours eu le sentiment qu'il cachait beaucoup de choses, et cette aquarelle ne faisait que le confirmer. Julian Hampton, soupçonnait-elle, était comme un fleuve profond, traversé de courants invisibles. Le charme potentiellement dangereux de ces profondeurs l'avait souvent mise légèrement mal à l'aise.

Elle regarda autour d'elle, fascinée par l'univers qu'elle découvrait. Le divan était recouvert de coussins turcs et une longue peinture étroite, sans doute chinoise, décorait un pan de mur. M. Hampton avait-il choisi tout cela lui-même, ou bien étaient-ce des cadeaux de ses amis, Adrian Burchard et Daniel Saint-John, qui voyageaient à travers le monde ?

Pénélope était si absorbée dans la contemplation du décor qu'elle fut surprise en s'apercevant soudain qu'elle n'était plus seule. Une force vitale semblait avoir modifié l'atmosphère. Un calme indescriptible envahit la jeune femme, et comme chaque fois qu'elle se trouvait en présence de Julian Hampton, d'autres émotions affleurèrent en elle. Le bonheur. La peur. La mélancolie. Et autre chose encore, une sensation dérangeante qu'elle ne parvenait pas à nommer.

Elle se tourna vers la porte. Il se tenait sur le seuil, grand, brun, athlétique, vêtu comme s'il rentrait d'une réception même si elle devinait qu'elle l'avait tiré du lit.

Pourquoi n'avait-elle jamais remarqué à quel point il était beau ? C'était peut-être parce qu'elle ne l'avait pas vu depuis plus de six mois. Ses cheveux bruns, ses yeux sombres, ses traits réguliers lui donnaient un air très romantique. Son amie Diane Saint-John lui avait dit un jour qu'il avait l'allure d'un homme capable de s'exprimer en vers, s'il daignait toutefois parler...

Son expression était à la fois curieuse et sévère. Pénélope se rendit soudain compte que sa voilette dissimulait son visage. Il ne l'avait sans doute pas reconnue ! Elle s'adossa un instant au divan pour relever sa voilette.

— Madame la comtesse.

Il ne paraissait même pas surpris. Il l'avait reconnue et l'accueillait comme s'ils avaient eu rendez-vous.

Il s'avança. Toujours à demi tournée sur le divan, elle lui tendit la main. Il s'inclina pour y déposer un baiser et elle frissonna en sentant ses lèvres chaudes à travers le fin tissu de son gant.

— Je vous prie d'excuser mon intrusion à une heure aussi tardive, monsieur Hampton. Je sais que c'est très désinvolte de ma part, mais les événements ne m'ont pas laissé le choix et je ne savais où aller, ni qui d'autre consulter.

Il ne souriait pas facilement, mais pourtant, c'est ce qu'il fit. C'était un très beau sourire, d'autant plus éblouissant qu'il était empreint d'une réserve toute masculine. Pourquoi ne souriait-il pas plus souvent aux femmes ? Ignorait-il le trouble que cela provoquait chez ces dames ? Elle en avait le cœur battant, soudain, telle une adolescente à son premier rendez-vous.

— Vous m'auriez blessé si vous aviez songé une seule seconde à vous rendre ailleurs.

Il fit un geste de la main pour l'inviter à s'installer plus confortablement sur le divan. Elle finit de fixer sa voilette, tandis qu'il prenait place dans un fauteuil capitonné qu'il tourna légèrement pour lui faire face. Une fois assis, il dévisagea la jeune femme d'un regard perçant.

— J'ai demandé qu'on nous serve du thé, mais vous paraissez si désemparée… je me demande s'il ne vous faudrait pas une boisson plus forte.

Elle en aurait eu besoin une heure auparavant, mais plus maintenant.

— Non, merci. Le thé me convient parfaitement.

Comme il continuait à l'observer, l'embarras de la jeune femme s'accrut. Quelles conclusions tirait-il de son inspection ? Qu'elle paraissait son âge ? Qu'elle n'était même pas très jolie ? Peut-être se faisait-il des réflexions semblables aux siennes, comme tous les gens qui ne se sont pas vus depuis un certain temps.

— J'ignorais que vous étiez revenue en Angleterre.

Sa voix avait un timbre enchanteur. Depuis qu'elle était adolescente, elle adorait l'entendre parler.

— Laclere ne m'a rien dit, poursuivit-il.

— Mon frère ignore que je suis ici. Du reste, personne ne le sait dans ma famille. Cela fait seulement quelques jours que je suis rentrée, et j'étais descendue à l'Hôtel Milvert. Je pensais pouvoir m'y cacher en attendant de trouver une solution, mais je me trompais. Je suis certaine qu'on m'a reconnue aujourd'hui, en dépit de ma voilette. C'est pourquoi je suis venue vous trouver. Dès qu'on saura que je suis en Angleterre, je crains que ma situation ne devienne vraiment périlleuse.

Elle se tut, consciente de la nervosité de sa voix, si différente de celle, si calme, de son interlocuteur.

Il baissa les paupières, comme toujours lorsqu'il réfléchissait. Son intelligence l'avait protégée mieux que la meilleure des épées et elle savait qu'il mettrait tout en œuvre pour relever le défi qu'elle allait lui soumettre.

— Puisque vous avez risqué à la fois nos réputations et votre propre indépendance en venant ici ce soir, j'en déduis que vous avez grand besoin d'aide, madame. Dites-moi ce qui s'est passé.

Soudain, la peur et la contrariété envahirent de nouveau la jeune femme. Et puis, elle se sentait coupable. Coupable d'être si impuissante qu'elle avait dû risquer la réputation de Julian Hampton à des fins personnelles.

— Glasbury essaie de m'enlever, avoua-t-elle dans un souffle. Après toutes ces années, il veut que je revienne vivre avec lui et que je lui donne un héritier…

2

Le valet leur apporta le thé, et Pénélope se sentit confuse de faire travailler ce pauvre homme à une heure aussi indue. Dès que les tasses furent remplies, M. Hampton congédia le domestique. Ils étaient seuls, à présent, et elle pouvait parler librement.

Cependant, elle éprouvait une indubitable gêne. C'était vraiment ridicule. En tant que cliente, elle avait eu de nombreuses conversations privées avec M. Hampton. Mais l'heure, le lieu, l'atmosphère intime rendaient les choses différentes. Ce soir, elle était moins une cliente venue demander conseil qu'une femme qui avait eu l'audace de se présenter chez un homme en pleine nuit. La situation était plus que troublante.

Rien pourtant dans les manières de M. Hampton n'aurait dû faire naître un tel trouble. D'ailleurs, il n'était pas homme à laisser transparaître ses émotions. S'il était lui aussi conscient de l'inconvenance de cette rencontre, il n'en montrerait rien.

— Le comte m'a écrit à Naples alors que mon frère et Bianca s'y trouvaient encore, commença-t-elle. Peut-être Vergil vous en a-t-il parlé ?

— En effet. Mais il n'a pas dit que c'était la raison pour laquelle vous étiez restée à Naples alors qu'il rentrait en Angleterre avec lady Laclere.

— Quelle raison a-t-il donnée ?

— Il a laissé entendre que vous y trouviez la compagnie plus aimable pour une personne dans votre situation.

Elle s'empourpra.

C'était une façon courtoise de dire les choses. En fait, elle soupçonnait son frère, Vergil, vicomte de Laclere, d'avoir fait allusion aux hommes qui lui tournaient autour à Naples. Des admirateurs qui la flattaient et la distrayaient.

— Vous préfériez vivre là-bas ? s'enquit-il.

Le ton était nonchalant, mais il la regardait droit dans les yeux.

— Oui.

— Dans ce cas, pourquoi êtes-vous revenue ?

— Parce que je me suis aperçue que le comte avait envoyé des hommes pour me surveiller. Je me sentais suivie. J'ai compris que je n'étais plus en sécurité dans cette ville.

Julian demeura silencieux un moment.

— Que disait-il dans ses lettres ?

— La première est arrivée au début de mon séjour. Il y faisait des réflexions désagréables, comme d'habitude, et menaçait de me couper les vivres si je faisais quoi que ce soit qui salisse son nom.

— Et les autres lettres ?

— Il n'y en a qu'une seule. Je l'ai reçue juste avant de prendre le bateau pour l'Angleterre. Cette fois, le ton était différent. Il exigeait que je rentre vivre avec lui. Il affirmait que la loi était de son côté et qu'il me forcerait si besoin était à reprendre la vie commune. Il… il prétend que je lui dois un héritier.

Elle prononça ces mots d'une traite, pressée d'en finir tellement elle ressentait du dégoût pour l'homme qui les avait écrits.

M. Hampton se pencha en avant, les coudes sur les genoux. Un instant, elle crut qu'il allait tendre la main et lui presser le bras pour la rassurer. Il l'avait fait, une fois, lors d'un entretien privé, alors qu'elle était si désemparée qu'elle avait perdu son sang-froid.

À sa grande surprise, il posa la main sur la sienne et la serra. Cela ne dura qu'une seconde, mais Pénélope sentit la chaleur de son contact et sa force bien après qu'il l'eut lâchée.

— Vous auriez dû m'écrire pour me raconter tout cela.

— Vous disiez qu'il n'oserait jamais aller jusque-là, répliqua-t-elle d'un ton un peu amer. Qu'il aurait beaucoup trop à perdre.

— Je le pense toujours.

— Alors pourquoi me défie-t-il maintenant ? Visiblement, il pense que vous bluffiez et que je n'oserais pas révéler la vérité.

— Je ne bluffais pas, et il le sait.

— Dans ce cas, c'est pire que je ne le pensais. Il souhaite si désespérément un héritier qu'il est prêt à subir l'opprobre et le scandale.

Nerveuse, Pénélope se leva d'un bond et se dirigea vers la fenêtre.

— Il me semblait qu'à Naples, je serais hors de danger. Puis, il y a un mois, j'ai remarqué qu'un homme, napolitain ou arabe, était toujours derrière moi quand je sortais.

— En êtes-vous certaine ? Je doute que le comte, malgré son immoralité, ait l'audace de vous enlever.

— Monsieur Hampton, il y a des années, lorsque vous m'avez aidée à partir, vous m'avez dit qu'il était légalement impossible pour un mari d'enlever sa femme.

Il lui avait aussi expliqué qu'il était impossible pour un mari de violer sa femme. Au regard de la loi, elle lui appartenait. Après un court silence, elle reprit :

— Je ne sais pas si j'étais vraiment suivie mais je ne me sentais pas tranquille. Je ne pouvais plus rester là-bas. C'est pourquoi je suis rentrée.

D'instinct, elle écarta les rideaux et jeta un coup d'œil dans la rue. C'était devenu une habitude, une précaution pour la proie qu'elle était devenue. La rue était déserte.

— Envisagez-vous de retourner vivre auprès de lui ?

Pénélope fit volte-face, stupéfaite.

— Jamais ! s'exclama-t-elle. Je ne suis pas rentrée pour ça. En fait, je ne compte pas rester à Londres. J'ai décidé d'aller en Amérique. Là-bas, il ne me retrouvera jamais. Je disparaîtrai dans ce vaste pays et...

— Non, coupa-t-il d'une voix ferme et résolue.

— C'est pourtant la meilleure chose à faire, insista-t-elle. Je ne vois pas d'autre issue.

— Je ne vous le conseille pas.

— Monsieur Hampton, il ne s'agit plus de me conseiller, maintenant ! Si vous ne pouvez m'assurer que la loi me protégera, je quitte l'Angleterre pour toujours.

Il ne répondit pas, sachant mieux que personne que la loi ne lui offrait aucune protection, justement. Seule la menace du scandale avait tenu le comte à distance pendant si longtemps. Or voilà que cette menace ne suffisait plus. Que s'était-il passé ?

— Je suis venue vous demander d'aller trouver mon frère. J'ai besoin d'argent pour vivre une fois que je serai en Amérique. Vergil m'aidera, comme toujours.

— Pourquoi ne pas le lui demander vous-même ?

— Je ne veux pas qu'il sache que je suis ici afin qu'il n'ait pas à mentir si le comte l'interroge. Laissez-le croire que je suis encore à Naples et que je vous ai demandé de lui parler. Une fois que j'aurai cet argent, je...

— Laclere n'est pas idiot, l'interrompit Julian en se levant. Il se doutera que quelque chose ne va pas. Il exigera de connaître la vérité.

— Surtout, ne lui dites rien ! Vergil pourrait provoquer le comte en duel. Imaginez le scandale et...

— Selon moi, votre frère n'a que faire du scandale. Les choix qu'il a faits dans sa vie en sont la preuve.

Pénélope secoua la tête.

— Je ne veux pas qu'il se batte à cause de moi ! Il n'a pas à souffrir parce que j'ai gâché ma vie en épousant un homme cruel pour de très mauvaises raisons. Je veux partir, monsieur Hampton. Le plus loin possible. S'il vous plaît, allez le voir et rapportez-moi cet argent.

Julian était tout près d'elle, à présent, et plongeait son regard insondable dans le sien. Il y avait un tel éclat dans ses prunelles que Pénélope se remémora ce qu'on disait dans les salons : Julian Hampton cachera-t-il un tempérament de feu sous sa froide apparence ? Sa réserve se transformait-elle en passion dévorante dans les moments les plus intimes ?

Soutenant son regard, elle sentit son cœur se serrer.

— Vous ne voulez pas m'aider, murmura-t-elle.

— Je refuse de mentir à mon meilleur ami, mais je vous aiderai.

— Vous connaissez donc un autre moyen d'obtenir cet argent ?

— Vous n'irez pas en Amérique.

— Je pense que la décision m'appartient, monsieur !

— Vous n'avez aucune famille, là-bas. Aucun ami. Aucune protection d'aucune sorte.

— Je lui échapperai, c'est tout ce qui compte !

— Si votre mari est si sûr de vous tenir à sa merci, il doit y avoir une raison. Je trouverai laquelle et il ne vous inquiétera plus.

Elle se détourna, au bord des larmes.

— Lorsque vous découvrirez la vérité, il m'aura retrouvée ! Je ne veux pas prendre un tel risque. Je ne retournerai jamais vivre avec lui. Jamais, vous m'entendez ?

Ses mots résonnèrent un instant dans la pièce, véhéments, désespérés.

— Je vais d'abord voir ce qu'il manigance, déclara Julian d'une voix calme. Si vous courez un danger quelconque, nous réfléchirons au meilleur moyen de réagir.

— Et vous m'aiderez à partir si nécessaire ?

— Croyez-moi, je ferai tout pour que Glasbury ne puisse vous obliger à vivre auprès de lui. En attendant que j'en sache plus, il faut vous trouver une cachette plus sûre que l'Hôtel Milvert.

— Je ne suis en sécurité nulle part, souffla-t-elle, la gorge nouée.

— Ici, vous l'êtes. Vous allez y rester pendant quelques jours.

Tandis qu'elle le dévisageait avec stupeur il s'inclina cérémonieusement et la pria de l'excuser un instant.

Impossible d'accepter, décida Pénélope une fois seule. Si jamais Anthony découvrait qu'elle avait habité ici, M. Hampton pourrait dire adieu à sa carrière.

Du reste, Julian Hampton devait se douter des conséquences de son hospitalité. C'était son métier d'examiner tous les aspects d'une situation et d'en anticiper les développements ultérieurs.

Il revint au bout de quelques minutes.

— Si je trouve un autre endroit sûr, je vous y conduirai, déclara-t-il aussitôt. Ce soir, cependant, vous demeurerez ici.

— Je ne peux accepter. Je vous remercie, monsieur Hampton, mais Diane m'hébergera sans problème.

— Avec sa nombreuse progéniture et tous ses domestiques, tout le monde sera au courant de votre retour dans les vingt-quatre heures. Et à mon avis, Saint-John insistera pour mettre vos frères au courant.

Pénélope effleura nerveusement sa voilette.

— Vous aussi, vous avez des domestiques. Et si je vous compromettais ?

— Aucun risque. Mme Tuttle, ma gouvernante, s'occupera de vous. Personne ne saura que vous êtes ici à part Batkin, qui vous a ouvert. Il y a des chambres non utilisées, dans cette maison, où les domestiques ne vont jamais. Batkin est en train de vous en préparer une. Vous y logerez jusqu'à ce que je découvre ce que mijote le comte.

Pénélope était partagée entre l'embarras et une gratitude telle qu'elle en aurait presque pleuré. Elle était consciente de représenter un fardeau pour M. Hampton. Mais où aller ? Que faire ? Elle avait peur, elle était épuisée, et c'était si bon de pouvoir compter sur un tel ami.

— Vous resterez ici et tout ira bien, répéta-t-il en lui prenant la main. Maintenant, je vous en prie, asseyez-vous et buvez un peu de thé en attendant que Batkin ait fini de préparer votre chambre. Racontez-moi tout de Naples.

Elle lui décrivit la beauté de la baie et des collines environnantes, les excursions à Capri et à Ischia. Elle lui parla des gens qui gravitaient autour de la cour, de l'Opéra, des bals… Elle lui raconta beaucoup de choses, mais pas *tout*.

Il savait fort bien ce qu'elle taisait. Par exemple, elle ne mentionnait jamais un homme plus d'une fois. Rien dans ses propos ne laissait entendre qu'elle avait eu une quelconque préférence, mais c'était justement à cela qu'il comprit qu'elle cachait quelque chose.

D'ailleurs, elle ne lui avait jamais parlé de Witherby non plus. À l'époque, il avait deviné qu'il se passait quelque chose rien qu'à ses changements d'humeur. Il avait vu les manœuvres de son ami porter leurs fruits, et il avait même su à quel moment ils étaient devenus amants.

Cette liaison avait été une nouvelle déception pour Pénélope, pire encore peut-être que celle que lui avait causée le comte. Elle était plus âgée, alors, et assez mûre pour tomber vraiment amoureuse de Witherby. Sa trahison l'avait anéantie.

— Vous comprenez, maintenant, pourquoi j'aurais aimé rester dans cette ville, dit-elle en guise de conclusion. Le temps, le paysage, les gens y étaient des plus agréables.

Il n'avait jamais rencontré de femme qui ait gardé cette douceur d'expression, cette franchise, au-delà de l'enfance. Elle avait toujours été incapable de se montrer hautaine ou de feindre un sentiment qu'elle n'éprouvait pas, et son cœur la poussait toujours vers les autres.

Il contempla son visage un peu rond, que des pommettes hautes empêchaient d'être naïf, son nez droit, sa bouche sensuelle. Elle avait de splendides yeux bleus, qui semblaient scintiller comme des étoiles sous la nuit de ses cheveux.

— Si vous envisagiez d'aller en Amérique, cela a dû être dur de quitter Naples pour de bon.

— Certes, mais j'ai toujours su que je n'y resterais pas.

— Vous n'avez jamais songé à y refaire votre vie ?

Elle haussa les épaules.

— Non, jamais. Ni là ni ailleurs. Mais j'aimerais bien y retourner. Peut-être avant l'hiver, si je reste en Europe. J'ai entrepris quelque chose avant de quitter l'Angleterre et j'aimerais mener ce projet à terme.

Il n'aurait pas dû insister, mais il fallait qu'il sache la vérité.

— Et il n'y a pas là-bas quelque ami que vous regrettez d'avoir quitté ?

Pénélope eut beau s'efforcer de demeurer impassible, elle ne parvint pas à dissimuler sa soudaine tristesse.

— Je ne regretterai plus jamais un homme, monsieur Hampton.

À cet instant, Batkin apparut à la porte et lança à Julian un regard éloquent.

— Votre chambre est prête, madame, annonça Julian en offrant sa main à la jeune femme. Je vais vous y conduire, si vous permettez.

— Volontiers… Votre valet ne doit pas manquer de désapprouver ma présence.

— Mme Tuttle et lui savent que vous êtes une dame en détresse. Personne ne vous jugera. Mais je vous accompagne, ainsi vous ne serez pas gênée.

L'ample jupe de sa robe de sergé bleu pâle effleura la jambe de Julian tandis qu'il marchait près d'elle. Avec sa taille basse, son corsage cintré et ses manches longues, la robe mettait sa silhouette en valeur. Un fichu écru cachait la naissance de ses seins mais Julian en devinait sans peine la rondeur parfaite.

Rien n'échappait aux beaux yeux bleus de Pénélope tandis qu'ils se dirigeaient vers l'escalier.

— Vous avez une grande maison, monsieur Hampton, commenta-t-elle. Vous avez surpris bien des gens en emménageant ici.

— J'ai trouvé Russel Square très pratique, entre la City et le tribunal.

Ils gravirent l'escalier en silence. Des mèches folles s'échappaient de la coiffure de Pénélope, effleurant ses joues pâles. Elle paraissait fatiguée. Sans doute était-ce dû à son long voyage, et à l'inquiétude qui la rongeait. Mais malgré sa lassitude, elle gardait son expression curieuse et douce.

— Avec une maison de cette taille, vous devriez vous marier et fonder une famille, observa-t-elle.

— Je crains que lady Laclere ne pense la même chose que vous !

Elle éclata de rire. Depuis toujours, il adorait son rire. Soudain, en dépit de tous ses malheurs, elle était redevenue la Pénélope de jadis, gaie et libre.

— Bianca aurait-elle essayé de vous trouver une fiancée ?

— Dès que votre frère Dante a été marié, elle n'a eu de cesse de s'occuper de moi. Elle a dû se dire que si Dante avait accepté de se faire passer la bague au doigt, il n'y avait pas de raison pour que je ne fasse pas de même.

— Est-elle seule à mener cette bataille ?

— Je soupçonne la duchesse d'Everdon et Mme Saint-John de lui prêter main-forte. À mon avis, si l'épouse de Dante se tient à l'écart, c'est seulement parce qu'elle attend un enfant.

— Ciel ! Si Sophia et Diane sont de la partie, vous avez fort à faire ! J'ai moi-même appartenu à cette brigade de marieuses, et je sais à quel point elle peut être efficace. Si je me joignais à elles, vous n'auriez aucune chance.

— Ma chère, votre participation ne pourrait que m'être bénéfique. En fait, si jamais je décidais de me marier, je ne saurais me passer de votre approbation.

Pénélope s'immobilisa, surprise.

— Vraiment ? Vous accordez donc tant de prix à mon opinion ?

— Certainement.

— Que c'est gentil à vous de dire cela, Julian !

Elle l'avait appelé Julian... comme autrefois ! S'en était-elle seulement rendu compte ? Cela faisait des années qu'elle ne se permettait plus une telle familiarité.

Il se souvenait avec précision du jour où elle l'avait appelé M. Hampton pour la première fois. Elle était venue dans son étude afin de lui demander conseil à propos du comte. Tandis qu'elle lui racontait son histoire sordide, il avait vu croître son embarras et avait su qu'il ne serait plus jamais Julian pour elle. Ce qu'elle lui avait confié exigeait une certaine distance entre eux.

Il la conduisit à une chambre du deuxième étage. Sa propre chambre se trouvait sur le même palier, juste en face. Évidemment, elle ne pouvait loger dans la plus belle chambre, contiguë à la sienne. S'ils avaient été mariés, cela aurait été la chambre de la maîtresse de maison, songea-t-il, le cœur battant.

Il s'effaça pour la laisser entrer et resta sur le seuil.

— Comme c'est joli ! s'exclama-t-elle en contemplant le décor jaune, vert et blanc. On se croirait dans un jardin !

Décorer cette pièce, comme toute la maison d'ailleurs, avait été un jeu d'enfant. Il n'avait fait qu'imaginer ce qui aurait plu à Pénélope. Elle s'avança, examina le mobilier de bois clair délicatement sculpté, et les exquis bibelots. Puis elle aperçut de la dentelle blanche sur les draps entrouverts.

— J'ai même une chemise de nuit ? Votre valet a dû réveiller votre gouvernante. Je suis confuse. Je suis un vrai fléau !

— Aucunement, voyons ! Ils font leur travail avec plaisir. J'ai envoyé Batkin chercher vos malles à l'Hôtel Milvert. Il prendra toutes les précautions pour que personne ne sache où il les emporte.

Rappelée à la réalité de sa situation, Pénélope se rembrunit. Dieu qu'il aurait aimé la prendre dans ses bras pour la réconforter !

— Merci pour tout ce que vous faites pour moi, murmura-t-elle. C'est très généreux de votre part, et très imprudent.

Si elle savait ! Il n'agissait pas par générosité, mais par pur égoïsme. Si elle restait ici ne serait-ce qu'une seule nuit, sa présence demeurerait à jamais. Il la sentirait autour de lui, partout, toujours… Quant à être imprudent, il l'était, elle avait raison. C'était très risqué de la garder ici, aussi bien pour lui que pour elle.

— Si quelqu'un apprenait que j'ai passé la nuit chez vous, cela ferait un beau scandale, reprit-elle comme si elle lisait dans ses pensées.

— Tout est relatif. Ce ne serait pas pire, je pense, que cette histoire que l'on m'a rapportée, concernant une certaine promenade en bateau dans la baie de Naples.

Pénélope devint cramoisie.

— Ah ! Vous êtes au courant... balbutia-t-elle d'un air gêné.

— Les officiers britanniques qui sont venus à votre secours sont des gentlemen, et ils ont fait preuve de la plus grande discrétion. Mais il n'en a pas été de même pour les marins, lorsqu'ils sont revenus en Angleterre...

— Tout Londres est au courant ?

— Si je le suis, je crains que oui.

— Sachez que nous n'avons rien fait de mal ! Comment aurions-nous pu nous douter que le bateau qui nous avait amenées nous abandonnerait dans cette crique, en plein désarroi ?

Par « plein désarroi », elle voulait dire qu'elles étaient restées quasiment nues, vêtues des seules chemises avec lesquelles elles se baignaient. Du moins, c'est ce que les marins avaient rapporté. Des chemises mouillées, plaquées sur leur corps...

Leur petit groupe de baigneuses avait demandé au propriétaire du bateau de pêche de les conduire dans cette crique isolée afin qu'elles puissent profiter des joies de la mer à l'abri des regards indiscrets.

... Pénélope sortant de l'onde, trempée, des gouttes d'eau pareilles à des diamants perlant sur ses cils, sa chemise soulignant les courbes voluptueuses de son corps, et...

— Franchement, monsieur Hampton, admettez que cette excursion peut être, au pire, qualifiée d'imprudente, voire de...

— Un peu osée ?

— Soit. Mais certainement pas scandaleuse, contrairement à ma présence ici.

— Encore faudrait-il que quelqu'un l'apprenne. Nous veillerons à ce que cela n'arrive pas.

Elle rougit de nouveau et eut un geste embarrassé, comme si elle ne savait comment prendre congé de Julian. Il la contempla une dernière fois pour graver cette vision dans sa mémoire : Pénélope dans le décor qu'il avait choisie pour elle.

— Bonne nuit, madame.

— Bonne nuit, monsieur Hampton.

« — Julian ! Sir Julian, à l'aide !

Le cri provenait de la tour. Julian leva les yeux et vit un bras blanc s'agiter par l'ouverture de la meurtrière, très haut dans la salle des gardes.

— Je suis là-haut, sir Julian ! Au secours !

Julian serra les doigts sur son épée de bois.

— J'arrive, ô ma dame !

Plus haut, sur les créneaux des ruines du château médiéval de Laclere Park, Vergil entrechoquait son épée contre celle de Dante. Ils se battaient pour prendre le contrôle du château.

Les garçons avaient prévu que Julian rejoindrait Vergil, maîtriserait Dante et qu'ensemble, Julian et Vergil iraient sauver la demoiselle emprisonnée par son vil tuteur, Sir Milton. Mais Vergil était capable de vaincre Dante tout seul, et la demoiselle appelait Julian à l'aide.

Celui-ci traversa la cour intérieure au pas de charge, bondissant par-dessus les pierres qui s'étaient détachées de la forteresse abandonnée. Il fit un brusque détour pour éviter Charlotte, qu'on avait autorisée à participer au jeu à condition qu'elle soit l'écuyer de Vergil. Tenant la bride d'un cheval invisible, la fillette restait à l'abri dans la cour intérieure et criait des encouragements à Dante.

Parvenu à la porte de la tour, Julian se plaqua contre le mur et tendit l'oreille. Lady Pénélope l'appela une fois de plus, et sa voix enfantine résonna avec une étrange puissance entre les vieilles pierres. Un autre son parvint jusqu'à Julian. Quelqu'un descendait l'escalier. Le vil tuteur, sans aucun doute.

Le pas s'interrompit. Rassemblant son courage, Julian leva son bouclier de bois et s'élança dans l'escalier en colimaçon.

Milton l'attendait à mi-chemin. Se protégeant de son bouclier, il le menaçait de son épée. Julian réfléchit. Il était dans une position difficile...

— C'est le problème, avec les escaliers en colimaçon, déclara Milton avec un sourire satisfait. L'envahisseur ne peut se servir de son épée sans s'exposer complètement...

— Je suis prêt à affronter les coups.

Le regard sombre de Milton se fit grave. L'aîné des fils du vicomte de Laclere était aussi le plus beau, et le plus réservé. Julian se sentait proche de lui, car ils avaient des caractères fort semblables. Tous deux préféraient de beaucoup observer plutôt que participer aux conversations bruyantes de leurs camarades.

Et Milton avait clairement signifié que lorsque Julian venait à Laclere Park, c'était en tant que son meilleur ami.

— Tu devrais toujours évaluer ce que tu as à gagner avant d'accepter de recevoir des coups, Julian.

— Je ne cherche pas à gagner quoi que ce soit. Je veux juste libérer ma dame, rétorqua Julian en agitant son épée tel un chevalier médiéval.

En dépit de sa position avantageuse, Milton ne se défendit pas bien. Il ne s'était jamais vraiment intéressé aux combats d'épée. Ce qui le passionnait, c'était la stratégie. Julian eut donc rapidement raison de lui et se rua jusqu'à la salle des gardes. Jouant son rôle avec enthou-

siasme, Pénélope courut vers lui. Mais elle ne put lui témoigner correctement sa gratitude, car Milton apparut sur le seuil.

Julian se jeta devant Pénélope, se préparant de nouveau à combattre. Derrière lui, la fillette posa spontanément les mains sur ses épaules. Il tressaillit, envahi par un plaisir si vif qu'il tourna la tête vers elle. Elle le regardait d'un air tout aussi étonné, comme si elle éprouvait la même sensation.

Julian avait complètement oublié Milton, leur combat et le jeu qu'ils avaient inventé. Il pivota lentement vers Pénélope, incapable de la quitter des yeux ni de rompre le surprenant dialogue silencieux de leurs corps.

Pénélope fut la première à s'écarter. Elle regarda pardessus l'épaule de Julian, et il suivit son regard. Milton les observait. Son expression était à la fois insondable et émue.

— La tour est à toi, Julian, déclara-t-il. La demoiselle est sauvée. Bien joué !

Il baissa les yeux sur son épée et, avec un petit sourire, la laissa tomber sur le sol avec son bouclier.

— Je crois que je suis trop vieux pour jouer à ces jeux, conclut-il.

Allongé sur son lit, Julian se rappelait clairement la scène. C'était alors qu'il avait su qu'il aimait Pénélope. Et en cet instant, il sentait sa présence comme si elle avait été près de lui.

Un an plus tôt, ni lui ni Pénélope n'auraient prêté attention à ce qu'ils éprouvaient lorsqu'il leur arrivait de se toucher. Ils jouaient en toute innocence, mettant en scène les innombrables histoires que Julian inventait pour ses amis.

Dès lors tout avait changé. À quatorze ans, Julian avait déjà connu les états d'excitation propres aux garçons, mais jamais ils n'avaient été provoqués par une jeune fille qu'il connaissait et respectait.

Cela avait aussi marqué un tournant dans ses autres amitiés. Milton n'avait plus jamais joué avec eux. Et Julian n'avait compris qu'au bout de plusieurs années que c'était le long regard qu'il avait échangé avec Pénélope dans la tour qui en était la cause.

À présent, Milton était mort et Pénélope était mariée. Quant à lui, il était allongé dans son lit et désirait la femme d'un autre, une femme qui dormait dans une chambre à deux pas.

Il réfléchit au nouvel aspect que la situation venait de prendre. Pénélope avait raison : la loi ne lui assurait aucune protection contre son mari. Si elle avait pu lui échapper jusqu'ici, c'était grâce à son courage et à la ruse que lui-même avait montrés. Aujourd'hui, il fallait se battre.

Mais contrairement à autrefois, à Laclere Park, Julian ignorait ce qui l'attendait en haut de l'escalier dans lequel il s'était engagé. Sa position dans cette affaire l'empêcherait de dégainer son épée comme il l'avait fait dans la vieille tour. Mais une chose était certaine : lui en vie, Glasbury ne toucherait pas à un cheveu de Pénélope.

3

Anthony, dixième comte de Glasbury, ne bougea pas en entendant frapper à la porte de la pièce attenante à sa chambre. Il ne souffrait aucune interruption lorsqu'il prenait son plaisir, surtout quand ce dernier se déroulait selon un plan précis.

César connaissait les consignes et n'aurait pas risqué la colère de son maître sans une bonne raison.

Serrant les dents, le regard mauvais, Galsbury s'écarta de la jolie paire de fesses qu'il s'apprêtait à fouetter. Une excitation délicieuse s'était répandue dans ses veines, exigeant une plus grande stimulation. La soumission d'un corps nu obéissant à ses ordres était une véritable drogue et il avait du mal à retenir le désir qui l'inondait.

Les coups à la porte reprirent, insistants. Il y avait un problème, c'était la seule explication possible. Glasbury inspira profondément pour reprendre le contrôle de ses sens et son regard tomba sur la fine badine qu'il tenait entre les mains. Puis il contempla les zébrures rouges qui marbraient la croupe de la prostituée accroupie à ses pieds. Et s'il lui demandait de l'attendre ? Elle était nouvelle et il ne savait pas encore si elle lui conviendrait.

— Regarde-moi ! ordonna-t-il.

Elle s'exécuta. Son visage était à demi caché par son épaisse chevelure, mais ses yeux étaient voilés de larmes. Glasbury y lut assez de peur pour retrouver son excitation. Apparemment, elle ne prenait aucun plaisir. Parfait.

Il n'avait que faire de partenaires qui prenaient du plaisir, car elles étaient moins soumises.

Il tira une guinée de sa poche et la jeta sur le sol.

— Habille-toi et va-t'en. Reviens jeudi, il y en aura d'autres.

Elle ramassa la pièce d'argent en se redressant. À son expression de bête traquée, elle avait parfaitement compris le message. Il y aurait d'autres coups et d'autres pièces, voilà ce que le comte avait voulu dire! Elle paraissait hésiter mais il savait qu'elle reviendrait. Après tout, c'était une prostituée et la paye était bonne. Rémunérer ses partenaires déplaisait au comte, bien sûr. Non qu'il regrettât l'absence de sentiments, mais il n'aimait pas qu'elles aient le choix. Or elles pouvaient refuser de gagner de l'argent...

Enfin, celle-ci ferait l'affaire pendant quelque temps. Il la dresserait et parviendrait à la rendre aussi soumise que les autres.

Il se détourna, et oublia aussitôt la femme dénudée et le plaisir qu'il avait compté en tirer. Il quitta la pièce. César l'attendait dans le couloir, sans sa livrée, ce qui signifiait qu'on l'avait tiré du lit pour une affaire urgente.

Mulâtre à la peau très sombre, il obéissait à son maître au doigt et à l'œil. Et il ne paraissait pas effrayé de l'avoir dérangé en pleine nuit. Il restait aussi impavide qu'à son habitude, ce qui prouvait à quel point il était stupide, songea Glasbury avec mépris.

S'il n'avait pas été aussi bête, vingt années passées en Angleterre l'auraient transformé. Autrefois, il aurait eu droit de vie et de mort sur lui. Mais les temps avaient changé, et c'était bien dommage.

— Il est rentré, annonça César. Un palefrenier l'a entendu pénétrer dans le jardin et est venu me réveiller.

— Il est seul ?

— Oui, monsieur le comte.

Bon sang ! Comment avait-il pu échouer ? se demanda Glasbury, furieux.

— Où est-il ?

— Dans la bibliothèque, monsieur.

— Retourne te coucher. Je n'ai plus besoin de toi.

Glasbury regagna sa chambre où la prostituée essayait tant bien que mal d'agrafer sa robe. Il la laissa se débrouiller et traversa la maison silencieuse pour rejoindre la bibliothèque. Son visiteur était assis sur le divan. Le visage rond, il avait un physique banal et une allure insignifiante. La capacité à passer inaperçu était un de ses grands talents.

Il leva la tête. Lorsqu'il tombait le masque, son regard révélait des trésors de ruse.

— Elle n'y était pas, déclara-t-il simplement.

— Elle y était. La personne qui l'a vue l'a parfaitement reconnue, malgré la voilette.

— Je dis qu'elle n'y était pas quand j'y suis allé. Je n'ai pas dit qu'elle n'y était pas avant. Un domestique me l'a décrite : une dame avec une épaisse voilette, qui est restée quelques jours à l'hôtel. Mais elle était partie. On était venu chercher ses malles peu de temps auparavant. J'ai dû la manquer à une heure près.

Glasbury avait du mal à contenir sa colère. Cette petite garce lui avait encore échappé !

Mais il la retrouverait. Il ne tolérerait plus qu'elle bafoue ainsi ses droits. Il ne supporterait plus l'humiliation qu'elle lui infligeait. Et il ne resterait pas les bras croisés pendant qu'elle se servait de son nom pour promouvoir des idées révoltantes qui l'insultaient au premier chef.

Car il n'était plus obligé de tout supporter. Plus maintenant.

— Où a-t-on livré ses malles ?

— Le directeur a prétendu qu'il l'ignorait. Il n'a pas apprécié que je le réveille pour l'interroger, et il est possible qu'il n'ait pas voulu me renseigner pour cette raison. Mais si vous voulez, je peux trouver le moyen de le faire parler.

— Oubliez ça. La police s'en mêlerait.

— Que comptez-vous faire, alors ?

— Dites à votre collègue de surveiller sa maison, au cas où elle y serait. Je vous ferai savoir quand j'aurai besoin de vous.

Il y avait peu de chances qu'elle se soit installée chez elle, songea Glasbury. Si Pénélope n'était plus à son hôtel, il n'y avait qu'une explication plausible. Elle était sans nul doute allée se cacher chez son frère le vicomte.

Eh bien, elle ne perdait rien pour attendre ! Ce serait sans doute plus compliqué de se battre contre sa famille, mais il porterait tous les coups possibles, y compris les plus bas. Après tout, c'était sa femme et elle lui appartenait. Elle n'aurait jamais dû l'oublier, et encore moins le nier comme elle l'avait fait ces dernières années.

4

Le lendemain matin, Julian eut la surprise de recevoir un pli lui demandant de se rendre à 1 heure chez les Laclere. Il laissa Pénélope aux bons soins de Mme Tuttle et se rendit à son rendez-vous.

On l'introduisit dans le bureau du vicomte. Lorsqu'il entra, ce dernier leva les yeux des documents qu'il était en train de consulter.

— J'attends un visiteur, expliqua-t-il sans autre formalité. J'ai pensé qu'il serait bien que tu sois là quand il arriverait. Je t'ai écrit dès que j'ai reçu sa lettre m'annonçant sa venue, ce matin.

— Il s'est annoncé comme ça ? Tu es bien gentil de le recevoir.

— Il s'agit de Glasbury, Julian, précisa Laclere en fronçant les sourcils d'un air soucieux. Je n'ai aucune idée de ce qu'il veut vu que je ne lui ai pas parlé depuis des années. J'imagine que c'est à propos de Pénélope.

Ils changèrent rapidement de sujet, évoquant notamment le dîner de la veille en évitant avec soin d'évoquer les projets de lady Laclere en ce qui concernait un certain célibataire.

Un visiteur arriva bientôt. Ce n'était pas le comte de Glasbury mais Dante, le frère du vicomte. Il ressemblait à son aîné, mais il avait des traits plus fins, comme si un sculpteur avait voulu créer un modèle parfait à partir du portrait de l'aîné.

Dante se passa nerveusement la main dans les cheveux.

— J'ai reçu une lettre de Glasbury ce matin, dans laquelle il disait qu'il devait te rendre visite et me suggérait d'être présent à l'entretien.

— Nous nageons en plein mystère, déclara le vicomte.

— En entrant, j'ai aperçu la voiture de Charlotte qui arrivait.

— Si Glasbury veut rencontrer toute la famille, c'est qu'il a une nouvelle exceptionnelle à annoncer.

— Il a peut-être l'intention d'entamer une procédure de divorce, suggéra Dante. C'est un peu tard, à mon avis.

Julian gardait le silence. Les frères Laclere avaient l'habitude de sa discrétion, mais aujourd'hui, ils lui étaient particulièrement reconnaissants de se taire. Charlotte entra à son tour. De taille moyenne, brune au teint pâle, elle ressemblait beaucoup à sa sœur aînée. Mais elle avait toujours été plus mince qu'elle, et son regard était aussi moqueur que celui de Pénélope était franc et doux.

Elle aussi avait reçu une lettre de Glasbury.

— J'ai envisagé de ne pas en tenir compte, expliqua-t-elle. Après tout, je ne vois pas pourquoi il veut me voir. Ce genre de réunion n'est-il pas censé se dérouler en dehors de toute présence féminine ?

— J'avoue que je suis presque intrigué, fit son frère aîné.

— Intrigué par Glasbury ? railla Charlotte. Mon cher frère, tu t'ennuies donc à ce point ? Comment va Fleur ? ajouta-t-elle en se tournant vers Dante.

Dante sourit, de ce sourire qui faisait se pâmer toutes les femmes.

— Elle est rayonnante. C'est moi qui vais vieillir prématurément tant j'ai hâte de connaître cet enfant !

— Garde tes forces, tu as encore plusieurs mois à attendre, intervint Laclere.

Il jeta un coup d'œil à l'horloge derrière son bureau.

— Il est en retard, observa-t-il. C'est sa façon d'exprimer sa supériorité, j'imagine. Quel manque de goût !

— J'espère qu'il veut divorcer, dit Dante. J'aimerais que Pénélope soit libérée de lui une fois pour toutes.

Charlotte balaya la pièce du regard et observa Julian.

— Savez-vous de quoi il s'agit ? lui demanda-t-elle.

— Je pense comme votre frère qu'il veut probablement nous parler de votre sœur.

— C'est l'évidence même. Mais savez-vous à quel propos ? Vous a-t-elle écrit de Naples pour vous parler de quelque chose que nous ignorons ?

— Si elle l'a fait, c'était une correspondance privée, Charlotte, lança Laclere. Nous avons tous apprécié la discrétion de Julian dans cette affaire. Je suis certain qu'aucun d'entre nous ne veut porter nos histoires familiales sur la place publique.

Charlotte se tut, non sans lancer à Julian un regard aigu et soupçonneux.

Glasbury arriva avec une bonne demi-heure de retard, afin que tout le monde sache bien que c'était lui qui faisait attendre et non le contraire.

Il n'était pas seul. Un homme d'allure commune l'accompagnait. Il resta près de la porte, tel un domestique, tandis que le comte s'avançait vers ses hôtes.

Julian eut à peine l'honneur d'un salut, mais il remarqua tout de suite le sourire satisfait qui tordait la bouche molle du comte. Il demeura impassible, en dépit de la sourde colère qui bouillonnait en lui. Il haïssait Glasbury, et pas seulement à cause de Pénélope. Cet homme incarnait toute la décadence et l'inhumanité d'une certaine frange de l'aristocratie qui utilisait ses privilèges pour satisfaire ses bas instincts et sa cruauté. Le comte abusait de son pouvoir de la façon la plus irresponsable et la plus égoïste qui soit.

Ainsi, tout récemment, il avait été l'un des rares Lords à contester l'abolition de l'esclavage dans les colonies, parce qu'il possédait des plantations à la Jamaïque et qu'il serait lésé financièrement. Peu d'hommes avaient eu l'audace de s'opposer, au Parlement, à la libération d'un peuple asservi et vendu comme du bétail. Mais Glasbury avait protesté sans vergogne et revendiqué le droit de vie et de mort sur des êtres humains.

Aujourd'hui, le sourire triomphant qu'il arborait était des plus inquiétants. Il possédait un atout, il était sûr de gagner la bataille ! Julian sentit la panique le gagner. Pénélope était vraiment en danger.

Glasbury alla se planter derrière la chaise de Laclere, de sorte qu'il dominait le vicomte. Julian retint un sourire. C'était sans doute la seule chance de Glasbury de dominer Laclere, qui, une fois debout, dépassait le comte d'au moins vingt centimètres.

Le corps mince de Glasbury semblait aussi rigide que celui d'un soldat de plomb. Avec ses cheveux gris et sa peau ridée, il paraissait beaucoup plus vieux que tous les protagonistes présents dans la pièce, alors même qu'il n'avait que dix ans de plus que Laclere.

— Je n'ai pas de temps à perdre, aussi j'irai droit au but, commença le comte d'un air fat. J'exige de savoir où elle est.

— Elle ? Vous parlez de notre sœur, je suppose ? Pénélope est à Naples, comme vous le savez. Vous lui avez écrit là-bas, si je ne me trompe.

— Elle n'y est plus. On l'a vue hier à Londres. J'ai appris qu'elle avait pris une chambre à l'Hôtel Milvert, mais ce matin, elle l'avait quittée.

— On vous a mal renseigné. Si ma sœur était revenue à Londres, elle ne serait pas allée à l'hôtel. Elle a sa propre maison. Y êtes-vous passé ?

— Elle est fermée. Il est évident qu'elle n'est pas habitée.

— Glasbury, je m'étonne de cet intérêt soudain de votre part. Cela fait des années que les activités de ma sœur ne vous regardent plus. Je vous assure qu'elle est à Naples, et quand bien même elle n'y serait plus, qu'est-ce que cela peut bien vous faire ?

— C'est mon épouse.

— Elle porte votre nom, c'est tout.

— C'est ma femme devant la loi.

— Elle ne l'est plus, en réalité, depuis plus d'une décennie.

— La loi est la seule réalité qui compte, comme Hampton ici présent vous l'expliquera. J'ai toléré trop longtemps l'insolence de Pénélope.

— Ce qui signifie ? intervint Dante. Souhaitez-vous enfin demander le divorce ?

— Aucunement. J'ai décidé que notre séparation n'était plus acceptable. Laclere, j'exige que vous me la rendiez.

Julian vit l'expression de Laclere changer au fur et à mesure qu'il comprenait ce que voulait le comte.

— Je ne peux pas vous rendre ce que je n'ai pas, répliqua-t-il d'une voix sourde.

— Si vous la cachez…

— Ma maison lui est toujours ouverte. Et lorsqu'elle me rend visite, elle n'a pas besoin de se cacher. Mais elle n'est pas ici, ni à Laclere Park ni même en Angleterre.

— J'exige que vous m'en donniez la preuve. Cet homme près de la porte est M. Lovejoy, inspecteur à la police métropolitaine. Il va fouiller cette maison.

— Il n'en est pas question ! s'indigna Dante.

Laclere dévisagea M. Lovejoy d'un air glacial.

— Vous avez emmené un policier chez moi, Glasbury ?

— C'était nécessaire.

— Vous ne recherchez pas de criminel. Dans ce cas, la présence de l'inspecteur chez moi est fort contestable. N'ai-je pas raison, Hampton ?

Julian ne se départit pas de son calme professionnel.

— C'est fort irrégulier, en effet. Je suppose, monsieur Lovejoy, que le commissaire est au courant de votre démarche ?

Lovejoy marmonna une réponse incompréhensible qui ressemblait à une dénégation.

— Dans ce cas, la parole du vicomte de Laclere suffira à la police, j'imagine ?

Un autre murmure, accompagné cette fois d'un hochement de tête.

— Parfait. Voilà qui est réglé, fit Laclere d'un ton sec.

Comprenant qu'on le congédiait, Lovejoy sortit, l'air penaud.

Glasbury fulminait.

— Si je découvre que vous m'avez menti, je…

— Faites attention, Glasbury, l'interrompit Laclere d'une voix tranchante. Vous m'insultez en emmenant un policier ici et vous me traitez de menteur. Ma patience a des limites…

Glasbury se tourna vers Dante et Charlotte.

— Si j'apprends qu'elle vit sur l'une de vos propriétés, je vous le ferai regretter. Et ne doutez pas que j'userai de toute mon influence à cet effet !

Sur ces mots, il sortit du bureau à grands pas.

— Vergil, il faut faire quelque chose ! déclara Charlotte, revenant lentement de sa stupeur. Je n'arrive pas à y croire… Il veut la forcer à revenir vivre avec lui !

— Il veut un héritier, fit Dante. Je ne vois pas d'autre explication. Il doit avoir dans les quarante-cinq ans, il n'a pas de fils et aucun moyen d'en avoir si sa femme l'a quitté. J'ai toujours trouvé bizarre qu'il la laisse partir avant d'avoir eu un enfant.

Laclere jeta un regard perçant à Julian.

— J'imagine qu'il avait de bonnes raisons pour se montrer aussi conciliant, observa-t-il.

Le sous-entendu n'échappa pas à Charlotte.

— Vous savez pourquoi il l'a laissée partir, monsieur Hampton ? C'est vous qui avez négocié leur séparation. C'était un arrangement privé et vous avez servi de médiateur.

Dante le dévisagea à son tour. Julian tenta de se draper dans le silence, comme d'habitude, mais ses interlocuteurs continuaient à le scruter d'un air soupçonneux.

— Madame, j'ai fait ce que votre sœur m'a demandé, rien de plus. Nous avons eu la chance de réussir à persuader le comte de ne pas l'obliger à rester sous son toit.

— Julian, nous ne sommes pas dans votre étude et vous n'avez pas de raison d'être plus royaliste que le roi, fit Dante. Vous lui avez obtenu une pension et la liberté. Glasbury a été obligé d'accepter, mais en échange de quoi ?

Julian ne répondant pas, Charlotte le gratifia d'un regard désapprobateur.

— Si vous êtes en contact avec ma sœur, je vous prie de lui dire qu'elle est la bienvenue chez moi. Et que je n'ai que faire de Glasbury. Ce crapaud ne m'intimide pas. S'il ose emmener M. Lovejoy chez moi, j'ordonnerai à mes valets de les jeter dehors.

Tenant son ombrelle comme une arme, elle se dirigea vers la porte au pas de charge.

— Et s'il est encore là, reprit-elle, je le lui dirai moi-même !

Ses mots résonnèrent un instant dans le bureau silencieux, puis Dante éclata de rire.

— Charlotte m'a volé la vedette ! s'exclama-t-il. Je m'apprêtais à tenir les mêmes propos qu'elle. Hampton, si Pénélope vous écrit, dites-lui qu'elle sera en sécurité chez nous. Glasbury devra venir avec une armée pour l'en déloger.

Dante se dirigea vers la porte, et Julian lui emboîta le pas.

— Julian, attendez ! s'écria Laclere.

Toujours assis à son bureau, le vicomte contemplait d'un air songeur le crayon qu'il tenait entre les doigts. Julian ne dit pas un mot. Sa longue amitié avec Vergil devrait dispenser ce dernier de l'interroger. Il savait pourquoi il se taisait…

— J'ai vu comment Glasbury vous a regardé en entrant, reprit Laclere.

— Cela ne m'a pas échappé non plus.

— Elle n'est plus à Naples, n'est-ce pas ?

Comme Julian ne répondait pas, le vicomte se laissa aller contre le dossier de sa chaise.

— Il y a des années, vous m'avez dit que vous aviez obligé le comte à laisser partir Pénélope parce qu'il avait des choses à cacher. Des choses assez graves, je suppose, pour qu'il n'ait pas envie qu'elles soient exposées sur la place publique en cas de divorce.

— J'ai dit cela ? Je me suis montré bien peu discret.

— Apparemment, le temps a émoussé le besoin qu'avait le comte de protéger sa réputation.

— Quelque chose a dû se passer, en effet.

— Mais vous n'êtes pas intervenu, tout à l'heure. Vous ne lui avez pas rappelé que ma sœur possédait des atouts dans son jeu.

— J'essaie de ne pas menacer un homme en présence de témoins éventuels.

— Je compte sur vous pour lui rafraîchir la mémoire.

— Je vais m'en occuper sans tarder.

Julian gagnait la porte lorsque Laclere ajouta :

— Si vous voyez ma sœur, dites-lui que je serai toujours là pour elle. Dante et Charlotte aussi. Elle ne doit pas se laisser impressionner par les menaces de Glasbury.

— Je suis certain qu'elle le sait.

Laclere le dévisagea longuement, et le regard qu'ils échangèrent en disait plus long que bien des paroles.

— Julian, reprit enfin le vicomte, si, pour une raison quelconque, Pénélope ne peut pas ou ne veut pas nous demander de l'aide, je compte sur toi pour veiller sur elle.

— C'est ce que j'ai toujours fait, Vergil.

La maison de Julian Hampton se révéla un confortable sanctuaire. Mme Tuttle veillait à ce que Pénélope ne manque de rien. Elle apparaissait régulièrement pour lui demander si elle avait besoin de quelque chose. Pénélope réclama simplement quelques livres.

Ses deux malles étaient arrivées pendant la nuit, et elle sortit un paquet de feuilles manuscrites de la plus petite. Assise près de la fenêtre qui donnait sur un charmant jardin intérieur, elle étudia l'épais document arrivé à Naples juste avant son départ.

C'était un pamphlet qui critiquait la situation légale des femmes mariées. Pénélope l'avait rédigé avec l'aide d'amies anglaises. Elles y travaillaient depuis un an. Maintenant que la loi abolissant l'esclavage dans les colonies avait été votée, il était temps de publier leur traité. Le pays, le Parlement étaient mûrs pour de profondes réformes. L'heure était venue d'émanciper le dernier bétail humain vivant sur le sol britannique : les femmes mariées.

Pénélope lut le brouillon avec attention, biffant quelques mots çà et là. Elles attendraient le début de l'année prochaine avant de porter leur requête devant les législateurs. Il fallait laisser au pays le temps de digérer l'abolition de l'esclavage. Elle avait prévu de rentrer à la fin de l'automne pour veiller à l'impression. Son retour précipité lui permettrait de s'y consacrer plus complètement.

À moins, bien sûr, qu'elle ne soit obligée de s'enfuir en Amérique. Cette hypothèse ne l'enchantait guère, car elle souhaitait ardemment que son projet aboutisse. D'autant que c'était la seule chose utile qu'elle ait faite dans sa vie.

Au milieu de l'après-midi, on frappa à sa porte. Pénélope rangea le document en hâte et alla ouvrir. M. Hampton se tenait sur le seuil.

— Avez-vous des nouvelles ? demanda-t-elle aussitôt.

— Oui. Puis-je entrer ? Désolé de cette intrusion mais nous ne pouvons pas descendre à la bibliothèque ni au salon ensemble.

Il avait raison, bien sûr. Elle s'effaça, et ils s'assirent dans les fauteuils près de la fenêtre. Si Julian paraissait indifférent au lieu, Pénélope quant à elle ne parvenait pas à ignorer qu'ils étaient dans sa chambre, porte close.

Elle voyait le lit, juste derrière lui. Et elle se souvenait encore avec acuité de ce qu'elle avait éprouvé, la veille, lorsqu'il lui avait baisé la main. Un frisson de plaisir la traversa.

— Eh bien ? demanda-t-elle en s'efforçant de ne plus regarder le lit.

Une inquiétante curiosité la poussait cependant à se demander comment M. Hampton faisait l'amour. Avait-il des maîtresses ? Menait-il une vie monacale ? Ce serait dommage pour un si bel homme, si ténébreux et...

— Glasbury est venu voir Laclere, annonça-t-il, interrompant sa rêverie à l'instant où elle tentait de l'imaginer en tenue d'Adam. Le comte avait également convoqué Dante et votre sœur. Il a exigé de savoir lequel d'entre eux vous hébergeait. Il a même tenté de faire fouiller la maison par un policier !

— Vergil a dû pousser les hauts cris. Et cette pauvre Charlotte ! C'est vraiment ignoble de la part du comte de tenter de l'intimider ainsi.

— Je crois que lady Mardenford sait se défendre, madame. Il a eu de la chance qu'elle ne lui flanque pas un coup d'ombrelle sur la tête.

Pénélope ne put s'empêcher de rire.

— Vous voyez, fit-elle en retrouvant son sérieux. J'ai eu raison de ne pas aller chez eux. Ils n'ont pas eu à mentir puisqu'ils ignoraient que j'étais en Angleterre.

— En effet.

— Et vous, monsieur Hampton, avez-vous dû mentir ?

— Je n'en ai pas eu besoin.

— Mais cela arriva fatalement, n'est-ce pas ? Maintenant que le comte sait que je suis à Londres, il finira par venir vous interroger vous aussi.

— Je suis votre homme de loi et je n'ai aucune obligation envers lui.

Pénélope sentit son cœur se serrer. Julian Hampton affichait un air grave, tout à coup, et même préoccupé. Que lui cachait-il ? Soudain, elle ne pensa plus au lit ni à toutes ces sottises qui enflammaient son imagination.

— Il me retrouvera, murmura-t-elle. S'il a eu l'audace de tenter de faire fouiller la maison de mon frère, il ne renoncera pas si facilement. Même si je me cache des mois durant ici, il finira par me trouver.

— Je suis passé chez lui pour lui rappeler quelques faits qu'il semble avoir oubliés. Soit il n'y était pas, soit il n'a pas voulu me recevoir. Mais je le verrai très bientôt, et je mettrai un terme à cette poursuite ridicule.

— Cela ne changera rien, monsieur Hampton. Il n'a rien oublié, croyez-moi. C'est simplement qu'il ne craint plus l'opinion publique. Pour quelle raison, je l'ignore.

Pénélope se leva brusquement et jeta un coup d'œil par la fenêtre, balayant spontanément le jardin du regard. Les souvenirs affluaient. De vieux cauchemars qu'elle avait appris à reléguer au fond de sa mémoire, et qui surgissaient lorsqu'elle avait peur, comme maintenant, où elle revivait les scènes dégradantes de sa vie de jeune mariée. Elle était tellement ignorante, alors !

Elle ne savait même pas que ces pratiques n'avaient rien de normal et elle mettait son malaise sur le compte de la naïveté.

Puis Glasbury était allé trop loin, et elle avait compris qu'il l'entraînait dans un enfer sans retour. Alors elle était allée demander conseil à Julian Hampton. Elle lui avait parlé de la perversité du comte, et il avait posé des questions qui lui avaient fait entrevoir d'autres secrets, plus sombres encore.

Julian s'était montré si énigmatique durant leur entretien. Elle s'était adressée à lui parce que c'était un vieil ami et un homme de loi, et qu'elle craignait, si elle se confiait à ses frères, que l'un d'eux n'aille tuer Anthony. M. Hampton s'était comporté comme elle l'avait espéré. Il l'avait écoutée sans montrer aucune émotion, attentif et courtois. Mais elle avait lu dans ses yeux la colère et le dégoût que l'homme qui l'avait humiliée suscitait en lui.

Par chance, il avait vu aussitôt le profit qu'il pouvait tirer des révélations qu'elle venait de lui faire. Et il s'était servi de celles-ci pour négocier avec le comte, achetant ainsi sa liberté en échange de son silence.

Mais le comte avait apparemment décidé de passer outre leur accord. Il la ramènerait chez lui, et cette fois, elle ne pourrait plus s'enfuir. Elle serait à sa merci, sans défense devant la colère qu'il avait dû accumuler au cours de ces dernières années.

Tremblant de tous ses membres, elle se détourna pour que M. Hampton ne voie pas ses larmes. Elle lui causait suffisamment de soucis pour ne pas lui imposer en plus le spectacle d'une femme en pleurs.

Soudain, Julian fut derrière elle. Elle percevait la chaleur qui émanait de son corps tout proche. Sa présence la troublait tant qu'elle cessa de pleurer. Puis les mains de Julian se posèrent sur ses épaules. Elle n'en fut pas surprise. Au contraire, c'était ce qu'elle attendait. Comme elles l'apaisaient, ces mains fortes et chaudes...

Il la fit lentement pivoter vers lui.

— J'ai dit que je ne permettrai pas au comte de vous forcer à vivre avec lui, et j'étais sérieux.

Pénélope était comme hypnotisée. Tout à coup, elle revit l'adolescent qui volait à son secours dans la vieille tour de Laclere Park. Elle se sentit aussi jeune, aussi confiante qu'autrefois. Comme ils avaient changé, pourtant, tous les deux ! La vie les avait séparés, et leur amitié naissante était restée dans les limbes de l'enfance. Et cependant, Julian Hampton avait toujours été là pour la protéger...

Une étrange émotion la submergea. Elle ferma les yeux mais pas assez vite pour retenir ses larmes, qui roulèrent le long de ses joues.

S'était-elle jetée dans ses bras, ou bien était-ce lui qui l'avait attirée contre son épaule ? Quoi qu'il en soit, elle se retrouva blottie contre lui. Tels deux vieux amis qui se réconfortaient dans l'épreuve.

C'était merveilleux d'être tenue ainsi. Le corps de Julian, ses bras puissants la rassuraient autant que ses promesses de preux chevalier.

— Maintenant que le comte a approché votre famille, il risque de s'intéresser à moi pour apprendre ce que je sais. Ou de me faire surveiller. Peut-être seriez-vous plus en sécurité hors de Londres.

Elle l'écoutait, le cœur battant.

— J'ai une propriété sur la côte, dans l'Essex, poursuivit-il. Je vous y conduirai demain à la première heure. C'est une maison isolée et assez rustique, je le crains. Vous devrez y rester seule un jour ou deux, le temps que je trouve une autre solution. Pensez-vous être capable de supporter la solitude et le manque de confort ?

Elle hocha la tête en signe d'assentiment. Elle supporterait n'importe quoi pourvu qu'elle échappe au comte et à ses espions ! Et dans les bras de Julian Hampton, elle cessait soudain d'avoir peur.

Peu à peu, cependant, elle prit conscience de l'intimité de leur étreinte.

Rougissante, elle s'écarta brusquement.

Nullement décontenancé, il s'inclina devant elle avec courtoisie.

— Je vous laisse. Je vous réveillerai un peu avant l'aube. Cela vous convient-il, madame ?

— Tout à fait, monsieur Hampton.

5

La maison était des plus rustiques, en effet. Julian dirigea leur attelage vers un petit cottage de pierre qui se détachait sur le ciel. Quelques dépendances l'entouraient, et Pénélope entendait le fracas des vagues sur la plage.

Ils avaient quitté Russel Square avant le lever du jour, bien avant que les domestiques ne se lèvent. Même Batkin et Mme Tuttle ignoraient leur départ.

— Cette maison vous appartient ? s'enquit Pénélope.

— Je l'ai achetée il y a quelques années, lorsque j'ai ouvert mon étude.

— Vous vouliez un refuge loin de la vie citadine et de ses obligations ?

— Je voulais surtout une maison sur la côte. J'ai toujours aimé la mer.

— Ce doit être dans votre sang. Après tout, un de vos oncles était officier de marine, n'est-ce pas ? Et vous-même avez songé y faire carrière, il me semble. Vous ne regrettez pas votre choix ?

— Je ne crois pas aux regrets. Ils ne servent à rien. Les seuls regrets que j'ai n'ont rien à voir avec mon métier.

La maison était simple mais charmante. Ils entrèrent dans la cuisine après avoir traversé un petit jardin. Un salon et une bibliothèque bien remplie faisaient face à l'océan. Au rez-de-chaussée, il y avait encore une chambre et une petite salle à manger.

Tandis que Julian allait chercher les provisions, Pénélope déambula dans les pièces aux poutres apparentes et aux murs blancs. Les meubles étaient peu nombreux, simples mais élégants.

— C'est vraiment ravissant ! déclara-t-elle lorsque Julian revint. Vous n'amenez jamais de domestiques, ici ?

— Non.

— Pas même Batkin ?

— Pas même lui.

Il vivait donc ici avec le bruit du vent et de la mer pour seule compagnie. La maison n'avait pas été fermée pour l'hiver, ce qui signifiait qu'il y venait toute l'année. Pénélope sourit. Elle n'aurait pas été surprise d'apprendre qu'il se précipitait ici chaque fois qu'un orage menaçait, pour voir la nature sous sa forme la plus primitive et la plus déchaînée.

C'était un souvenir ancien, datant d'un été où Julian séjournait à Laclere Park et où un terrible orage avait éclaté. Elle l'avait trouvé devant l'une des fenêtres de la bibliothèque, visiblement fasciné par le spectacle. Il était sorti brusquement, et s'était précipité dans le jardin pour courir sous la pluie.

— Cela devrait suffire à assécher un peu la maison, déclara Julian après avoir allumé un feu. Avec la mer toute proche, il y a parfois de l'humidité. Je vais en faire un autre dans la cuisine et dans votre chambre. Où souhaitez-vous dormir ? En bas ou bien à l'étage ? Les chambres sont plus belles en haut.

— Et moi qui m'attendais à une masure ! s'exclama-t-elle en riant. Je peux même choisir ma chambre ? Dans ce cas, je vais aller explorer l'étage.

— Entendu. Pendant ce temps, je m'occupe du feu dans la cuisine.

Elle gravit l'étroit escalier qui menait aux chambres. Il y en avait trois. Celle qui ouvrait sur l'océan était la plus grande. Sans doute était-ce la chambre de Julian.

Les deux autres donnaient sur le petit jardin entouré d'un muret de pierre sèche. Pénélope s'arrêta brusquement dans l'une d'elles, intriguée par le couvre-lit blanc, les rideaux de mousseline et l'armoire en pin. Cette atmosphère… Mais oui, c'était une chambre de femme !

Elle se concentra pour déceler un parfum, cherchant des yeux un indice indiquant une présence féminine. Soudain, elle rougit. Comme elle était sotte ! La vraie raison qui poussait un homme d'affaires londonien à se retirer dans cet endroit isolé n'avait rien à voir avec la contemplation de la nature. C'était une raison très terre à terre, au contraire, et qui expliquait l'absence de domestiques. Il y amenait ses maîtresses !

Pénélope ignorait pratiquement tout de la vie sentimentale de M. Hampton, mais à Londres, tout le monde s'interrogeait à ce sujet. On prétendait qu'il résistait à toutes les avances. Elle comprenait pourquoi, à présent. C'était par discrétion, et non par abstinence. Voilà donc ce qu'il cachait au monde !

Elle se mit à arpenter la pièce. Quelles femmes étaient venues ici ? Les connaissait-elle ? Peut-être y avait-il une dame qui considérait cette chambre comme la sienne.

— C'est celle que vous avez choisie ?

Julian Hampton se tenait sur le seuil, la malle de Pénélope dans les bras. Soudain, elle l'imagina entrant dans la pièce dans un but bien différent. C'était une image troublante, mais si précise qu'elle sentit une douce chaleur l'envahir.

Comme elle ne répondait pas, il entra et posa la malle près de l'armoire.

— Non, murmura-t-elle. Je ne pense pas prendre cette chambre…

Il se baissa pour soulever de nouveau la malle.

— Vous préférez celle qui donne sur la mer ? J'admets qu'elle est plus confortable.

— Oui… Je veux dire, non. C'est la vôtre, n'est-ce pas ?

— En effet, mais puisque je ne serai pas là, vous pouvez l'occuper. Elle vous plaira. On entend le ressac, la nuit, si bien qu'on a l'impression de dormir dans la mer.

— Ce ne serait guère convenable pour moi de dormir dans votre chambre, monsieur Hampton.

— Comme vous voudrez.

Il reposa la malle par terre.

— En fait, je songeais à prendre la petite chambre du fond. J'y serai mieux.

Il se baissait déjà pour reprendre la malle, puis se redressa.

— Pourquoi y seriez-vous mieux qu'ici ?

— Je la trouve charmante, voilà tout, répliqua-t-elle d'un ton un peu hautain.

Soudain, il comprit, et une lueur amusée brilla dans ses yeux. Pourquoi trouvait-il drôle qu'elle découvre le lieu où il cachait ses maîtresses ? se demanda-t-elle, vexée.

— Je préférerais que vous restiez ici, même si la petite chambre est charmante, déclara-t-il en se dirigeant vers la porte. D'ici, on aperçoit la route. Lorsque vous serez seule, il vaudra mieux que vous puissiez voir si quelqu'un vient.

Julian monta l'autre malle ainsi qu'un broc d'eau, puis laissa Pénélope se rafraîchir. Il redescendit et gagna la petite terrasse qui faisait face à la mer.

La brise marine lui fouetta le visage. La rumeur de l'océan lui procurait un apaisement propice à la réflexion. Ici, il se sentait vivant. D'ordinaire, ici, il ne pensait pas à Pénélope, même si elle était toujours dans son cœur. Désormais, pourtant, il la verrait partout.

Il l'imaginait là-haut, dans la chambre, s'installant dans ce qu'elle prenait pour sa garçonnière. Parviendrait-il à supporter la solitude de cette maison une fois Pénélope partie ?

Le temps était dégagé, et il voyait très loin vers le sud, là où les mâts des bateaux effleuraient le ciel en glissant vers la Tamise. Il avait suffisamment navigué pour savoir qu'il aurait aimé être marin. Et cependant, il avait dit vrai, tout à l'heure. Il ne regrettait pas d'avoir choisi une carrière d'homme de loi.

Son père était un gentleman désargenté. Mais, fortuné ou non, il restait un gentleman, et la tradition voulait que les fils de gentlemen qui étudiaient le droit deviennent avocats. C'était une profession où l'on n'était pas censé se salir les mains avec de l'argent. Ce qui était faux. Les notaires, eux, étaient rétribués, et aux yeux de la bonne société hypocrite, ce n'était pas une noble activité.

Mais Julian avait fait ce choix pour vivre à l'abri du besoin, et parce qu'il soupçonnait ce métier d'être plus intéressant que celui d'avocat. En effet, ces derniers n'entraient que brièvement dans la vie des gens qu'ils défendaient. Les notaires, eux, demeuraient aux côtés de leurs clients jusqu'à leur mort.

En outre, il n'aurait été d'aucune utilité à Pénélope s'il était devenu avocat.

La mère de la jeune femme l'avait-elle deviné ? Était-ce pour cette raison qu'elle l'avait pris à part alors qu'il n'avait que quinze ans, et lui avait proposé de financer ses études de notaire ?

Elle avait demandé à son mari de payer les deux années de cours à l'université, et plus tard de le faire entrer comme clerc dans l'étude de leur vieux notaire de famille.

À l'époque, la vicomtesse avait expliqué à Julian qu'elle serait plus tranquille de savoir son fils aîné, Milton, bien conseillé lorsqu'il hériterait du titre. Mais elle avait déjà jeté son dévolu sur le comte de Glasbury pour marier Pénélope. Se doutait-elle déjà que, tôt ou tard, sa fille aurait besoin d'aide ?

Dans ce cas, arranger une telle union était un acte impardonnable.

— Déjeunerez-vous avec moi avant de partir, monsieur Hampton ? J'ai préparé un plateau.

Julian fit volte-face.

Pénélope se tenait à la porte. L'espace d'un instant, il se la rappela lors de sa première sortie dans le monde, s'approchant de lui sur une autre terrasse, tout excitée par ses récentes fiançailles avec un pair du royaume. Elle était tellement heureuse qu'il n'avait pu s'empêcher de sourire alors que c'était le jour le plus triste de sa vie.

Aujourd'hui, elle semblait encore plus belle. Son chignon tout simple la faisait paraître très jeune, et elle avait des gestes timides de jeune fille.

Il rentra dans la maison. Elle avait posé du jambon, du pain et du fromage sur le guéridon du salon, devant la fenêtre.

— J'ai pensé que nous serions mieux ici, expliqua-t-elle. Il fait si sombre dans la salle à manger.

— Vous ne redoutez pas d'être seule ce soir ?

— Bien sûr que non ! Je n'ai pas besoin qu'on veille sur moi comme sur une enfant.

Elle semblait le défier. Qu'attendait-elle ? Qu'il proteste ? Qu'il approuve ? Ne sachant que répondre, Julian garda le silence.

— Je crois que je n'aurais pas dû venir ici, reprit-elle en baissant les yeux. J'aurais dû trouver une autre solution.

— Vous cherchiez un lieu sûr. Vous l'avez trouvé.

— Mais je n'aurais pas dû accepter votre invitation.

— Pourquoi ?

Julian la regarda couper son jambon en petits morceaux. Elle affichait une expression neutre, mais il la connaissait trop bien. Elle avait quelque chose de difficile à lui dire.

— Je m'inquiète pour votre réputation, déclara-t-elle enfin. Si on apprend que vous m'avez emmenée ici, on croira que nous sommes amants. Et si Glasbury le croit aussi, il vous conduira à la ruine.

Ellc mentait. Oh, certes, elle se faisait du souci pour lui ! Mais il y avait une autre raison à sa subite mauvaise humeur, il le sentait.

— Et puis, j'ai découvert qu'il existait une alternative à la fuite en Amérique, ajouta-t-elle.

— Laquelle ?

— Que j'aie une liaison publique, ce qui obligerait le comte à demander le divorce. Cela marcherait, vous ne croyez pas ? Il a toujours clamé que si je me conduisais mal, notre accord serait annulé. Mais puisqu'il ne le respecte pas de toute façon… Monsieur Hampton, que se passe-t-il ? Vous ne vous sentez pas bien ?

— Si, si… murmura-t-il en serrant les poings.

— Alors qu'en pensez-vous ? Cela marcherait ?

Il tenta de feindre une indifférence qu'il était loin d'éprouver.

— Cela pourrait l'amener à demander le divorce, en effet, reconnut-il d'un ton détaché. S'il était de notoriété publique que vous avez une liaison, cela mettrait en danger la succession de son titre, et l'humilierait dans la foulée.

— Croyez-vous qu'il irait jusqu'à porter l'affaire devant le Parlement ? Je n'accepterai aucun arrangement. Je veux retrouver mon entière liberté !

— Il voudra sans doute se remarier pour avoir un héritier. Donc, il ira devant le Parlement.

— Dans ce cas, cela vaut la peine d'étudier la question, non ?

— C'est une solution que je vous aurais proposée au début, si vous aviez été plus âgée et moins soucieuse de votre réputation.

Elle cessa de manger et posa sa fourchette.

— Vous voulez dire que lorsque je l'ai quitté, vous avez envisagé que je commette un adultère ? Pour qu'il demande le divorce ?

— En effet.

Elle baissa les yeux.

— J'imagine que ce n'est pas seulement parce que j'étais jeune et attachée aux conventions que vous ne me l'avez pas proposé, riposta-t-elle. Vous pensiez que je ne m'y résoudrai jamais, n'est-ce pas ?

— Vous vouliez à tout prix éviter le scandale.

— Ce n'était pas seulement ça. Il y avait aussi le coût du procès devant le Parlement. Les finances de ma famille ne me le permettaient pas.

— Vous auriez pu aller devant un tribunal religieux. Il n'était pas nécessaire d'aller jusqu'au Parlement.

— Je n'ai pas eu à faire de révélations humiliantes, et j'ai obtenu davantage par votre négociation que l'allocation décidée par un tribunal. Et, au moins, j'ai épargné la honte à ma famille.

— Mais vous seriez libre, à l'heure qu'il est. Et le comte n'aurait aucun droit sur vous.

Lorsqu'elle était venue lui avouer ce qui se passait, il lui avait conseillé de mettre un terme à son mariage. Il avait même failli l'en supplier. Elle avait refusé avec véhémence, craignant de causer du tort aux siens.

Elle garda la tête baissée, et le silence devint pesant. Lorsqu'elle se décida enfin à regarder Julian, ce fut droit dans les yeux.

— De toute façon, vous n'avez jamais évoqué la possibilité d'avoir une liaison ! lâcha-t-elle. Je sais fort bien pourquoi, et cela n'a rien à voir avec ce que vous venez de dire.

— Je vous assure que…

— Vous pensiez que je ne pourrais jamais envisager une relation physique avec un homme après ce que Glasbury m'avait fait subir. Vous pensiez que je ne supporterais plus… la moindre intimité. Et que de toute façon j'étais définitivement déshonorée.

Elle rougit, étonnée de s'entendre parler avec tant de franchise. Julian était tout aussi stupéfait d'être l'objet d'une telle accusation. Elle fixait obstinément son assiette, à présent, comme pour l'empêcher de lui répondre.

Cela valait sans doute mieux, se dit-il. Car la réplique qui lui montait aux lèvres n'était pas la réplique d'un homme de loi, mais celle d'un homme tout court.

— Pensez-vous qu'il serait préférable que je divorce maintenant ?

— Si je ne parviens pas à le faire changer d'avis, ce sera peut-être la seule solution.

— J'en vois pourtant une autre. Je peux aussi faire ce que j'avais prévu : partir très loin.

— Il vous a gâché votre vie d'adulte. Allez-vous lui permettre de gâcher aussi votre avenir ?

— Il paraît que l'Amérique est un beau pays. Je ne crois pas qu'on y gâche sa vie.

— Pour disparaître, il vous faudrait aller loin à l'intérieur des terres. La vie des pionniers n'a rien de facile. À côté, ce cottage est un véritable palais.

— Vous exagérez, soupira-t-elle. En tout cas, à part le tuer, ce que je ne ferai jamais, je ne vois pas comment me débarrasser autrement du comte.

Julian garda le silence un moment. Puis il se leva.

— Vous avez encore le temps de réfléchir. Tant que je n'ai pas parlé à Glasbury, vous n'avez pas de décision à prendre. J'ai des rendez-vous importants à Londres que je ne peux manquer sous peine d'éveiller les soupçons. Mais je reviendrai demain.

— C'est un long voyage, monsieur Hampton. Vous ne devriez pas venir ici tous les jours. C'est un trop grand dérangement. Même à cheval et en prenant des raccourcis, le trajet dure des heures.

— Je reviendrai demain après-midi, madame.

Elle se leva à son tour et sortit dans le jardin avec lui. Il n'aimait guère la laisser seule ici, sans aucune protection.

Elle remarqua son hésitation.

— Ne vous inquiétez pas, tout ira bien. Merci de m'aider… J'ai dû vous paraître bien ingrate, tout à l'heure. Sachez que je vous suis reconnaissante de tout ce que vous faites pour moi.

— À demain, madame.

Il se dirigea vers la voiture en songeant à ce dont elle l'avait accusé pendant le repas, et fit brusquement demi-tour.

— Lorsque vous êtes venue me parler de votre mariage, vous étiez effrayée, triste, en état de choc. Suggérer que vous ayez une liaison me semblait alors la pire des grossièretés. Je ne pouvais vous dire une chose aussi cruelle et insensible. Mais je n'ai jamais cru que vous étiez déshonorée.

Pénélope lui tourna lentement le dos.

— Eh bien, moi, je le pensais, murmura-t-elle.

Et, d'une certaine façon, elle le pensait toujours.

6

Après le départ de Julian, Pénélope prit un livre au hasard dans la bibliothèque. Lorsque le soleil déclina et laissa la pièce dans l'ombre, elle posa l'ouvrage en soupirant et chercha quoi faire pour meubler sa solitude.

Elle mourait d'envie de fouiller le cottage pour trouver des preuves de l'existence de la maîtresse de Julian Hampton. Elle éprouvait une contrariété fort étrange dès qu'elle songeait à cette chambre, là-haut. C'était ridicule. M. Hampton avait le droit de vivre comme il l'entendait.

Du reste, il y avait tout un pan de sa vie qu'elle ne connaissait pas. Comment imaginer que, depuis des années, il ne faisait que travailler, assister sagement à des réceptions et conseiller la comtesse de Glasbury quand elle le sollicitait ?

Mais elle avait beau faire, sa curiosité allait croissant. Elle se leva, s'approcha du secrétaire et effleura nerveusement plusieurs tiroirs. Incapable de se retenir, elle posa la main sur l'un d'eux. Elle voulait juste s'assurer qu'il n'avait pas de maîtresse en ce moment, c'est tout. Cette idée l'avait rendue maussade durant tout le repas. Ce devait être une jolie femme, évidemment. Une jolie femme séduisante qu'aucun homme n'avait jamais humiliée.

Il lui avait menti, tout à l'heure. Ou plutôt il avait choisi d'interpréter ses paroles à sa convenance. Elle était certaine qu'à ses yeux elle était définitivement souillée et n'inspirait plus aucun désir à personne. Bien sûr, il était seul à connaître la vérité. Et puisqu'il n'était qu'un vieil ami, ce qu'il pensait en la matière ne comptait pas beaucoup.

Impulsivement, elle ouvrit le tiroir. Il contenait une pile de papiers. Le cœur battant, chassant ses derniers scrupules, elle s'empara de la feuille du dessus et la déplia.

Elle ne lut que les deux premières lignes, remit la feuille dans le tiroir et le referma brusquement. C'était un poème d'amour, écrit de la main de M. Hampton. Un brouillon plein de ratures, qu'il avait dû garder avant d'envoyer la version finale.

Voilà donc la preuve qu'elle cherchait ! Elle était certaine, maintenant, qu'il avait des maîtresses. Sans doute en avait-il une à Londres en ce moment même.

Elle erra de pièce en pièce, se remémorant leur conversation du déjeuner pour changer le cours de ses pensées. Le comte demanderait-il le divorce si elle le trompait ouvertement ?

Dans leur accord, il était convenu que si elle se conduisait de manière scandaleuse ou lui causait le moindre embarras, le comte cesserait de lui verser sa pension et l'obligerait à revivre avec lui.

Or, il avait rompu leur pacte alors même qu'elle n'avait pas d'amant. Et si elle renversait la situation et affichait une liaison publique ? Il serait mis au pied du mur, sans nul doute, et ne voudrait pas la reprendre.

Pénélope s'assit au bureau et prit une feuille de papier. Elle allait dresser la liste des amants possibles. Des hommes que cela ne dérangerait pas de jouer un tel rôle. Elle écrivit un premier nom.

Colin Burchard.

Il était assez attirant. Et il trouverait peut-être amusant d'être au cœur d'un scandale, lui qui aimait tant la provocation. On parlerait de lui dans les gazettes, il deviendrait enfin célèbre, ce qui était sans doute son plus cher désir.

Ewan MacLean.

Un Écossais dangereux. Beau, séduisant, cynique. Pas du tout discret non plus. Il avait déjà été cité dans une affaire de divorce, et il ne manquait pas d'expérience avec les femmes. Justement, il n'était peut-être pas assez crédible pour une liaison officielle.

Non, décida-t-elle. Trop peu fiable.

Elle écrivit encore quelques noms et s'attarda sur le dernier.

Archibald Abernathy.

Oui, Archie serait ravi de lui rendre ce service. Il la sollicitait depuis des années.

Le problème, c'était qu'il ne l'attirait pas du tout. Elle avait déjà du mal à s'imaginer commettre un adultère dans les bras de ces hommes-là, mais avec Archie…

Elle parcourut sa liste. Aurait-elle le courage d'aller proposer une liaison à l'un d'eux ? Il faudrait qu'elle explique son plan, bien sûr. Car son amant potentiel devrait savoir qu'il ne s'agissait que d'une liaison de façade.

Que dirait-elle ? « Monsieur, voudriez-vous vous engager dans une liaison compliquée, où nous aurions une certaine intimité physique, mais sans aucun sentiment ? Vous n'auriez aucune obligation envers moi, et nous nous séparerions une fois que la preuve de mon adultère aurait été dûment enregistrée… »

Malheureusement, pour parler ainsi, il fallait être beaucoup plus sûr de soi qu'elle ne l'était. Elle n'avait rien de ces séductrices qui multiplient les liaisons. Avec un soupir, elle plongea de nouveau sa plume dans l'encrier. La pointe resta un instant suspendue au-dessus du papier, prête à tracer d'autres noms.

Julian Hampton.

Elle n'avait pas écrit son nom. Elle avait assez de bon sens pour réprimer pareil instinct. Mais le nom de Julian s'était imposé à elle si spontanément qu'elle en demeura stupéfaite. Elle n'avait aucun mal à s'imaginer dans ses bras. En fait, elle s'y sentait déjà, elle le voyait approcher son visage du sien, sentait la caresse de ses mains sur son corps...

Elle se leva brusquement et alla chercher son livre. Puis elle gagna la salle à manger qui baignait à présent dans une lumière de fin d'après-midi. Là, elle s'installa dans le creux de la fenêtre et tenta de se replonger dans sa lecture.

Mais en dépit de ses efforts, la pensée de Julian ne la quittait pas. Elle se mit soudain à rire. Pauvre M. Hampton, contraint de s'occuper d'une femme si seule et si effrayée qu'elle en venait à nourrir des idées insensées !

Tard, ce même après-midi, Julian se présenta à la porte de Glasbury. Un grand serviteur noir prit sa carte. Julian le reconnut, malgré la perruque blanche et la livrée qu'il ne portait pas autrefois. Il s'appelait César, un nom banal pour un esclave sur une plantation britannique. Car c'était l'un des domestiques que Glasbury avait ramenés de ses domaines des Antilles, bien avant son mariage.

César revint bientôt et introduisit Julian au salon. Peu de choses avaient changé depuis que celui-ci était venu négocier la liberté de Pénélope. Le chantage était la seule solution, à l'époque.

Le comte avait accordé une maigre pension, calculée pour punir Pénélope. Il voulait manifestement qu'elle regrette de l'avoir quitté, qu'elle le supplie peut-être de la reprendre. Mais la jeune femme serait partie sans un sou, tant elle avait hâte de quitter cet enfer.

Impeccablement vêtu et coiffé, le comte était assis sur un divan étroit qui le faisait paraître plus grand qu'il n'était. Il indiqua un fauteuil à Julian.

— Je suis navré de vous avoir manqué, hier, déclara-t-il. Vous avez bien fait de revenir.

Il sourit. Charlotte l'avait traité de crapaud, et Julian trouva soudain la comparaison fort appropriée.

— Après votre visite chez le vicomte de Laclere, ma venue s'imposait. J'ai été fort surpris que vous exigiez que la comtesse reprenne la vie commune.

— Vraiment ? Je pensais qu'elle vous avait confié mes intentions, puisqu'elle vous a toujours tout dit à mon sujet.

— Que vous ayez changé d'avis n'a aucune importance. Que je sache, la situation est strictement la même qu'autrefois.

— Détrompez-vous. La situation a énormément changé, et cette séparation est intolérable. Dites-le à mon épouse, au cas où son frère ne le ferait pas.

— Vous pouvez écrire à la comtesse.

— Non, puisque j'ignore où elle se trouve. Ne me dites pas qu'elle est à Naples, car je sais de source sûre qu'elle est rentrée en Angleterre. Et vous savez où elle se cache. Après tout, vous êtes son grand confident, non ? Son homme de main. La dame ordonne et vous obéissez, comme un chien bien dressé. Elle n'a peut-être pas pris contact avec ses frères, mais avec vous sûrement.

Glasbury se leva et se dirigea vers la cheminée d'un pas raide, comme si une trop grande proximité avec son visiteur lui répugnait.

— Elle a eu des liaisons à Naples. Plusieurs. Cela annule notre marché, comme vous le savez.

— Vous en avez la preuve ?

— J'ai reçu suffisamment de lettres décrivant ses amants pour remplir la cale d'un bateau.

— Qu'une femme soit accompagnée d'un chevalier servant dans une réception ne constitue pas une preuve d'adultère.

— Je sais qu'elle se comportait comme une catin, bon sang ! Je ne le supporterai pas. C'est mon épouse et elle m'appartient !

Voilà comment Glasbury concevait le mariage, songea Julian. Ce que Pénélope était à ses yeux. Un simple bien. Et malheureusement la loi lui donnait raison.

— Quoi que vous croyiez savoir, n'oubliez pas qu'elle sait beaucoup de choses sur vous aussi.

Glasbury fit volte-face et le fusilla du regard. Ses yeux avaient un éclat cruel.

— Et alors ? Vous aussi, vous êtes au courant, mais vous n'avez pas eu le cran d'utiliser ces informations contre moi, même si vous m'avez menacé de le faire. Vous avez reculé une fois déjà, après que je vous ai rappelé ce que cela allait vous coûter.

Julian ne releva pas l'allusion. Il savait que quelques années auparavant, quelqu'un avait tenté de faire chanter Glasbury et, cette fois, ce n'était pas pour sauver Pénélope. Glasbury pensait qu'il s'agissait de Julian, et avait répliqué en menaçant de s'en prendre à Pénélope. Lorsque le chantage avait brusquement cessé, le comte avait cru que ses soupçons étaient fondés. Mais il se trompait.

Ce n'était pas Julian.

— La comtesse le fera si besoin est, répliqua Julian. Je vous le répète : rien n'a changé !

Glasbury se redressa d'un air satisfait et revint s'asseoir sur le divan.

— Détrompez-vous. Beaucoup d'eau a passé sous les ponts… Mon épouse a peut-être des secrets à révéler, mais qui la croirait, à présent ? Qui croira les accusations fantaisistes d'une femme assez capricieuse et peu respectueuse des usages pour rompre ses vœux de mariage et refuser un héritier à son mari ? Un pair du royaume, qui plus est. Qui croira une femme seule qui a erré dans toute l'Europe comme si elle n'avait aucune obligation en Angleterre ? Une femme qui attend plus de dix ans pour révéler la source de son grand malheur ? Ouvrez les yeux, Hampton. Après tant d'années, son histoire ne tient plus debout. Et sa conduite entachera la véracité de ses dires.

L'assurance de Glasbury allait croissant. Son expression pleine de suffisance, sa joie sadique révélaient un être lâche, vil et sans cœur. Une vision familière envahit l'esprit de Julian. Un rêve éveillé, récurrent, où il se trouvait face à Glasbury dans une prairie à Hampstead.

Les premiers rayons du soleil effleuraient les branches des arbres, et la fraîcheur de l'herbe, la douceur de la brise étaient enivrantes. Un autre homme arrivait, ouvrait un coffret contenant deux pistolets. Après un long silence, l'homme ordonnait aux duellistes de prendre position. Julian s'éloignait, se retournait brusquement et appuyait sur la détente…

— Elle vous prend pour un idiot depuis le début, Hampton. Il y a beaucoup de choses que vous ignorez.

— J'en sais assez pour vous trouver répugnant.

— Ah, oui ! Je l'imagine très bien en train de vous raconter des mensonges pour vous faire pleurer sur son sort. Elle a sans doute omis de vous dire qu'elle était parfaitement consentante. Elle prenait du plaisir à nos petits jeux.

… le comte se pliait en deux, avant de s'écrouler sur le sol…

— Elle reviendra, continua Glasbury d'un ton triomphal. Et j'aurai enfin le fils qu'elle m'a refusé. Si j'étais vous, je ne me mettrais pas en travers de mon chemin. Couler Laclere me demanderait sans doute pas mal d'efforts, mais vous détruire me sera très facile.

— J'ai déjà été menacé par plus fort que vous, Glasbury. Alors ne croyez pas que vous me faites peur. Si vous voulez un fils, rappelez-vous que la comtesse n'est plus une jeune fille. Elle a trente ans passés. À son âge, un premier enfant peut mettre sa vie en danger.

— Si l'enfant est vivant, je m'en moque.

Julian frissonna. Comment pouvait-on être aussi cynique ?

— Et si ce n'est pas un garçon ?

— Eh bien, j'en concevrai d'autres, comme font tous les hommes.

Et si elle ne tombe jamais enceinte ? Julian retint sa question, car il connaissait déjà la réponse, la pire qui soit de la part de l'homme assis sur le divan.

Il se leva pour prendre congé.

— Je n'ai qu'une chose à vous dire : si la comtesse raconte ce qu'elle sait, tout le monde la croira. C'est une histoire vraiment sordide et, comme vous l'avez remarqué, les temps ont changé. Aujourd'hui, la société ne tolère plus les hommes tels que vous, Glasbury. Le temps des privilèges absolus n'est plus. À bon entendeur...

Il s'inclina d'un air méprisant et sortit.

La brume tomba dans l'après-midi. La côte disparaissait sous un voile gris, annonciateur de pluie. Le ciel était si bas qu'il se serait confondu avec l'océan si l'écume blanche des vagues n'avait rompu la ligne monotone de l'horizon.

Pénélope alla se rasseoir au bureau et tenta de travailler son pamphlet. Mais son regard ne cessait de revenir à la liste de ses amants potentiels et elle ne parvenait pas à se concentrer. Finalement, elle alla chercher son manteau et sortit sur la terrasse. Là, elle contempla l'étendue immense de la mer et du ciel, écouta le bruit étouffé des vagues. Le vent qui s'était levé était chargé d'embruns.

Elle aperçut un escalier qui descendait jusqu'à la plage. Une petite barque dansait sur les flots, à une vingtaine de mètres en contrebas.

Pénélope descendit les marches étroites et s'avança sur le sable humide. L'air frais lui parut bienfaisant. Soudain, une grosse vague vint lui lécher les pieds. Elle ôta ses chaussures et poursuivit sa promenade, foulant le sable de ses pieds nus, comme à Naples. Elle s'était promenée ainsi avec Paolo, au bord de la mer.

C'était le fils cadet d'un comte, qui passait sa vie à composer de médiocres opéras et à charmer les étrangères. *Sentez comme le sable est chaud, cara mia.... Sentez l'eau fraîche sur votre peau. Le contraste n'est-il pas merveilleux ?*

Elle sourit, attendrie par ce souvenir. Cher Paolo ! Il la flattait sans cesse, et ses paroles d'amour sonnaient creux. Mais qu'elles étaient agréables à entendre ! Naples était remplie d'hommes comme Paolo. Elle s'était sentie insouciante et jeune, là-bas.

Bien sûr, ce bonheur était superficiel. Elle jouait un rôle, comme lorsqu'elle était enfant à Laclere Park et qu'elle incarnait une princesse. Sauf que dans ces jeux enfantins elle n'avait rien à cacher et que son âme était pure.

Une vague glacée vint lui lécher les pieds et elle courut vers la falaise. Regardant autour d'elle, elle s'aperçut qu'elle s'était beaucoup plus éloignée du cottage qu'elle ne l'aurait cru. D'ailleurs, elle ne le voyait plus. Une autre vague vint se fracasser à ses pieds. La marée montait. Déjà, une partie de la plage était submergée.

Pénélope rebroussa chemin sans attendre. Dans sa hâte, elle faillit ne pas remarquer l'homme sur le sentier en haut de la falaise. Il faisait tellement gris que sa silhouette se découpait à peine contre le ciel chargé de nuages. Il lui tournait le dos et était immobile, comme s'il surveillait quelque chose.

De là où il se trouvait, il ne pouvait voir que le cottage. Effrayée, elle se plaqua contre la roche. Qui était cet homme ? Que voulait-il ? Pas d'affolement. Il allait certainement continuer sa route. Il bougea, en effet. Ou plutôt il disparut.

Pénélope balaya la plage du regard. Plus loin, vers le sud, elle apercevait un village de pêcheurs. Peut-être venait-il de là. Mais il portait une redingote, et non des vêtements de pêcheur.

Suivant la falaise, elle s'abrita derrière une barrière naturelle formée par des rochers. De là, elle considéra les alentours.

Un mouvement attira son attention. Une forme sombre se coula sur le bord de la terrasse. Quelqu'un entrait dans le cottage !

Pénélope retint un cri. Elle n'entendait plus aucun autre son que celui des battements désordonnés de son cœur. Au bord de la panique, le souffle court, elle réfléchit à toute allure. On avait dû les suivre, ce matin. Nul doute que cet homme était envoyé par le comte pour l'enlever. S'il ne la trouvait pas dans la maison, il descendrait sur la plage, prendrait la barque, peut-être, pour avoir une meilleure vue de la côte.

L'eau vint bouillonner autour de ses chevilles. Le froid la fit réagir. Relevant jupe et jupon, elle tourna les talons et se mit à courir le long de la falaise, cherchant frénétiquement un endroit où se cacher.

Le vent lui fouettait le visage, chargé d'une humidité qui la pénétrait jusqu'à la moelle. Mais il lui semblait que c'était surtout la peur qui la glaçait tout entière. Soudain, elle aperçut deux gros rochers qui faisaient saillie, formant un abri naturel. Elle se glissa entre eux et se laissa tomber sur le sable, épuisée. Serrant son manteau autour d'elle, le cœur battant de terreur, elle attendit en priant pour qu'on ne la découvre pas.

— Il me semble qu'elle n'a pas l'heur de vous plaire.

Julian entendit à peine la douce voix féminine. Si son corps était bien présent à cette réception, son esprit était resté dans sa maison de la côte. Il s'imaginait assis près du feu avec Pénélope. Et il méditait encore la révélation qu'elle lui avait faite. Elle s'était crue souillée à jamais, sûre que plus personne ne voudrait d'elle.

Du moins le pensait-elle jusqu'à ce qu'un homme la persuade du contraire. Un homme qui ignorait pourquoi elle avait quitté le comte, et qui n'avait eu aucun scrupule à la compromettre. Un individu qui n'avait pas hésité à la séduire sans penser aux risques qu'elle courait.

Quels souvenirs gardait-elle de cette liaison ? Avait-elle pardonné à Witherby, en dépit de ce qui s'était passé ? Elle l'aimait sans doute encore puisqu'il lui avait permis de reprendre confiance en elle. Quelle femme ne pardonnerait pas à l'homme qui lui offrait une seconde naissance ?

— Mme Morrison ne vous plaît pas, n'est-ce pas ? insista Diane Saint-John.

Julian se tourna vers son hôtesse. Elle avait une abondante chevelure châtain, un regard chaleureux et expressif, et possédait ce genre de beauté délicate qui croît avec les années.

En temps normal, il aurait été heureux d'assister à cette réception, car il aimait toujours se rendre chez les Saint-John. Mais aujourd'hui, il considérait cela comme une corvée qui le retenait loin de Pénélope, mais qu'il accomplissait de crainte d'attirer les soupçons du comte. Et puis, Saint-John lui avait demandé de venir parler affaires avec lui dans la bibliothèque.

— Elle est ravissante et tout à fait charmante, répondit enfin Julian en lançant un coup d'œil à Mme Morrison, assise non loin de là et qui bavardait avec animation. Qui dois-je remercier ? Lady Laclere ou vous-même ?

Diane éclata de rire.

— Je leur avais bien dit que vous ne seriez pas dupe ! Nous avons donc été si maladroites ?

— Cela fait un mois que je me rends compte des efforts de certaines dames pour me trouver une fiancée.

— Pas forcément une fiancée. Nous nous inquiétons de vous savoir toujours seul, c'est tout.

Il jeta un coup d'œil de l'autre côté du salon, où la señora Perez était au centre d'un groupe d'hommes attentifs. Par deux fois, elle lui avait souri en lui décochant de longs regards langoureux.

Cependant, Julian ne pensait pas qu'elle avait été invitée à son intention, ce soir. Depuis son arrivée à Londres, elle faisait sensation, et nul doute qu'on se la disputait déjà dans les cercles à la mode.

Diane suivit son regard.

— Daniel pense qu'elle n'est pas vénézuélienne, murmura-t-elle. Son accent est très différent de celui du señor Perez. Selon lui, elle viendrait plutôt de Guyane.

— Votre mari a sans doute raison. Il connaît bien cette région du monde.

— Il est aussi convaincu que ce n'est pas la femme légitime de Raoul Perez. Sinon, il ne la laisserait pas flirter de façon aussi éhontée. Et puis, elle est de toute évidence métisse. Raoul vient d'une excellente famille créole et il n'accepterait jamais d'avoir des enfants noirs.

— Ce serait sa maîtresse ?

— C'est possible. Qu'en pensez-vous ?

— Je crois que les réceptions vont être très animées dans les mois à venir. En tout cas, si Raoul a raison, les vrais drames se joueront en privé. Du moins je l'espère.

Diane balaya la pièce du regard, en bonne hôtesse, pour s'assurer que personne ne manquait de rien.

— Vous nous trouvez indélicates, monsieur Hampton, de nous inquiéter de votre bonheur ?

— Au contraire, j'en suis flatté. Si je ne coopère pas, ce n'est pas par ingratitude, croyez-le bien. Je vous sais gré de votre amitié, même si je ne cherche pas de fiancée.

— J'ai assuré à Bianca et à Sophia que nos efforts seraient vains, avoua-t-elle. Il me semble que vous désirez plus que ce que nous sommes en mesure de vous trouver.

Il ne voulait pas mentir à son amie, et lui avouer la vérité était impossible. Julian choisit donc de se taire. Diane resta près de lui sans s'offusquer de son silence.

C'était un trait de caractère qu'il avait toujours apprécié chez elle. On pouvait lui faire confiance pour comprendre les choses à demi-mot. Aujourd'hui, cependant, il la sentait agitée, comme si elle se retenait de lui confier quelque secret.

Finalement, elle se pencha vers lui et chuchota :

— Charlotte m'a parlé de la visite de Glasbury. Je n'ai jamais aimé cet homme. Lorsque je me suis mariée, je me suis liée d'amitié avec Pénélope. Elle venait de le quitter, et il a fait son possible pour que les salons de Londres lui soient fermés.

— La comtesse l'avait prévu.

— Pénélope est une de mes meilleures amies. Je serais vraiment rassurée de la savoir en sécurité. Je ne voudrais pas que Glasbury la trouve.

— Rien ne permet de penser qu'elle est en danger.

Diane parut soulagée.

— Voulez-vous venir avec moi un instant, s'il vous plaît ? J'ai quelque chose à vous donner.

Julian acquiesça et la suivit jusqu'à la grande bibliothèque silencieuse. Là, Diane se dirigea vers le bureau et en sortit une enveloppe cachetée.

— Prenez ceci, monsieur Hampton. Daniel possède plusieurs propriétés en Angleterre et en Écosse. Cette lettre contient leurs adresses et des instructions pour les intendants, afin qu'ils vous accueillent au cas où vous souhaiteriez vous y rendre. Ce sont de belles demeures isolées, et elles valent la peine d'être visitées…

— Je ne pense pas voyager dans l'immédiat, mais je vous remercie, fit Julian en s'emparant de l'enveloppe.

— On ne sait jamais. Vous aurez peut-être envie de changer d'air.

— Vous êtes très généreuse.

À cet instant, la porte de la bibliothèque s'ouvrit et le maître de maison pénétra dans la pièce. En voyant sa femme et Julian près du bureau, Daniel Saint-John eut un sourire moqueur.

Il avait accumulé une immense fortune en s'installant comme armateur. Son passé était des plus mystérieux, sauf pour ses amis. Il était né en France, ce que beaucoup ignoraient, et son regard acéré, sa forte personnalité inspiraient souvent la crainte. Il n'était pas homme à tolérer la médiocrité ou le mensonge, et cela se voyait tout de suite. D'ailleurs, la plupart des gens évitaient de l'avoir comme ennemi.

Julian pensait que sa réussite devait autant à sa personnalité qu'à son sens des affaires. Seul un imbécile se risquerait à le duper.

— Ah, vous voilà, Hampton ! Les autres ne vont pas tarder à arriver. Tu veux bien nous excuser, Diane ? Notre entretien sur le projet Durham sera bref, je te le promets.

Diane sortit en souriant, et Julian glissa l'enveloppe dans la poche de sa veste.

— Heureusement que j'ai confiance en vous, Hampton. Autant qu'en ma femme. Un autre se serait interrogé sur le contenu de cette enveloppe.

— J'imagine que c'est votre écriture qui figure sur ces documents et non la sienne.

— En effet. Diane s'inquiète beaucoup pour la comtesse.

Saint-John s'approcha à son tour du bureau et sortit une autre enveloppe cachetée d'un tiroir.

— Diane n'est pas au courant, expliqua-t-il. Si elle savait que je vous offre une telle aide, elle s'inquiéterait encore davantage pour notre amie.

— Qu'est-ce que c'est ?

— Une liste de mes bateaux, avec leurs ports d'attache en Angleterre et en France, et les dates prévues pour leurs départs. J'y ai ajouté une lettre à l'intention de tous mes capitaines, avec l'ordre de prendre gratuitement à bord la personne qui la leur présentera.

Julian contempla la longue enveloppe d'un air songeur.

— Que savez-vous exactement, Saint-John ?

— Pas plus que la plupart des gens, à part vous. La comtesse est une femme de devoir. Si elle a quitté Glasbury, c'est qu'elle avait de bonnes raisons. Qui ne sont guère difficiles à imaginer, malheureusement...

Des pas se firent entendre dans le couloir.

— Vous savez que vous pouvez compter sur moi en toutes circonstances, Hampton, reprit Saint-John.

Julian hocha la tête. Il était clair que ses plus proches amis étaient convaincus que Pénélope était de retour en Angleterre, et qu'il l'aidait à se cacher.

Hélas, Glasbury en était arrivé à la même conclusion.

7

Julian enfourcha son cheval et partit pour la côte avant l'aube. Il avait plu, mais dès le lever du jour les nuages se dissipèrent.

En arrivant au cottage, il se prit à rêver que Pénélope serait contente de le revoir. Il descendit de cheval et contempla la maison. En tout cas, elle ne l'attendait pas encore. Elle ne le guettait ni à la fenêtre de sa chambre ni à la porte d'entrée. Déçu, il conduisit sa monture à l'écurie. Évidemment, elle devait penser à autre chose qu'à son fidèle notaire…

Une fois son cheval brossé et nourri, il regagna la maison. Mais plus il en approchait, plus elle lui semblait étrangement silencieuse.

Dès qu'il franchit le seuil, il sut qu'elle était partie. Les pièces du rez-de-chaussée étaient vides. Il regarda tout de même sur la terrasse. Vide aussi, naturellement. Il monta à l'étage. Ses malles étaient là. Se pouvait-il qu'on l'ait enlevée ? Il réprima un frisson de peur, puis se raisonna.

C'était peu probable. La vérité, c'était qu'elle était partie en emportant juste quelques affaires, soucieuse de ne gêner personne. Peut-être avait-elle eu raison, se dit Julian en songeant à l'issue de son entretien avec Glasbury.

Mais il se sentait aussi vide que la maison. Il descendit l'escalier, conscient comme jamais du silence qui l'entourait. Il sortit de nouveau sur la terrasse.

Comment avait-elle pu partir ainsi ? Sans un mot, sans un adieu ? La marée était haute et la barque dansait sur les vagues. Julian ôta sa veste, sa cravate et sa chemise. Puis, torse nu, il se déchaussa et gagna la plage. D'un bond, il sauta dans la barque, la détacha et saisit les rames.

Il se dirigea vers le large. Ramer le détendait un peu. Et le soleil sur sa peau le réchauffait, malgré la brise marine. Il fallait ramer fort contre les vagues et, peu à peu, la violence de l'exercice ramena le calme en lui.

Peut-être avait-elle pris cette décision avant qu'il s'en aille et ne lui en avait-elle pas parlé de crainte qu'il ne proteste. Et puis, qui était-il à ses yeux ? Son conseiller, son notaire… Son serviteur. Son homme de main, comme avait dit Glasbury.

Il tira plus fort sur les rames. Si seulement il y avait plus de vent, plus de vagues… Il ne souhaitait qu'une chose : s'épuiser, pour ne plus penser à la douleur qui lui broyait le cœur.

Il ne la reverrait jamais.

Une vague plus haute souleva la barque. Julian cessa de ramer et se laissa porter par les flots. Il volait sur les ondes, seul face à la côte.

Soudain, il aperçut une tache bleue sur la gauche. Un bleu saphir, différent de celui de la mer. Un bleu qui n'avait rien à faire sur les rochers, en dessous du sentier qui courait au bord de la falaise.

La vague retomba et Julian reprit les rames. Cette fois, il se dirigea vers la plage à toute allure, priant pour que cette étoffe bleue ne soit pas un linceul.

Pénélope fixait le large, les yeux plissés. Il lui semblait avoir aperçu une barque à l'horizon. Elle avait dû rêver. Personne ne partait en pleine mer avec de simples rames. À moins, songea-t-elle, soudain alarmée, que cette personne ne cherche à repérer quelqu'un sur la côte.

L'homme qui la cherchait avait-il attendu que le jour se lève pour explorer la plage depuis la mer ? En dépit de la fatigue qui la terrassait, la jeune femme sentit la panique s'emparer d'elle.

Elle jeta un coup d'œil à la bande de sable où elle s'était abritée la veille. Lorsque la marée était montée, elle avait été obligée de grimper plus haut et s'était réfugiée sur cette grande roche plate. Il faisait sombre, alors, et personne ne pouvait la voir. Maintenant, c'était différent.

La marée commençait à descendre. Dans quelques heures, la plage serait assez dégagée pour qu'elle regagne le cottage. Si, toutefois, elle osait s'y risquer et n'était pas trop lasse pour marcher.

L'humidité avait trempé ses vêtements si bien que son manteau ne la réchauffait plus. Elle le serra cependant autour d'elle, tentant d'ignorer les frissons qui la secouaient.

Elle observa de nouveau l'embarcation. Et si ce n'était qu'un simple pêcheur ? De toute façon, elle ne pouvait plus se cacher nulle part. Et tout lui était égal. Elle était trop épuisée…

Soudain, la barque entra dans son champ de vision. Elle se déplaçait parallèlement au rivage à cause des vagues, mais il était clair qu'elle se dirigeait droit vers elle. Pénélope éprouva de nouveau une peur sans nom.

Puis elle aperçut une tête brune. Quelqu'un criait son nom. Son cœur bondit de joie et elle se mit à pleurer de soulagement.

Julian ! Il avait dit qu'il reviendrait l'après-midi, et il était déjà de retour, juste après l'aube !

— Julian ! cria-t-elle. Je suis ici ! À l'aide !

La barque se rapprocha. Elle voyait les bras musclés de Julian se mouvoir avec aisance. Ses épaules puissantes et hâlées luisaient sous les embruns, et le vent agitait ses courtes boucles brunes. Il était si beau qu'elle en oublia sa peur, sa fatigue, le froid qui lui glaçait les os.

Il rama jusqu'à elle, posa une rame et laissa les vagues le pousser vers le rivage. S'éloignant des rochers immergés à l'aide de l'autre rame, il parvint à deux mètres d'elle et sauta hors de l'embarcation. L'eau lui arrivait à la taille. Il coinça la barque entre deux rochers et rejoignit la jeune femme.

On aurait dit un dieu de la mer, songea-t-elle tandis qu'il s'avançait vers elle. Son torse musclé et sa belle tête aux cheveux en désordre étaient aussi parfaits que la plus belle des sculptures classiques.

— Comment vous êtes-vous retrouvée ici ? s'enquit-il.

— Il y avait un homme près de la maison, et je n'ai pas osé rentrer. Je me suis cachée, puis la marée est montée et j'étais coincée ici…

Il la souleva dans ses bras sans effort. Elle s'y abandonna en remerciant le ciel. Avec lui, elle n'avait plus peur.

— Vous m'expliquerez plus tard. Vous êtes trempée. Vous devez mourir de froid…

Il regagna la barque en la tenant haut au-dessus des vagues. Soudain sans force, Pénélope laissa sa tête rouler sur l'épaule puissante de Julian, consciente de la chaleur de son corps.

Il s'arrêta un instant et baissa les yeux sur elle. Son visage était tout près du sien, son expression à la fois sévère et douce. Puis il la posa dans la barque avec une infinie douceur, y grimpa à son tour et repoussa l'embarcation loin des rochers. Pénélope était assise en face de lui, frissonnant dans son manteau mouillé. Elle le regardait fixement, incapable de détourner les yeux. Il était si beau, si athlétique…

— Vous êtes parti à ma recherche en ne me voyant pas dans la maison ?

— Si c'était le cas, j'aurais gardé ma chemise.

Ce n'était pas un reproche, juste une observation. Il est vrai qu'elle le regardait avec une telle insistance... À croire qu'elle n'avait jamais vu d'homme torse nu.

— J'aime bien ramer, reprit-il. Quand je suis à Londres, je fais parfois un tour sur la Tamise au petit matin.

Elle était trop lasse pour être gênée, mais elle parvint à fixer le visage de Julian plutôt que son corps.

— Vous n'avez pas trouvé bizarre que je ne sois pas là ?

— J'ai cru que vous aviez décidé de partir, répondit-il tranquillement.

Cela ne semblait ni le surprendre ni le troubler. Il avait constaté qu'elle n'était plus là et avait repris ses activités habituelles, tout simplement.

— J'ai eu beaucoup de chance que vous m'aperceviez, murmura-t-elle, dépitée.

— C'est le bleu de votre manteau qui a attiré mon attention. Je ne comprenais pas ce qu'il faisait là.

Cela n'avait pas dû beaucoup l'inquiéter si elle se fiait à son ton. Il ramait, avait vu la tache bleue de son vêtement et s'était approché par curiosité.

— Évidemment, reprit-il, j'espérais que je le retrouverais autour d'une femme bien vivante.

La tension de sa voix la fit tressaillir. Étonnée, elle leva les yeux, mais il détourna le regard.

Ainsi, il s'était inquiété. Il avait même redouté le pire ! Il s'était dirigé vers elle en craignant qu'elle ne soit morte, et que ce ne soit peut-être pas un accident.

— Je ne me suiciderai jamais à cause de lui, Julian.

Ils avaient atteint l'escalier de pierre, en contrebas de la terrasse. Julian sauta de la barque et l'attacha à son pilier. Puis il reprit la jeune femme dans ses bras et la déposa sur une marche.

Elle vacilla, les jambes raidies par sa longue attente, épuisée par sa nuit de veille. Soudain, elle se retrouva de nouveau dans les bras de Julian. Il la porta jusqu'à la maison, la déposa dans un fauteuil de la bibliothèque, puis entreprit de ranimer le feu.

— Il n'y a que des cendres, constata-t-elle. Peut-être qu'il n'a pas attendu ici toute la nuit, après tout.

— De qui parlez-vous ?

Elle mentionna de nouveau l'homme qu'elle avait aperçu sur le sentier.

— Je n'ai pas osé rentrer de crainte qu'il ne soit ici.

Bientôt, les bûches flambèrent en grondant dans l'âtre. Julian s'éloigna. Les yeux clos, Pénélope laissa la chaleur l'envahir. Elle s'assoupissait à moitié, consciente des pas de Julian dans la maison. Elle sursauta à peine lorsqu'elle sentit sa main se poser doucement sur son bras.

— Je vous ai préparé un bain dans la cuisine.

Pénélope ne bougea pas. Son corps semblait de plomb, et elle avait l'impression d'être incapable de mettre un pied devant l'autre tant elle était courbaturée.

— Venez, Pénélope, insista-t-il. Vous êtes transie, un bain chaud vous fera du bien.

Elle soupira.

— Puisque vous insistez, monsieur Hampton, murmura-t-elle en se levant péniblement.

Il avait passé une chemise. « Dommage... », songea-t-elle.

— Ainsi je suis redevenu M. Hampton ? remarqua-t-il avec un sourire ironique. Il semble que je ne sois Julian que lorsque vous êtes prise au dépourvu.

— Je... Enfin, c'est...

— Nous nous connaissons depuis l'adolescence, Pénélope.

Elle n'avait même pas remarqué qu'elle l'appelait par son prénom.

— Je ne veux plus de M. Hampton en privé, reprit-il. Plus jamais... Je vous ai descendu des vêtements secs. Ils sont près de la baignoire. Si vous avez besoin de quoi que ce soit, appelez-moi, lança-t-il avant de quitter la pièce.

Julian avait installé la baignoire de zinc près de la cheminée. Pénélope poussa un gémissement de bonheur en se glissant dans l'eau chaude.

Elle ferma les yeux, songeant qu'elle était nue dans son bain et qu'un homme se trouvait dans la pièce à côté. La détente que lui procurait l'eau s'accompagnait à présent d'une excitation troublante. Elle plongea la tête en arrière pour se rincer les cheveux, imaginant qu'il venait la rejoindre. Une sensation délicieuse l'envahit.

Soudain, la voix de Julian la fit sursauter.

— Je n'ai pas trouvé de traces de pas dans la maison, dit-il derrière le battant.

— Vous en êtes sûr ?

— Rien n'a été dérangé. Et dehors, il n'y a ni traces de roue ni traces de sabots de cheval ou de bottes d'homme. Hormis les miennes, bien sûr.

— Je n'ai pas rêvé, Julian. J'ai vraiment vu un homme. Il portait une redingote.

— Je ne dis pas le contraire. Mais il arrive souvent que des gens passent par le sentier de la falaise pour traverser la terrasse plutôt que de faire le tour de la propriété. Cela se produit parfois même quand je suis présent.

— Vous voulez dire que je me suis mise en danger pour rien ?

— Si vous avez vu quelqu'un devant la maison, vous avez fait preuve de prudence. De là à rester toute la nuit sur la falaise… c'était sans doute inutile.

Converser avec Julian en étant nue créait une étrange intimité entre eux. Pénélope jetait de fréquents regards à la porte, s'attendant à la voir s'ouvrir à tout moment.

— Je m'efforcerai de mieux contrôler ma peur, à l'avenir, Julian. Il faudra que j'apprenne…

— Le mieux serait que vous n'ayez plus à avoir peur.

Elle entendit un léger bruit et ferma les yeux, attendant le subtil changement d'atmosphère qui témoignerait de la présence de Julian dans la cuisine. Mais rien ne se passa.

Elle rouvrit les yeux. La porte était toujours fermée. Il était sans doute retourné dans la bibliothèque.

Déçue, elle examina son corps nu. Que verrait un homme, s'il entrait à cet instant ? Ses seins ronds et fermes, sa taille fine, ses hanches sans doute un peu trop enrobées…

Un corps agréable, mais sans beauté particulière. Elle n'avait rien de spectaculaire, ni physiquement ni autrement. Elle n'était pas de ces femmes qui font tourner la tête aux hommes. La seule chose remarquable à son sujet, c'est qu'elle avait quitté un pair du royaume peu de temps après leur mariage. Et ce genre de conduite provoquait rarement l'admiration.

Elle finit de se laver, consciente de l'homme qui, dans la pièce voisine, entendait la moindre de ses éclaboussures. Du moins s'il y prêtait attention, ce qui n'était sûrement pas le cas. Il devait être en train de réfléchir à Dieu sait quoi, comme à son habitude. Il allait sans dire que ni Julian ou plutôt M. Hampton ne s'était jamais demandé à quoi elle ressemblait sans ses vêtements…

L'eau commençant à refroidir, elle se décida à sortir et se sécha longuement. L'idée que Julian entendait tout la faisait rougir, même s'il s'en moquait. C'était vraiment le bain le plus délicieux qu'elle ait jamais pris.

Il ne lui avait pas descendu de corset. Heureusement, la robe qu'il avait choisie était un peu grande de sorte qu'elle ne serait pas ridicule. Elle enfila sa chemise, son jupon, ses bas, et parvint tant bien que mal à agrafer son corsage. Enfin prête, elle se chaussa et gagna la bibliothèque.

Il ne s'y trouvait pas.

Debout dans la pièce vide, Pénélope éclata de rire. Non seulement il n'avait rien entendu, mais il n'était même pas resté dans la maison ! Il était juste entré pour poser une couverture pliée sur le divan. Elle comprit tout de suite. Il pensait qu'elle aimerait se reposer un peu.

Elle s'allongea, s'enroula dans la couverture

Julian resterait au cottage tant qu'elle dormirait, elle en était certaine. Elle était en sécurité, à présent.

Il avait entendu chacun de ses mouvements. La moindre éclaboussure, le moindre souffle. Mentalement, il l'avait vue ôter ses vêtements un à un, jusqu'à ce qu'elle soit nue. Il imaginait sans peine la rondeur de ses seins et son corps souple se glissant dans l'eau.

Debout dans la bibliothèque, il avait assisté à son bain comme s'il était dans la pièce. Jamais il n'avait été aussi excité. Par quel miracle avait-il réussi à ne pas entrer dans la cuisine ? Il n'aurait su le dire.

La tentation avait été tellement forte qu'il avait préféré sortir. Il avait fait les cent pas sur le sentier, cherchant les traces du visiteur qui avait effrayé Pénélope.

Il ne doutait pas de la véracité de ce qu'elle avait vu. Pénélope n'était pas femme à se laisser emporter par son imagination. Mais apparemment il s'agissait de quelqu'un d'ici, qui s'était simplement promené sur la falaise. Aucune voiture ne s'était approchée de la maison. Il n'y avait aucune trace anormale.

Il retourna dans le jardin. La fenêtre de la cuisine était entrouverte, l'invitant à regarder à l'intérieur. Il eut un rire amer. Qu'un homme adulte, respectable et respecté, en soit à vouloir épier une femme nue par la fenêtre, tel un écolier, était du dernier ridicule.

Cependant, même s'il résistait à la tentation, son esprit vagabondait du côté de la cuisine. Il imaginait Pénélope adossée à la baignoire de sorte que seule sa jolie poitrine dépassait de l'eau. La chaleur rosissait sa peau et la pointe de ses seins se dressait…

Il s'efforça de chasser cette vision. En vain. Cela faisait des années qu'il luttait contre le désir qu'elle lui inspirait. Il avait appris à le maintenir à distance, à le contrôler. Mais maintenant qu'elle était en danger, il se sentait infiniment vulnérable. Comment maîtriser ce qui ne pouvait l'être ?

Une colère primitive s'empara de lui. L'envie de posséder Pénélope se confondait avec celle de la protéger. C'était le même sentiment violent, la même soif inextinguible.

Il comprit alors qu'il ne serait plus capable de contrôler totalement sa passion, comme autrefois. Ce qui signifiait que sa vie allait devenir un enfer.

Lorsque Pénélope ouvrit les yeux, Julian lisait près de la cheminée. Il s'était changé et portait maintenant un pantalon et une veste. Dieu qu'il était séduisant ! Son beau profil au nez droit et aux lèvres pleines se découpait à la lueur du feu.

Elle était heureuse qu'il lui ait demandé de l'appeler Julian. Quand avaient-ils cessé d'utiliser leurs prénoms ? Lorsqu'elle s'était mariée, peut-être.

Il posa son livre près de lui.

— Vous vous sentez mieux ?

Elle se redressa, repoussa la couverture. À part la lumière de l'âtre, la pièce était plongée dans la pénombre.

— Oui, merci. Mais je crains d'avoir beaucoup trop dormi… Le soleil est très bas à l'horizon. Vous devriez partir si vous voulez être à Londres avant la nuit.

— Je n'ai pas l'intention de rentrer à Londres ce soir.

Il l'avait dit avec tant de naturel qu'on avait l'impression que la situation n'avait rien d'inconvenant. Ce qui était sans doute le cas à ses yeux dans la mesure où il n'éprouvait aucune tentation à son endroit.

— Il vaut mieux que je reste jusqu'à ce que vous ayez décidé quoi faire. Ainsi, nous prendrons les dispositions qui conviendront. J'ai peur que vous n'entendiez un bruit dehors, cette nuit, et que vous ne plongiez dans l'océan pour échapper à de mystérieux ravisseurs.

— Je ne suis pas si sotte, Julian.

— Je le sais bien. Mais vous êtes effrayée. Si je reste ici, vous le serez moins, je pense.

Certes…

— Il y a une chambre au-dessus de l'écurie, ajouta-t-il. Je dormirai là-bas.

Si seulement il n'avait pas été aussi beau, elle aurait pu réfléchir de manière sensée. Cela dit, vu les circonstances, les conventions sociales semblaient plutôt dérisoires. Si quelqu'un apprenait qu'ils étaient seuls nuit et jour dans ce cottage, le fait que Julian dorme au-dessus de l'écurie ne changerait rien au scandale. Étrange scandale, en vérité, car Julian ne représentait guère une menace pour sa vertu.

— Je ne suis plus une jeune fille prude, remarqua-t-elle. Si vous devez rester, dormez dans votre chambre, vous y serez bien mieux. Quant à prendre une décision, si je n'y suis pas parvenue aujourd'hui, je doute que j'y parvienne demain !

— Dans ce cas, j'attendrai le temps qu'il faudra. Mon clerc s'occupe de tout pendant mon absence, et j'ai confié à un autre collègue le soin de régler les affaires urgentes.

Il se leva et alla ranger son livre sur l'étagère où il l'avait pris. En regagnant son fauteuil, son regard tomba sur le manuscrit posé sur le bureau.

— Qu'est-ce que c'est ? s'enquit-il en s'approchant.

— Un pamphlet. Puisque je dispose de beaucoup de temps ici, j'en profite pour y travailler.

Il parcourut la première page.

— Vous avez l'intention de publier une déclaration sur les lois concernant le mariage ?

— Il est grand temps que quelqu'un s'en occupe.

Il s'empara du document et en lut quelques pages.

— C'est fort bien écrit, Pénélope.

Elle rougit du compliment.

— On m'a aidée. J'y travaille avec d'autres femmes telles que Mme Levanham, qui ont rencontré des difficultés semblables aux miennes.

— Mais je reconnais votre style, Pénélope. Avez-vous l'intention de le signer ?

— Naturellement. La signature d'une comtesse devrait lui donner du poids.

— Glasbury est-il au courant ?

— Je ne vois pas comment il pourrait l'être !

— On doit certainement parler de ce projet dans tous les cercles féminins. Il suffirait que quelqu'un lui en procure une copie.

— Êtes-vous en train de suggérer que c'est ma participation à cet essai qui a incité le comte à réclamer mon retour ?

— Si j'en juge par son contenu, je répondrai oui. Surtout avec des phrases comme… voyons voir… celle-ci : *Les lois censées protéger les femmes sont devenues le moyen de les condamner à vivre dans l'esclavage s'il s'avère que leurs maris ne sont pas de véritables gentlemen mais des êtres vils, violents et malfaisants.* Vous n'y allez pas par quatre chemins, Pénélope.

— Je ne parle pas nommément du comte mais des hommes en général.

— Il ne manquera pas de se reconnaître. Du reste, si l'on suit votre raisonnement, vous prônez le droit pour les femmes de quitter leurs maris. Ce que vous avez fait. Par conséquent, on en déduira aisément que vous étiez mariée à un tel personnage.

Vexée, Pénélope frappa le coussin du divan.

— Eh bien, tant pis ! C'est ce qu'il est : malfaisant et violent. Je ne modifierai rien à ce que j'ai écrit, Julian. Les femmes mariées sont des esclaves et cela doit changer.

Il feuilleta de nouveau les pages, mais sans paraître les lire.

— Votre expérience personnelle vous donne un point de vue trop radical. Toutes les femmes mariées ne sont pas des esclaves. Voyez vos belles-sœurs, elles sont très heureuses.

Voilà pourquoi elle ne parlait jamais aux hommes de ce pamphlet. Ils étaient incapables de comprendre.

— Si une femme mariée ne devient pas une esclave, expliqua-t-elle, c'est uniquement parce qu'elle a la chance d'avoir un mari bienveillant. Sa condition dépend entièrement de l'humeur de son maître. Ce pamphlet sera publié, mon cher. Quoi que fasse Glasbury !

Sans un mot, Julian reposa le pamphlet sur le bureau. C'est alors qu'il remarqua la feuille qui était glissée dessous. Pénélope retint un gémissement. C'était la liste de ses amants potentiels !

Il se tourna vers la jeune femme.

— Je constate que vous n'avez pas passé tout votre temps à réfléchir à la libération des femmes mariées, railla-t-il.

— Eh bien, hum… Si je reste en Angleterre, je voudrais donner une petite réception.

Pourquoi mentait-elle ? À cause du regard de Julian, sans doute.

— Une réception fort intéressante. Vous comptez n'inviter que des hommes ?

Elle était affreusement embarrassée.

— Puisque vous voulez tout savoir, répliqua-t-elle, je réfléchissais à cette histoire de liaison. Autant s'assurer que la chose est possible ou en vaut la peine avant d'aller plus avant.

— Voici donc la liste des candidats potentiels ?

Il prit la feuille et s'avança jusqu'à la cheminée.

— Colin Burchard sera flatté de savoir qu'il a une chance.

— Sincèrement, je ne crois pas qu'il ferait l'affaire.

Il baissa de nouveau les yeux sur la feuille.

— *Ewan MacLean* ?

— Eh bien, pour tout vous dire...

— Non, Pénélope ! Pas Ewan MacLean, tout de même ?

— C'était juste un...

— C'est à Naples que vous avez appris à apprécier ce genre d'hommes ?

— Je ne vois pas ce que vous lui reprochez. Ni ce que vous reprochez à mon projet. Vous m'avez dit vous-même que ce serait une alternative.

— Éventuellement, oui. Mais je ne vous ai pas conseillé de vous jeter dans les bras d'Ewan MacLean. Je vous enfermerai d'abord, Pénélope ! Ce n'est vraiment pas un homme pour vous.

— Il me semble que c'est à moi de décider qui me convient ou pas.

— Sûrement pas !

Que voulait-il dire ? Et de quel droit employait-il ce ton avec elle ?

— Cela n'a pas été facile de dresser une liste de ce genre, vous savez. D'autant qu'il ne s'agira que d'une liaison de façade. Je ne veux pas compliquer les choses avec un homme qui me ferait des déclarations d'amour ou, pire encore, qui veuille m'épouser après mon divorce.

— Vous avez pensé à tous les détails, apparemment.

— Sur cette partie du plan, oui. Si je me libère du joug du mariage, ce n'est pas pour me retrouver sous la coupe d'un autre homme. Ce serait stupide de ma part de me remarier. Quant à cette liste, j'ai eu le plus grand mal à trouver quelques noms. Et encore, je ne leur ai fait subir aucun test.

— *Pardon* ?

C'était la première fois que Pénélope voyait Julian s'énerver. Elle s'enfonça dans les coussins du divan, déconcertée.

— Enfin, pas un véritable test... murmura-t-elle.

— Vous pourriez peut-être mettre une annonce dans les journaux. Dans la rubrique *Bétail et animaux de basse-cour*. Cherche étalon, ou quelque chose de ce genre...

Voilà qui dépassait vraiment les bornes ! De quel droit l'insultait-il ?

— Quelle bonne idée ! répliqua-t-elle. Mais pourquoi jouer sur les mots ? L'approche directe est toujours la meilleure. Que diriez-vous de ça : « Cherche gentleman pour liaison temporaire et fictive. Références des précédentes maîtresses exigées. Doit aussi accepter d'être cité au tribunal en cas de divorce. Bonne présentation et expérience indispensables. »

Julian lui décocha un regard noir. Tiens donc ! Il n'appréciait pas son humour ?

— Je ne comprends pas votre réaction, Julian. Vous aviez admis qu'une liaison pouvait être la solution. Vous sembliez même l'encourager, hier.

Il fit mine d'étudier la liste, mais sa colère était manifeste.

— Je vois que mon nom n'y figure pas.

— Vous êtes si respectable, bien sûr, je...

— Vous vous inquiétez pour ma réputation ? C'est très généreux de votre part !

Il se dirigea vers elle d'un air si furieux qu'elle sentit la panique la gagner.

— Si vous décidez d'accorder vos faveurs, je devrais être le premier de la liste, ne serait-ce que par courtoisie, lança-t-il en se plantant devant elle. J'ai déjà risqué ma réputation pour vous, et vous voudriez récompenser un autre à ma place ?

Médusée, Pénélope demeura silencieuse.

— Je suis le seul homme capable de comprendre exactement ce que vous souhaitez, reprit-il d'un ton plus calme. Le seul qui saurait pourquoi vous avez besoin de cette liaison, ce qu'elle signifie et ce qu'elle exclut.

Ce n'était plus son vieil ami Julian qui la regardait en ce moment, ni M. Hampton, le fidèle conseiller. C'était un homme différent, fort mécontent, possessif… qui lui faisait battre le cœur.

Il posa la main sur son visage et elle le dévisagea avec stupeur. Le contact de cette main masculine, chaude, puissante, était cependant très agréable.

— Peut-être ne m'avez-vous pas inclus dans votre liste parce que vous pensiez que je ne m'acquitterais pas assez bien de ma tâche, murmura-t-il. Après tout, vous ne m'avez jamais soumis à aucun test.

Sa main enveloppait le visage de la jeune femme, à présent, et elle sentit une troublante langueur l'envahir. Puis soudain il se pencha et sa bouche couvrit la sienne. Ce ne fut pas un long baiser, mais il dura assez pour que Pénélope en fût bouleversée.

Julian se redressa lentement, le regard brûlant de désir. Pénélope en avait le souffle coupé.

Puis il se dirigea tranquillement vers la porte qui menait à la terrasse, tel un homme qui vient de se souvenir qu'il a oublié de faire quelque chose.

8

Si elle en jugeait par ce baiser, Julian Hampton était plus que qualifié pour figurer sur sa liste.

Pénélope tentait vainement de recouvrer ses esprits. Que s'était-il passé pour que leur vieille amitié se transforme ainsi ?

Et qu'était-elle supposée faire, maintenant ?

Elle se leva, s'approcha de la fenêtre. Il n'était pas sur la terrasse. Il croyait peut-être qu'elle lui en voulait, ou qu'elle pensait qu'il ne l'avait aidée que pour la séduire. Non, c'était trop absurde ! Elle ne voulait pas qu'il la croie capable de pareils soupçons.

Elle drapa la couverture sur ses épaules et sortit à son tour.

Julian se tenait sur l'une des marches menant à la plage. Debout devant la mer, tout de noir vêtu, le regard perdu au loin, il était l'incarnation même du romantisme.

En tout cas, il n'avait pas l'air de quelqu'un qui apprécierait d'être dérangé. Tant pis, se dit Pénélope. Il fallait régler cette histoire.

Il ne se retourna pas en l'entendant arriver.

— Vous auriez dû rester dans la maison, Pénélope.

— Je suis tout à fait remise.

— Je ne faisais pas allusion à cela, rétorqua-t-il en lui adressant un bref regard. Je n'ai pas l'intention de m'excuser, si c'est ce que vous êtes venue chercher.

— Vous n'avez nul besoin de vous excuser. Vous avez agi sous le coup d'une impulsion. Cela arrive à tout le monde.

— Une impulsion, oui… Ou bien c'était l'acte le plus délibéré de toute ma vie. Je n'ai pas encore décidé.

Pénélope était déconcertée. Que répondre à cela ?

— Je suis étonnée, c'est tout, murmura-t-elle. Flattée aussi, naturellement. Mais j'ignorais que vous ressentiez ce genre de chose pour moi.

— Et pourquoi pas ? Vous êtes très attirante, et les hommes ont pour habitude de ressentir ce genre de chose dès qu'il s'agit des femmes.

Voilà qui faisait paraître ce baiser tout à fait ordinaire. Et expliquait aussi l'attitude de Julian. En fait, il n'était pas particulièrement attiré par elle. Mais il avait été vexé, en tant qu'homme, de découvrir qu'elle ne l'avait pas inclus dans la liste de ses amants potentiels. Peu lui importait qu'elle choisisse l'un ou l'autre. Il voulait qu'elle le regarde comme un homme, voilà tout.

À quoi s'attendait-elle donc ? Il avait beau être un ami de longue date, ça n'en était pas moins un homme.

— Julian, ce que je vous ai dit tout à l'heure est vrai. Je ne vous ai pas inscrit sur ma liste parce que vous êtes un homme d'honneur, et que je ne veux pas vous impliquer dans un scandale. J'ai failli écrire votre nom, je vous le jure. Et puis, j'ai pensé aux conséquences que cela aurait, et j'ai donc jugé préférable de ne pas vous compter au nombre des candidats éventuels.

Il se tourna vers elle, l'air amusé. Puis il tendit la main et posa deux doigts sur les lèvres de la jeune femme pour la faire taire.

— C'est très gentil à vous de m'expliquer tout cela, Pénélope. C'est aussi une erreur de votre part. Vous n'auriez pas dû me le dire.

Elle lui prit la main.

— Non, j'ai eu raison de vous en parler, Julian. Je ne veux pas que vous soyez blessé ou vexé à cause de cette maudite liste.

Il regarda leurs mains enlacées et entrecroisa ses doigts à ceux de Pénélope. Une lueur étrange s'alluma dans ses yeux.

— Vous avez fait une autre erreur en me touchant, Pénélope. Une très grosse erreur.

Soudain, elle se retrouva dans ses bras. Il l'embrassa de nouveau, mais, cette fois, c'était différent. Loin d'être une caresse, c'était un baiser sensuel, ardent, exigeant. Un peu plus tôt, dans la bibliothèque, elle aurait pu s'écarter. Là, elle n'avait d'autre choix que de se soumettre. Son torse se pressait contre ses seins, et sa bouche dévorait la sienne.

Il cessa soudain de l'embrasser et la dévisagea. Impossible de se tromper. Son regard était empli de désir. Elle sentit une onde de chaleur se répandre en elle tandis qu'elle découvrait avec un immense trouble qu'elle aussi le désirait.

Il l'avait compris. Ses yeux se firent de velours et ses lèvres déposèrent sur son visage et son cou une myriade de baisers brûlants. Des frissons de plaisir la parcoururent de la tête aux pieds. Elle n'avait plus la force de réagir. Pourquoi lutter contre une telle volupté ? Ses seins se tendaient sous la fine étoffe de sa robe, tout son corps réclamait une étreinte plus intime encore.

Comme dans un rêve, elle se laissa entraîner vers l'étroite plage de sable en contrebas de la terrasse. Elle s'abandonna contre lui, les paupières lourdes de désir, le cœur battant. Il ôta la couverture de ses épaules et l'étendit sur le sable. Puis il se débarrassa de sa veste et ils s'allongèrent d'un commun accord. Quel délice de sentir son corps musclé contre le sien !... Pénélope lui rendait baiser pour baiser avec une passion mêlée de tendresse.

Il se redressa sur un coude pour la contempler. Le vent jouait dans ses cheveux, gonflait les manches de sa chemise. Jamais elle n'avait vu d'homme plus séduisant.

— Vous voulez retourner au cottage ? murmura-t-il en suivant du doigt l'ovale de son visage.

Elle ne put s'empêcher de le caresser à son tour, les yeux rivés sur ses lèvres. Que lui arrivait-il ? Pourquoi réagissait-elle ainsi ? Elle se sentait incapable de résister et cela l'effrayait Ne risquait-elle pas de gâcher leur amitié pour un instant de plaisir ? Elle aurait sans doute dû interrompre cette folie et rentrer…

— Je ne sais pas ce que je veux, avoua-t-elle.

— Moi, si.

Sa main glissa sur son cou, sur sa gorge. Elle frissonna de volupté.

— Restez un moment, Pénélope. Nous profiterons de la mer, et l'un de l'autre.

Il l'embrassa avec douceur cette fois. Il promettait plus qu'il n'exigeait ; sa façon à lui de lui faire savoir qu'il n'abuserait pas de son désarroi. Si elle ne souhaitait pas se donner à lui, il n'insisterait pas. Comme toujours, il se montrait compréhensif et attentif. Elle lui rendit volontiers son baiser, s'embrasant encore davantage.

La main de Julian glissa le long de son flanc. Sans son corset, elle sentait sa caresse comme si elle était nue… Il remonta vers sa poitrine, s'y attarda, effleurant la pointe de son sein comme s'il connaissait son corps par cœur.

Cette caresse était si nouvelle pour elle qu'elle sentit son excitation grimper d'un cran. Qu'il ne s'arrête surtout pas ! pria-t-elle en silence tout en se cambrant à sa rencontre en un encouragement muet. Il continua son délicieux supplice, et elle ferma les yeux pour tenter de contrôler le flot de volupté qui déferlait en elle. Puis elle l'embrassa à son tour, avec fièvre, pour assouvir cet effrayant désir qui ne cessait de croître.

Il glissa la main sur son épaule et l'éloigna doucement de lui. Elle s'écarta à regret, avant de comprendre qu'il la dévêtait. Il l'allongea sur le dos, baissa son corsage et sa chemise, dévoilant sa gorge. Il s'appuya alors sur le coude pour la contempler tout son soûl, et elle laissa échapper un gémissement de plaisir. C'était tellement érotique d'être regardée ainsi.

— Vous êtes très belle, Pénélope.

Entre ses paupières à demi closes, elle vit la main bronzée de Julian glisser sur sa peau pâle. Lentement, elle encercla l'un de ses seins en une caresse exaspérante qui lui fit creuser les reins.

— Vous avez oublié de me descendre un corset, tout à l'heure, souffla-t-elle.

Il dessina un corset imaginaire sur le torse de la jeune femme.

— Je n'ai rien oublié du tout. Il n'y a que moi, ici. Inutile de vous corseter de pied en cap… Vous êtes très belle dans cette robe. Et vous êtes encore plus belle sans votre corsage.

Avec des gestes calmes, il continua ses langoureuses caresses. Les seins de Pénélope se dressaient sous ses doigts, et elle ferma les yeux, folle de désir, se retenant de crier.

— Cela fait combien de temps, Pénélope ? chuchota-t-il, attentif aux réactions de son corps. Combien de temps qu'un homme ne vous a pas touchée ?

Son pouce titilla la pointe de son sein, et elle se cambra davantage.

— Pas très longtemps, haleta-t-elle. Mais…

Ses doigts continuaient leur voluptueuse torture.

— Mais ?

— Il fallait que je sois prudente, que je reste sur mes gardes. Je ne pouvais faire confiance à personne, alors je devais toujours me contrôler.

Il sembla réfléchir sans cesser de l'exciter. Puis il inclina la tête et embrassa son autre sein.

— Depuis combien de temps n'avez-vous pas fait l'amour ?

Elle passa la main dans ses boucles brunes tandis qu'il laissait courir ses lèvres sur son sein dénudé.

— Vous voulez dire complètement ?

— Oui, complètement.

— Une éternité. Depuis que j'ai quitté le comte.

— Pas même avec Witherby ?

D'entendre le nom de l'homme qui l'avait trahie jeta une ombre sur le bonheur de Pénélope. Elle se rappelait son humiliation, sa déception... Le moment était mal choisi pour évoquer Witherby, lui semblait-il. Personne ne prononçait plus ce nom devant elle. Ni ses frères ni aucun de ses amis.

— Je ne pouvais prendre le risque d'avoir un enfant. Glasbury me l'aurait enlevé. Mon enfant aurait été condamné à vivre dans cette maison, sous le joug de ce monstre.

Julian parut surpris. Naturellement, il croyait que Witherby avait été son amant, comme la plupart des gens.

— Je comprends, dit-il en effleurant la gorge offerte de Pénélope. Ainsi, même en faisant l'amour de façon incomplète, vous ne vous abandonniez pas parce que vous ne pouviez faire confiance à ces hommes. Avez-vous confiance en moi, Pénélope ?

Son corps répondait à sa place, visiblement. À moins qu'il ne la trahisse de la pire manière qui soit.

— Apparemment, souffla-t-elle.

— J'en suis heureux.

Il se pencha de nouveau sur son sein, mais cette fois, il en lécha la pointe, lui arrachant une exclamation.

— Plus un mot, dit-il. Je ne veux rien entendre d'autre que la mer, le vent et vos cris de plaisir.

Elle cria, en effet. Il fit tout pour cela, avec ses lèvres, sa langue, ses mains. Ses seins étaient tellement tendus qu'ils en devenaient douloureux, mais Pénélope était bien au-delà de la douleur. Elle flottait sur un océan de volupté, loin des contingences de ce monde.

Elle voulait plus. Beaucoup plus. Elle le voulait tout entier. Et, cette fois, elle pouvait s'abandonner. Elle était enfin libre, libre de laisser son corps répondre à toutes les sollicitations de Julian.

Elle n'entendait plus ni le vent ni la mer, seulement le pouls vif de son désir, et ses propres gémissements.

— Pénélope, vous avez confiance en moi, n'est-ce pas ?

Une nouvelle caresse lui fit comprendre pourquoi il souhaitait s'en assurer. Sa main pressait son ventre à travers sa jupe. Elle s'arqua vers lui en guise de réponse. Alors il laissa sa main s'insinuer entre ses cuisses et elle gémit, oubliant toute notion de risque. Rien d'autre ne comptait que cette indescriptible sensation.

Elle ouvrit les yeux et vit le tissu froissé de sa jupe remontée jusqu'à la taille. Elle le laissa faire, le laissa regarder ce qu'elle ne pouvait voir. Il lui caressait les cuisses aussi doucement qu'il lui avait caressé les seins.

Il leva les yeux sur elle, et elle l'attira à elle pour l'embrasser avec une ferveur dont elle ne se savait pas capable. Alors qu'il lui rendait son baiser, ses doigts habiles se posèrent à l'endroit où l'essence même de son plaisir semblait s'être concentrée et elle crut défaillir.

— Ne perdez pas courage maintenant, murmura-t-il contre ses lèvres. Laissez-vous aller jusqu'au bout.

Il la caressa de nouveau, et elle l'agrippa comme si elle allait se noyer.

— Ouvrez-vous davantage, Pénélope.

Elle obéit, tandis que Julian déposait une pluie de baisers sur son visage et ses seins. À présent, ses doigts jouaient plus profondément en elle. Il lui semblait que le bruit des vagues se confondait avec les battements affolés de son propre cœur. Elle cria, et s'enfonça dans un puits de ténèbres traversé d'éclairs. Il l'embrassa avec ardeur tandis qu'il la menait vers la jouissance suprême, et la sentit exploser contre lui.

Une paix soudaine envahit la jeune femme, ruisselant en elle après l'exaltation divine.

Elle était tellement adorable qu'il en avait le cœur serré.

Son étonnement paraissait refléter le sien, mais il était sûr qu'il n'en était rien.

La plage semblait un lieu mystique, à l'écart du monde, entre rêve et réalité, entre ciel et terre. Ses soupirs et les ondulations du corps à demi nu de Pénélope semblaient se faire l'écho du rythme de la mer et de la caresse du vent.

Il effleura son visage, savourant le contact de sa peau soyeuse. Il la regardait enfin comme il l'avait toujours souhaité, sans négliger aucun détail, se désaltérant à sa beauté comme à la plus pure des eaux.

Il la touchait comme il avait si souvent rêvé de le faire, frôlant les joues veloutées, les pommettes hautes, les fines ridules autour des yeux. Il y déposa un baiser. C'était son rire qui avait creusé ces petites rides. Elles symbolisaient son heureux caractère, sa capacité à voir le bien et à garder l'espoir envers et contre tout.

Il avait désiré cette femme. Aux réceptions, aux dîners. Seul avec elle dans son étude. La désirer faisait partie de sa vie, comme de vouloir toujours être à une certaine hauteur. Il n'en éprouvait ni ressentiment ni regret.

Et maintenant, il avait goûté au fruit défendu. Il n'aurait pas dû, il le savait, mais il s'en moquait.

Il aurait voulu rester éternellement sur cette plage, Pénélope serrée contre lui, sereine, comblée. Toutefois, le vent du soir devenait trop froid pour s'attarder plus longtemps.

Pénélope le laissa remettre son jupon et sa chemise en place. Puis il l'enveloppa dans la couverture. Elle s'abandonna aussi lorsqu'il s'adossa au mur et l'attira à lui.

Ensemble, ils regardèrent les ombres du soir envahir les rochers et la mer. Mais Julian ne pouvait oublier la vision d'une Pénélope offerte, vibrante de passion et de volupté.

Plus jamais il n'écouterait le ressac sans entendre les cris de plaisir de la jeune femme, ses délicieux gémissements.

Elle avait avoué ne pas avoir eu d'amants. Du moins pas d'amants véritables. En tant qu'homme, Julian en avait éprouvé un certain réconfort. En tant qu'ami, il l'avait plainte d'être restée si longtemps privée de plaisir. Depuis des années, il était jaloux de tous les hommes qui l'approchaient, mais il n'avait jamais souhaité qu'elle fût seule et malheureuse.

Il s'inclina sur Pénélope, tendrement blottie contre lui.

— À quoi pensez-vous ? demanda-t-il.

— Je pensais qu'il faut absolument que je vous mette sur ma liste, à présent, dit-elle avec un sourire.

Elle avait intérêt !

— Nous avons perdu la tête, n'est-ce pas, Julian ? Mais j'en suis ravie. D'une certaine façon, je crois qu'une intimité avec un vieil ami est bien plus agréable qu'avec un grand amour. D'abord, il y a une plus grande confiance.

Évidemment, elle pensait qu'il ne s'agissait que d'une impulsion sensuelle entre deux amis. C'était peut-être mieux ainsi. Elle s'affolerait, si elle soupçonnait la vérité.

— Je me demandais aussi si mon mari réagirait bien comme nous l'escomptons, continua-t-elle. Que se passera-t-il, si j'ai une liaison publique, et qu'il ne demande pas le divorce ?

— Ce n'est pas le genre d'homme à accepter d'être trompé publiquement.

— Non, mais il pourrait décider de réagir autrement.

Elle s'exprimait si calmement. Elle avait dû beaucoup réfléchir à la question.

Elle avait raison, du reste. Glasbury pouvait exiger réparation sur la prairie de Hampstead où il s'était si souvent imaginé l'abattre en duel.

Pénélope se libéra doucement de leur étreinte.

— Il faut que je me décide très vite, murmura-t-elle. Le temps presse.

L'atmosphère avait changé. Elle s'était subtilement éloignée de lui, et pas seulement physiquement.

— Je dormirai au-dessus de l'écurie, dit-il sans bouger.

Elle paraissait un peu triste, dans la demi-pénombre.

— Nous sommes toujours amis, n'est-ce pas, Julian ? Nous continuerons comme avant ? Je ne voudrais pas que ce qui s'est passé change quoi que ce soit entre nous.

— Bien sûr que non.

Elle sembla se détendre.

— Dans ce cas, vous n'avez pas besoin de dormir dans l'écurie.

— Alors je dormirai dans la chambre du rez-de-chaussée.

Elle eut un rire léger.

— Cela vaut sans doute mieux…

Il la regarda monter les marches d'un air songeur. Il ne pourrait pas fermer l'œil s'il s'installait dans sa propre chambre, ce soir, si près de Pénélope. Elle lui faisait confiance, mais il ne fallait pas tenter le diable.

Il se tourna vers l'océan. Il lui avait menti en prétendant que leur étreinte ne changeait rien à leur amitié.

En fait, cela avait tout bouleversé.

9

Pénélope ne parvenait pas à dormir. Elle se tournait et se retournait dans son lit, songeant à ce qui s'était passé sur la plage.

Elle savait que certaines femmes avaient des liaisons sans être amoureuses. Elles considéraient cela comme un jeu, une aventure sans lendemain et sans conséquences. Comme ses propres liaisons « incomplètes », d'ailleurs. Sauf avec Witherby. Mais en règle générale, elle était habituée aux flirts et aux caresses furtives.

Pourtant ces amourettes n'avaient rien de commun avec ce qui s'était passé ce soir. Il ne s'agissait plus de badinage ni de baiser volé. Son amitié avec Julian donnait à ses caresses un sens plus profond. C'était beaucoup plus sensuel, plus intime que tout ce qu'elle avait connu jusqu'ici. Elle avait confiance en lui, et cela changeait tout.

C'était sûrement parce qu'elle s'y attendait si peu qu'elle avait réagi comme elle l'avait fait. Si elle ne l'avait pas connu depuis si longtemps, elle n'aurait pas été aussi troublée par ce baiser.

Après tout, il se passait entre eux ce qui se passe normalement entre un homme et une femme. Ne lui avait-il pas dit que les hommes ne pensaient qu'à cela ? Pourquoi aurait-il été différent des autres ? Et pourquoi, en tant que femme, n'aurait-elle pas réagi à ses baisers ?

Elle avait été stupide de ne pas réaliser qu'une telle proximité aurait des conséquences. Tout le monde savait que les hommes ne contrôlaient pas leurs désirs dès lors qu'on les provoquait.

Elle se retourna sur le dos et tendit l'oreille. Julian dormait juste en dessous. Cherchait-il en vain le sommeil, lui aussi ?

Elle sentait encore ses mains sur sa peau... Son corps brûlait de désir rien que d'y penser. Pourraient-ils recommencer ? Elle chassa vite cette folle pensée. Aucun doute, l'abstinence l'avait rendue vulnérable. Lorsqu'une femme flirte durant des années en se contentant de quelques caresses, il suffit qu'elle baisse un instant sa garde pour perdre la tête.

Mais plus encore que du plaisir, pour la première fois de sa vie, elle avait éprouvé une profonde sensation de paix, d'harmonie, de beauté... Jamais elle ne s'était sentie aussi innocente. Elle en avait complètement oublié Glasbury.

Julian avait eu raison de lui reprocher de ne pas avoir ajouté son nom à sa liste. Si elle avait une liaison avec lui, elle n'aurait rien à expliquer. Il savait déjà tout et n'attendrait rien d'elle.

Elle pouvait avoir une liaison pleine d'affection plutôt qu'une aventure superficielle. Ce serait beaucoup moins humiliant que de quémander un amant pour une sordide affaire de divorce. Et lorsque celui-ci serait prononcé, ils resteraient amis.

Elle n'imaginait que trop bien ce que serait une liaison avec Julian. Il entrerait dans sa chambre, torse nu comme sur la barque, s'allongerait sur elle, lui embrasserait les seins avant de la pénétrer doucement...

La vision était si réaliste qu'elle eut un frisson de plaisir. Mue par une impulsion subite, elle se leva et chercha son peignoir à tâtons au pied du lit. Elle allait descendre. Sans doute ne dormait-il pas, lui non plus. Sans doute l'attendait-il...

Soudain, ce fut une certitude. Il pensait à elle comme elle pensait à lui. Toute la maison semblait vibrer de leur désir commun de se retrouver dans les bras l'un de l'autre et de terminer ce qu'ils avaient commencé sur la plage.

Ils auraient cette liaison, et le comte demanderait le divorce.

Elle serait libre, songea-t-elle en ouvrant sa porte.

Une pensée l'arrêta sur le seuil. Elle voyait Julian dans la Chambre des lords, soumis à un interrogatoire pour la procédure du divorce. Les accusations de Glasbury seraient avilissantes, cruelles, dégradantes. Son amant serait traité comme un vulgaire gredin.

On se gausserait de Julian, on ridiculiserait son honneur. Les journaux imprimeraient chaque mot de la procédure, et tout le monde serait au courant. Jamais Julian ne se remettrait d'un tel traitement. Ses clients l'abandonneraient, et les autres notaires refuseraient de travailler avec lui. Même les propres frères de Pénélope ne feraient sans doute plus appel à ses services.

L'avenir lui parut soudain sombre. Si le comte de Glasbury l'accusait d'avoir entretenu une liaison avec son épouse, la réputation de Julian serait ruinée à jamais.

C'était beaucoup lui demander, quel que soit le plaisir qu'il en retirerait en échange.

En fait, il était bon et possédait une âme noble. S'il l'avait embrassée, ce soir, c'est pour réconforter la dame en détresse qu'elle était. Mais s'il venait publiquement à son secours, Glasbury le détruirait. Et cela, elle ne le permettrait pas.

Il se comportait en véritable ami, même dans ses caresses les plus intimes.

Elle referma lentement la porte. Glasbury était son problème à elle, pas celui de Julian. Elle seule devait payer pour son erreur de jeunesse. Ce serait impardonnable de l'entraîner dans cette histoire.

Le cœur serré, elle regagna son lit. Il devait y avait d'autres solutions, moins égoïstes.

— J'ignorais que vous saviez cuisiner.

Julian se retourna. Il n'avait pas entendu la jeune femme descendre. Tandis qu'il surveillait le poisson en train de frire, il passait en revue les arguments que Glasbury utiliserait dans sa demande de divorce.

Si toutefois on en arrivait là... Il y avait de fortes chances que Glasbury veuille frapper plus fort si son honneur était en jeu. Ruiner l'amant de sa femme ne lui suffirait pas.

Pénélope vint se planter derrière lui et il lutta contre l'envie de la prendre dans ses bras.

— Vous l'avez pêché ce matin ? Vous avez dû vous lever bien tôt !

Très tôt, en vérité. En fait, il n'avait pas fermé l'œil de la nuit. Il avait entendu Pénélope marcher jusqu'à sa porte, la veille. Il avait attendu, plein d'espoir, l'intimant en silence de venir le rejoindre. C'était tellement dur de ne pas se précipiter là-haut !

Chacun des pas de Pénélope avait été un supplice. Lorsqu'elle s'était immobilisée, il avait cru devenir fou. Et en l'entendant regagner son lit, il n'avait pu retenir un juron. Tout son corps lui faisait mal tant il la désirait.

Il fendit le poisson dans le sens de la longueur et déposa les morceaux sur deux assiettes avant de les porter dans la salle à manger. Pénélope le suivit avec un plateau où se trouvaient du thé et du pain.

Elle était très jolie dans la douce lumière du matin. Sa robe était plus à la mode que celle de la veille. En soie verte, avec de la dentelle ivoire à l'encolure et un galon noir qui soulignait sa taille fine avant de s'ouvrir sur l'ample jupe. Son regard s'attarda sur les hanches si féminines qu'il avait vues se soulever sous ses caresses, la veille. Les longues manches de la robe se terminaient par une série de petits boutons qu'il brûlait de défaire.

Elle portait un corset, aujourd'hui. Et plusieurs jupons. Elle avait donc ressenti le besoin d'endosser une armure.

— J'ai pris une décision, Julian.

— Qu'avez-vous décidé ?

— Que voulez-vous dire ?

Comme si elle ne comprenait pas l'allusion ! Il se força à garder son calme.

— Je vous en prie, expliquez-moi votre plan, murmura-t-il.

Elle servit le thé d'un air concentré avant de répondre.

— Il ne s'agissait pas vraiment d'un plan. J'ai juste décidé de ce que serait la prochaine étape.

Elle n'avait pas prévu de faire l'amour avec Julian Hampton. Cela, il l'avait compris. Il attaqua son petit-déjeuner en silence, la laissant libre de s'expliquer ou non. S'il parlait, il craignait d'être blessant.

— Glasbury contrôle tout, reprit-elle enfin. Il satisfait ses caprices et moi, j'ai le choix entre une existence misérable et le scandale. Ce n'est pas juste. Ni pour moi ni pour… la personne que je serais obligée d'utiliser pour créer ce scandale.

— Le monde n'est pas juste, Pénélope. La loi sur le mariage ne l'est certainement pas non plus. Vous indigner ne résoudra pas votre dilemme.

— Certes. Mais hier soir, j'ai compris que j'avais une autre option. Il se croit hors de danger parce que le temps a passé. Il a tort. Il pense que ce serait ma parole contre la sienne si je révélais la vérité. Mais Cléo pourrait confirmer mes accusations.

Il s'adossa à sa chaise, surpris.

— Vous ne voulez pas vous servir de moi, mais vous vous serviriez de cette enfant ?

— Ce n'est plus une enfant depuis longtemps.

— Elle était à moitié folle lorsque nous l'avons tirée de là.

— Les années ont passé. Le temps cicatrice les blessures. Peut-être est-elle guérie, maintenant.

— Je m'étonne que vous envisagiez de…

— Il se peut qu'elle *veuille* témoigner. Elle a peut-être envie de se soulager d'un poids en le dénonçant. Y avez-vous songé ? À sa place, je le haïrais plus que je ne le craindrais, et je voudrais que justice soit faite.

— Et c'est ce que vous lui proposerez, Pénélope ? Avez-vous l'intention de porter plainte et de tout révéler pour divorcer ? Ou bien vous contenterez-vous de menacer Glasbury pour continuer à vivre comme par le passé ?

L'expression de Pénélope était éloquente. Elle croyait donc que renforcer la menace suffirait.

Elle le regarda avec colère.

— Croyez-vous que ça me plaise de vivre ainsi ? Que j'en sois ravie ?

— Certainement pas. Cependant, je pense que si Glasbury ne vous avait pas poussée dans vos retranchements, vous auriez accepté de continuer ainsi toute votre vie.

— Parce que je suis lâche ?

— Non. Parce que c'est la seule solution que vous ayez trouvée pour que personne ne souffre, à part vous. Mais à mon avis, Glasbury va tout tenter, soit pour que vous reveniez, soit pour qu'il soit libre de se remarier. Aussi faites bien attention, Pénélope. Réfléchissez avant d'agir, et assurez-vous que vous serez capable de tenir bon.

Elle se leva.

— Pour l'instant, je veux seulement savoir si Cléo est prête à affronter ses démons. Je ne prendrai une décision qu'ensuite.

Elle quitta la pièce avant qu'il ait eu le temps d'argumenter. Et il ne la retint pas parce qu'il craignait d'exploser.

Elle recommençait ! Elle se contentait de demi-mesures, vivant dans l'ombre, fuyant le bonheur. Elle supposait que ce qui avait marché autrefois marcherait encore.

Il entra dans l'écurie et se jeta à corps perdu dans le travail pour tenter d'apaiser sa colère. Il se mettait rarement dans cet état, mais chaque fois, c'était à cause de Pénélope. Ainsi lorsqu'il avait appris qu'elle se mariait. Et lorsqu'il avait affronté Witherby. Le pire, toutefois, c'était quand elle était venue à son étude et lui avait révélé ce qu'était son mariage avec Glasbury.

Il était très jeune, à l'époque. À tout juste vingt et un ans, il venait d'entrer comme clerc chez le notaire qui gérait les affaires de la famille Laclere depuis des décennies. Avec seulement trois années de pratique, il ne lui manquait plus que deux ans pour acquérir sa charge, mais il s'occupait déjà de tous les dossiers importants. Son avenir s'annonçait brillant et prospère.

Puis, à la fin d'un après-midi d'hiver, Pénélope était entrée dans son étude, l'avait appelé M. Hampton et lui avait expliqué pourquoi elle ne voulait plus avoir affaire, de près ou de loin, à son mari, le comte de Glasbury.

Il se souvenait de sa gêne, de sa peur aussi. On aurait dit un animal traqué. Il était tellement stupéfait qu'il n'avait pu que l'écouter. Mais il lui en avait coûté de rester impassible car, à mesure qu'elle lui racontait sa vie, il bouillait d'envie d'aller trouver Glasbury pour le réduire en charpie.

Finalement, elle avait éclaté en sanglots. Bouleversé, Julian lui avait tapoté le bras, luttant contre le désir de la prendre dans ses bras et de lui jurer qu'il la tirerait des griffes de ce monstre.

Tandis qu'elle pleurait éperdument, il imaginait ce qu'elle avait vécu, y compris ce qu'elle avait omis de lui dire. Une véritable fureur s'était emparée de lui. Il avait été à deux doigts de quitter la pièce pour aller abattre cette ordure.

Mais il n'en avait rien fait, se contentant d'expliquer à Pénélope les choix qui s'offraient à elle. Il avait joué le rôle qu'elle attendait de lui, celui d'un ami patient et dévoué, un professionnel dénué de tout sentiment amoureux à son égard.

Il avait tout fait pour la persuader de partir. Si elle restait, sa vie serait un enfer. Un enfer qui ne ferait qu'empirer.

— Maintenant que vous savez que ce qu'il vous fait subir n'est pas normal, toute coopération avec lui se retournerait contre vous plus tard, si vous vouliez divorcer, lui avait-il expliqué.

Elle avait ouvert de grands yeux.

— Monsieur Hampton, aucun tribunal ne songerait qu'une femme puisse coopérer avec un monstre pareil !

— Il y a des femmes qui apprécient ce genre de choses, madame.

— Vraiment ? Vous ne croyez tout de même pas qu'Anthony prétendrait que… que je…

— Il le ferait sans aucun doute.

Il crut qu'elle allait se remettre à pleurer. Mais à sa grande surprise, elle le regarda d'un air résolu.

— Il faut que je parte, n'est-ce pas ?

— Je le crois, en effet. Je vais vous dire quels sont vos choix en la matière.

Il n'y en avait guère. Elle pouvait demander le divorce en l'accusant d'adultère et de cruauté. Un divorce accordé par le Parlement lui permettrait de se remarier, mais les femmes ne parvenaient pratiquement jamais à faire reconnaître leurs droits devant le Parlement. Pire, toute action devant le Parlement était précédée de deux procès : un procès en divorce devant l'Église, puis une procédure civile.

Le divorce *a mensa et thoro* accordé seulement par l'Église ne permettrait à aucun des conjoints de se remarier, mais serait sans doute plus favorable à Pénélope. Les juges étaient de plus en plus cléments dans les affaires de mauvais traitements. Désormais, une femme n'avait plus à prouver que la violence de son mari avait mis sa vie en danger. Toutefois, un tel divorce priverait le comte de la possibilité d'avoir un héritier, et ce détail pouvait jouer contre Pénélope. Les juges ne laisseraient pas facilement s'éteindre un grand nom.

— Quel que soit mon choix, les choses seront rendues publiques, observa-t-elle. J'ai vu comment les journaux impriment les débats. Ils n'omettent rien, surtout pas les détails sordides. J'imagine que cela fait vendre…

— Étant donné les circonstances, ce ne serait pas vous la plus humiliée, madame la comtesse.

— Ma famille serait éclaboussée par ce scandale. Si justifiée que soit ma démarche, ils en souffriraient.

— Vos frères le supporteraient pour vous.

— Et Charlotte ? Ce n'est encore qu'une enfant. Cela gâcherait ses chances de faire un bon mariage. Les finances de ma famille ne sont pas florissantes, vous savez. Elle risquerait la ruine…

Il ne pouvait lui mentir, même s'il en mourait d'envie. Il ne pouvait lui promettre que l'avenir de sa sœur n'en serait pas affecté. Mais dans son cœur, il bouillait de rage, parce que chacune des objections de Pénélope l'éloignait de la protection que seul un divorce lui procurerait.

— Si vous voulez être en sécurité, il faut divorcer. Si vous ne faites que le quitter, vous restez à sa merci, déclara-t-il d'un ton plus sévère qu'il ne l'aurait voulu. Il pourra à tout moment vous intenter un procès pour rétablir ses droits conjugaux. Il n'a même pas besoin d'aller devant un tribunal. Il peut vous forcer à retourner dans sa maison et dans son lit, et personne ne pourra l'en empêcher.

— Il doit exister un moyen de l'arrêter ! Dites-moi qu'il y en a un !

Il y en avait un, en effet.

Il était allé voir Glasbury et avait négocié avec âpreté. Il l'avait menacé. Et il était sorti de chez le comte en ayant obtenu la demi-victoire que Pénélope avait choisie. Une demi-liberté, en somme.

Et maintenant, même cela lui était refusé.

Il sortit de l'étable, nettoya ses bottes et se lava les mains. Puis il traversa la maison et sortit sur la terrasse. Il y avait une silhouette bleue sur la plage.

Il s'efforça de se calmer. Sa colère n'était pas seulement altruiste. C'était la rage d'un homme qui voulait une femme à tout prix. Il avait veillé à lui construire le refuge juridique qu'elle souhaitait, et elle s'y abritait depuis longtemps. Il ne pouvait lui en vouloir de désirer y rester plutôt que d'aller affronter l'ennemi.

Il ne pouvait exiger qu'elle sacrifie cette sécurité-là à une liaison avec un vieil ami. Il soupira, et rejoignit Pénélope sur la plage.

— Cléo est toujours dans le Yorkshire chez Mme Kenworthy, dit-il tout de go. Je vous y conduirai dès demain.

10

En fin de matinée, Julian se rendit à cheval jusqu'à la ville la plus proche, Billericay, pour louer un cabriolet afin de venir prendre Pénélope et ses malles. Ils avaient prévu de chercher une chambre pour la jeune femme dans un endroit sûr avant qu'il ne rentre à Londres. Là, il trouverait une dame de compagnie pour Pénélope afin de préserver leur respectabilité.

Ils gagneraient ensuite le Yorkshire, dormant en route dans de petites auberges. Ils voyageraient sous de faux noms. Pénélope serait Mme Thompson et Julian serait son cousin censé l'accompagner à un mariage dans la région des lacs.

Après le départ de Julian, Pénélope tourna en rond dans le cottage. Elle était triste de quitter le lieu où M. Hampton était redevenu Julian, comme autrefois. Elle se souviendrait toujours de cette petite maison comme de l'endroit où ils s'étaient retrouvés.

Elle alla chercher son pamphlet. Une fois à Billericay, elle l'enverrait à Mme Levanham pour que le texte final soit mis au point. Du désastre qu'était sa vie sortiraient peut-être un jour des lois qui protégeraient d'autres femmes.

Elle gagna sa chambre pour faire ses bagages. Elle finissait de remplir la grande malle lorsqu'elle entendit un bruit de roues dans le chemin. La porte de la cuisine s'ouvrit peu après. Julian avait fait vite, s'étonna-t-elle.

Elle se hâta de ranger ses dernières affaires, referma le couvercle et descendit. Au beau milieu de l'escalier, elle se figea, glacée d'effroi.

Elle ne voyait que les jambes de l'homme qui l'attendait en bas, mais ce pantalon n'était pas celui de Julian. Puis l'homme s'avança et elle eut un haut-le-cœur.

— Bienvenue en Angleterre, ma chère, lança Glasbury en souriant.

Luttant contre la panique, Pénélope recula, prête à faire demi-tour alors même qu'elle savait qu'elle serait piégée, là-haut.

— Descendez, Pénélope !

À aucun prix elle ne devait lui laisser voir qu'elle avait peur. Il aimait que les gens tremblent devant lui mais elle ne lui donnerait pas cette satisfaction.

Il se tenait au pied de l'escalier, lui barrant le passage. Elle n'avait pas le choix. Se redressant, elle descendit les dernières marches.

Il lui saisit le bras dès qu'elle fut à sa hauteur.

— Vous ne me donnez pas un baiser ? Après tout ce temps ?

— Je n'en ai aucune envie.

— Moi si.

Elle jeta un coup d'œil à la fenêtre. Le comte n'était pas venu avec son carrosse. Aucunes armes ne décoraient la voiture qui l'attendait. Il n'y avait qu'un cocher et il ne portait pas de livrée.

— Demandez donc à l'un de vos chevaux de vous embrasser, railla-t-elle. S'il refuse, vous exercerez vos prérogatives en toute impunité, comme vous savez si bien le faire.

— Et pas seulement avec mes chevaux, Pénélope. Sur tout ce que je possède.

Il l'attira à lui et pressa ses lèvres contre les siennes. Elle se dégagea brutalement. Il la lâcha, mais son regard brillait d'un éclat cynique.

Il parcourut la cuisine du regard, l'air dégoûté.

— Ainsi, Hampton vous a cachée dans ce taudis. J'étais fort contrarié d'avoir à vous chercher. Il aurait beaucoup mieux valu qu'il me dise où vous trouver.

— J'ai insisté pour qu'il n'en fasse rien. Comment m'avez-vous retrouvée ?

— Ce n'était guère difficile de découvrir quelles sont ses propriétés, et j'y ai envoyé mes gens. Hier soir, ils m'ont signalé qu'une femme vivait ici. J'ai tout de suite compris que c'était vous.

Il jeta un bref coup d'œil dans la chambre attenante.

— Il a dormi ici ?

— Il est à Londres. Vous trouverez des tas de gens pour en témoigner.

Le comte alla jusqu'à la porte du jardin et fit signe au cocher. Ce dernier descendit de son siège et le rejoignit d'un pas pesant. Glasbury lui désigna l'escalier, puis pénétra dans la bibliothèque tandis que le domestique allait chercher les malles de Pénélope.

Celle-ci suivit le comte, regardant désespérément autour d'elle pour vérifier que Julian n'avait pas laissé de trace de son passage.

Elle tremblait de la tête aux pieds. C'était la première fois qu'elle se retrouvait seule avec Glasbury depuis qu'elle l'avait quitté.

— Quelle masure, murmura-t-il. Pas de domestiques. Aucun confort. Vous serez soulagée de revenir à Grosvenor Square, j'en suis certain.

— Je n'y retournerai pas.

— Bien sûr que si.

— Jamais de mon plein gré.

— Je me moque de ce que vous voulez, ma chère. J'ai des droits. Si vous faites preuve d'obéissance et vous comportez comme la femme bien élevée que vous êtes, je ne vous ferai aucun mal. Si vous m'obligez à utiliser la force, je vous tirerai par les cheveux s'il le faut. Et vous serez punie.

Punir. Comme il aimait ce mot ! Lorsqu'il le prononçait, sa voix se faisait caressante et un pli cruel tordait sa bouche.

— Pourquoi maintenant, Anthony ? Après toutes ces années, pourquoi vouloir que je revienne vivre avec vous ?

— Vous avez rompu notre accord.

— Jamais de la vie !

— Ce n'est pas ce que pensent les gens. Ni moi, d'ailleurs. J'ai également reçu une lettre, au printemps dernier. Une lettre anonyme, qui contenait la copie d'un certain traité écrit par une folle qui délirait contre le mariage.

Il la regarda comme si elle n'était qu'une enfant stupide.

— Pensiez-vous réellement que je permettrais à ma femme légitime de condamner publiquement mon droit à contrôler ma famille et ma maisonnée ?

— Ce document ne mentionne jamais votre nom.

— Chacun de ses mots me désigne.

— Même si vous me forcez à revenir sous votre toit, je le publierai quand même.

— Je m'assurerai que vous n'en ferez rien.

La menace était claire, et Pénélope trembla de plus belle. Glasbury était encore plus impitoyable qu'autrefois. Il semblait ne plus faire aucun effort pour dissimuler sa véritable personnalité. Quelle erreur d'avoir prétendu qu'il n'existait pas durant toutes ces années !

— J'ai peine à croire que vous êtes prêt à affronter le scandale que mes révélations ne manqueront pas de créer juste pour m'empêcher de publier ce pamphlet.

Il sourit de nouveau. Pénélope n'avait jamais aimé son sourire. Même lorsqu'elle était très jeune et qu'elle était flattée qu'un comte la demande en mariage, elle n'aimait pas qu'il sourie.

— Ce n'est pas la seule raison qui me fait désirer votre retour. Disons que c'est une raison parmi d'autres. Mon neveu en est à sa troisième épouse et aucune ne lui a donné d'enfant. Il n'en a pas eu non plus avec les esclaves de la plantation. Je crois que le problème vient de lui.

— Cette nouvelle loi qui libère ces esclaves doit vous rendre furieux ! Ils ne serviront plus à tester les capacités à féconder des hommes de votre famille. Ni à satisfaire vos viles pulsions.

Il la fixa méchamment.

— Je recevrai des compensations pour le manque à gagner de mes domaines. Mais cela ne résoudra pas les difficultés de mon neveu. Lorsque vous êtes partie, je pensais qu'il assurerait ma succession et ma descendance. Maintenant, il n'y a plus que moi. Et vous, par conséquent.

Il sembla se radoucir. Pendant un instant, il parut implorant, presque triste.

— Revenez et donnez-moi l'héritier que je suis en droit d'attendre, Pénélope. Donnez-moi le fils que j'espérais en vous épousant.

— Je suis surprise que vous émettiez un tel vœu, comme si vous étiez en position de le faire. Je vous ai quitté parce qu'il vous manquait la plus élémentaire décence. Si vous voulez que je revienne, il vous faudra en effet me tirer par les cheveux. Mais préparez-vous à ce que je révèle aux yeux du monde qui vous êtes en réalité.

Il eut un petit rire moqueur et soupira.

— Vous êtes tellement bête, c'est affligeant ! Comme je l'ai expliqué à votre Hampton, peu de gens vous croiront, si tant est que vous puissiez vous exprimer. Personne ne se souciera de racontars vieux de plus de dix ans.

— D'autres que moi connaissent la vérité. Je ne serai pas seule à parler.

— Aucun de mes gens n'osera m'accuser. Je les contrôle parfaitement, et ce, quelles que soient les lois absurdes votées par mes pairs.

Il fit un pas vers elle.

Elle recula, alarmée, et se retrouva coincée contre la fenêtre.

— Vos malles sont dans la voiture. Venez, ma chère. Il est temps de rentrer à la maison.

— Non !

Il tendit la main et elle tenta de s'esquiver, mais il lui agrippa l'avant-bras et le serra comme dans un étau.

— J'espérais que nous réglerions cette affaire dignement, mais je me suis trompé. J'aurais préféré que cela se passe chez moi mais, après tout, quelle importance, puisque nous sommes seuls.

Il resserra son étreinte et les larmes jaillirent dans les yeux de Pénélope. Il semblait indifférent à sa souffrance, c'est tout juste s'il ne bâillait pas d'ennui. Mais elle avait appris depuis longtemps à reconnaître chez lui les signes de la jouissance.

Un flot de sang rougissait son cou, ses paupières devenaient lourdes. Faire mal lui procurait un plaisir infini.

Serrant les dents, Pénélope s'interdit de pleurer. Pourtant, Glasbury lui serrait le bras avec une telle force qu'elle sentait la douleur jusqu'au creux de la poitrine. Son épaule était en feu.

— Vous êtes devenue rebelle en vieillissant. Une trop grande liberté a cet effet sur les êtres faibles et d'une nature inférieure. Mais on y remédie aisément. Votre volonté n'est rien comparée à la mienne. Nous savons tous deux combien il est facile de la briser…

— Si faible que je sois, je l'ai emporté sur vous, rétorqua-t-elle avec mépris.

Il devint écarlate.

— Finalement, je suis content que vous ayez la bêtise de me résister. Plus tôt vous apprendrez à garder votre place, mieux ce sera.

La douleur était telle, à présent, qu'elle crut défaillir. Des taches noires dansaient devant ses yeux.

— Je veux vous voir à genoux devant moi, ma chère. Vous saviez si bien le faire, autrefois...

Les larmes coulaient sur les joues de Pénélope, mais elle s'efforça de ne pas gémir. La douleur lui déchirait le bras et l'épaule, se répandait dans sa poitrine, lui coupant le souffle.

Glasbury ne répéta pas son ordre. Il se contenta de continuer à serrer, cherchant sans pitié à faire plier Pénélope.

Il voulait la contrôler comme un pantin, elle le savait. La maintenir dans un état de terreur tel qu'elle serait incapable de penser. Il prenait un plaisir profond, machiavélique, à humilier les autres, à les rabaisser, à leur ôter toute dignité.

Le corps de Pénélope demandait grâce, mais son âme savait que céder une seule fois serait se perdre à jamais.

Julian faillit ne pas voir les marques. Il avait parcouru une centaine de mètres sur le chemin qui menait au cottage lorsqu'il réalisa ce qu'étaient ces marques. Il étouffa un juron. Pénélope était en danger ! Il tira sur les rênes et examina les traces sur la terre boueuse.

Des traces de roues toutes fraîches, qui ne s'y trouvaient pas lorsqu'il était parti, quelques heures auparavant. Quelqu'un était venu après son départ ! Il bondit du cabriolet et attacha le cheval à un buisson. Il apercevrait le cottage dès le prochain tournant. Priant pour qu'il ne soit pas trop tard, pour que Glasbury n'ait pas découvert sa retraite, il quitta le sentier et, obliquant à droite, traversa la végétation broussailleuse.

Tout à coup, il perçut un mouvement sur le côté. Un homme était assis dans le virage, à demi caché par un tronc d'arbre. Il lui tournait le dos et semblait surveiller le chemin.

C'est alors que Julian remarqua le toit d'une voiture devant le cottage. La personne qui était venue n'était donc pas repartie. Et si on avait laissé quelqu'un faire le gué sur le chemin, Pénélope était bel et bien en danger…

L'espace d'un instant, la peur le disputa à la colère. La peur pour Pénélope, la colère contre lui-même. Puis il se ressaisit et une farouche détermination céda la place. Balayant le sol du regard, il ramassa une grosse pierre, puis se dirigea sans bruit vers l'homme assis.

Le cheval du cabriolet hennit sur le chemin. Alerté, l'homme se redressa. Son chapeau bougea comme s'il reniflait l'air à la façon d'un chien. Il s'accroupit, et Julian vit un pistolet dans sa main droite. Mais il n'eut pas le temps de s'en servir. La pierre l'atteignit au front au moment où il vit Julian. Il s'effondra dans l'herbe rase, face contre terre.

Julian le débarrassa de son pistolet ainsi que d'un autre glissé dans sa ceinture. Une arme dans chaque main, il traversa les broussailles en direction du cottage. Il découvrit alors qu'une autre personne était passée par là. L'herbe était écrasée, des branches brisées, et des empreintes de bottes étaient nettement visibles.

Julian se fit mille reproches. Pénélope avait bel et bien couru un risque, l'autre jour ! Il n'avait pas trouvé trace de l'homme qu'elle avait vu parce que celui-ci avait laissé sa voiture au bout du chemin pour gagner le cottage à pied.

Aucun son ne lui parvenait de la maison. Ni cris ni appel. La voiture semblait vide, mais la malle de Pénélope était attachée à l'arrière.

Julian traversa la cour et jeta un coup d'œil à l'intérieur de la voiture. Le cocher était affalé sur son siège et sirotait une petite bouteille. C'était un homme corpulent, au visage rougeaud, quelques rares mèches de cheveux dépassaient de son chapeau haut de forme.

Il avalait une gorgée d'alcool lorsqu'il vit Julian. Il fronça les sourcils, intrigué. Puis il remarqua le canon du pistolet posé sur le cadre de la fenêtre et pointé sur son ventre. Il écarquilla les yeux, toussa, et recrachant une partie du liquide.

— Ton nom ? demanda Julian.

— Harry... Harry Dardly, répliqua l'autre dans un souffle, les yeux rivés sur le pistolet.

— Et mis à part ton passager, tu es seul ?

— Il y avait un autre homme, mais il est resté sur le chemin.

— Qui a loué cette voiture ?

Harry haussa les épaules.

— Il m'a pas donné son nom, mais c'est une personne de qualité. Il m'a bien payé.

Glasbury serait donc venu lui-même ? Il avait sans doute loué cette voiture plutôt que d'utiliser son équipage et ses domestiques afin qu'il n'y ait aucun témoin.

Le silence du cottage lui parut soudain inquiétant. Julian ouvrit la porte de la voiture.

— Suis-moi.

— Écoutez, monseigneur, vous avez pas besoin de moi. Je vais rester ici et m'occuper des chevaux. Vous avez ma parole que...

— Dehors.

Harry se redressa pesamment et sortit, s'arrangeant pour rester le plus loin possible du pistolet. Lorsqu'il vit que Julian en tenait un autre dans la main gauche, il blêmit.

Julian désigna le cottage, et Harry se mit en marche d'un pas lourd, tel un condamné.

— Harry, l'homme qui t'a engagé est le comte de Glasbury.

— Nom de Dieu ! Écoutez, m'sieur, si y a du bazar avec un comte, moi je veux pas…

— Il y a une femme dans la maison. Si Glasbury lui a fait le moindre mal, j'ai besoin de toi comme témoin.

— Comme témoin ! gémit Harry en s'immobilisant. Pas question ! C'est que des ennuis pour moi si je dis du mal d'un lord… Ma femme me tuerait.

Julian tapota l'épaule du cocher de son arme.

— Tu préfères que je m'en charge moi-même ? Je t'ordonne de venir avec moi. Courage, mon brave.

De plus en plus malheureux, Harry entra dans la cuisine, où régnait le plus profond silence. Les pièces à l'arrière semblaient tout aussi vides. Sans hésiter, Julian poussa le cocher vers la bibliothèque.

Ce dernier y pénétra et s'arrêta net.

— Dieu du ciel… murmura-t-il.

— Que faites-vous ici ? Je vous avais dit d'attendre dehors jusqu'à ce que je vous appelle ! vociféra Glasbury.

Julian repoussa Harry pour qu'il le laisse entrer. Lorsqu'il vit ce qui se passait dans la pièce, une rage insensée s'empara de lui. Glasbury serrait si fort le bras de Pénélope que ses phalanges en étaient blanches. Il tentait visiblement de la forcer à s'agenouiller. Le corps de la jeune femme faisait un angle étrange, comme si elle résistait, refusant de s'écrouler malgré la douleur.

Et elle souffrait, cela sautait aux yeux. Elle était livide et son regard était voilé. Elle semblait au bord de l'évanouissement. Mais son expression était déterminée, et pas un son ne sortait de ses lèvres. Elle refusait manifestement de gémir ou de demander grâce.

Elle fut la première à voir Julian. Le comte était trop intéressé par sa victime pour remarquer que Harry n'était pas seul.

Julian pointa son pistolet sur Glasbury et l'arma. Il dut faire appel à toute sa volonté pour ne pas appuyer sur la détente.

— Lâchez-la ! ordonna-t-il d'une voix qui lui parut curieusement calme.

Son cerveau avait formulé cet ordre, mais son âme priait pour que Glasbury refuse.

Le comte l'aperçut enfin. Un instant, il parut terrifié. Puis il eut un rictus méprisant.

— Vous n'oseriez pas.

— Non seulement j'oserais, mais ça me plairait. Lâchez-la !

Glasbury hésitait. Julian frôla la détente. Le comte s'exécuta de mauvaise grâce et Pénélope s'éloigna en chancelant.

Le comte lança un regard furieux au cocher.

— C'est ma femme, et cet homme n'a rien à faire ici. Faites-le sortir.

— Moi ? Le faire sortir, milord ?

— Je vous ai grassement payé. Méritez votre argent, maintenant.

— Il a deux pistolets, milord, au cas où vous l'auriez pas remarqué…

— Il ne s'en servira pas.

— Ben moi, je veux pas le savoir, protesta Harry en croisant les bras sur son ample torse.

Julian regardait Pénélope. Elle avait repris quelques couleurs.

— Madame la comtesse, il y a une voiture, dehors, et votre malle y est déjà attachée. Allez-y et attendez-moi.

Les yeux de Glasbury jetaient des éclairs.

— Si vous l'enlevez, vous interférez avec mes droits.

— Vous avez abandonné vos droits lorsque vous en avez abusé, déclara Pénélope d'une voix calme.

Lorsqu'elle passa près de Julian, celui-ci lui tendit l'un de ses pistolets.

— Prenez ça, au cas où il y aurait un autre homme que je n'aurais pas vu.

Elle fixa l'arme dans sa main, puis se tourna vers son mari. Ses yeux avaient une expression étrange, révélant la tentation qui s'était emparée d'elle.

— Attendez dehors, madame, reprit Julian d'une voix ferme.

Pénélope recouvra ses esprits et s'éloigna, son bras gauche pendant, inerte, à son côté.

Harry eut une expression douloureuse.

— M'sieur, si je comprends bien, vous allez voler ma voiture et mes chevaux ?

— Si tu acceptes de jouer le jeu, tu récupéreras ton bien ce soir en même temps que le prix de la location.

— Alors là, ça fait une différence...

— C'est intolérable ! s'exclama Glasbury. J'ai loué cette voiture pour la journée et...

— Je laisserai la voiture au bout du chemin, poursuivit Julian. Je garderai les chevaux un peu plus longtemps. Je déposerai cinq guinées à l'intérieur.

— C'est du vol ! protesta Glasbury. Si vous prenez ma voiture, je veillerai à ce que vous soyez recherché comme voleur et...

— Ah, pardon, milord, intervint le cocher, mais c'est moi qui décide si on me vole ou non. J'ai jamais vu un voleur qui me laisse cinq guinées.

— Vous serez coincé ici, imbécile !

— Pour une journée seulement. Harry pourra récupérer les chevaux un peu plus loin et sera chez lui avant la nuit, répliqua Julian en reculant. Messieurs, je ne veux voir aucun de vous sortir de la maison lorsque je serai sur le chemin. La dame vous surveillera, et j'ai l'impression qu'elle a très envie de se servir de son pistolet. Sinon, je n'hésiterai pas à utiliser le mien.

— Empêchez-le de sortir, espèce de crétin ! hurla Glasbury.

— Empêchez-le vous-même, dites donc ! Les comtes, c'est donc bon qu'à faire peur aux femmes ? riposta

Harry avec mépris. Ah, c'était beau à voir ! Vous avez de la chance que mon épouse soit pas là, je vous assure…

Julian abandonna Glasbury à la garde du cocher. Pénélope était parvenue à grimper sur le siège avant lorsqu'il arriva à la voiture.

— Nous le volons ? s'enquit-elle d'un ton indifférent.

Julian grimpa près d'elle et s'empara des rênes.

— Nous l'empruntons, avec l'accord du propriétaire.

Il fit faire demi-tour au véhicule avant de jeter un coup d'œil à la jeune femme. Son bras gauche semblait toujours aussi inerte, et elle affichait une expression stoïque.

— Je suis désolé, Pénélope. Tout est ma faute.

— C'est la faute d'un seul homme, et ce n'est pas vous. Je vous remercie d'être arrivé à temps. Je préfère ne pas penser à ce qui se serait passé…

Julian non plus préférait ne pas y penser. Le comte aurait pu venir en grande pompe avec ses valets. Mais il n'avait pas pu résister à la tentation de surprendre Pénélope seule, dans un endroit isolé. Ce qui signifiait qu'il avait prévu de lui faire du mal depuis le début.

Quelles étaient exactement ses intentions, jusqu'où serait-il allé, cela tourmentait Julian au-delà du supportable. La vision de Pénélope luttant contre la douleur lui brouillait l'esprit. En fait, il mourait d'envie de faire demi-tour et de brûler la cervelle de ce scélérat.

Elle lui frôla le bras.

— Je survivrai, Julian. Mais faites vite. Je veux mettre le plus de distance possible entre lui et moi.

C'était aussi ce qu'il souhaitait. Le comte de Glasbury n'était plus seulement un adversaire : il était devenu un ennemi.

11

Dès qu'ils atteignirent le cabriolet, ils abandonnèrent la voiture. Julian détacha les chevaux pour les atteler au cabriolet, chargea les malles, et ils se remirent en route sans perdre un instant.

Pénélope tâta son bras gauche avec précaution. Il n'était plus engourdi, mais la douleur demeurait, se diffusant jusqu'à l'épaule. Elle devait avoir un bel hématome.

Julian semblait plus calme que lorsqu'il était entré dans la bibliothèque. Jamais elle ne l'avait vu aussi en colère. Sa rage était telle qu'elle avait cru qu'il allait tirer sur Glasbury. Et dans sa souffrance, elle avait prié pour qu'il le fasse.

— Vous voulez toujours aller voir Cléo ? demanda-t-il.

— Plus que jamais.

Les gens ne la croiraient peut-être pas, mais ils écouteraient ce que Cléo avait à dire. Face à cette éventualité, le comte cesserait de la tourmenter, elle en était certaine.

— Vous ne pouvez rester à Billericay. Nous allons devoir changer nos plans. Il faut que je vous trouve un endroit sûr pour ce soir. Tant que Glasbury sera dans les parages, vous ne devrez pas rester seule.

— Nul endroit ne sera assez sûr, Julian. Nous n'avons plus aucun refuge.

— Si. J'en connais au moins un.

C'est ainsi qu'au crépuscule l'attelage s'engagea dans une allée bordée d'arbres à Hampstead.

Julian avait laissé les chevaux de Harry à mi-chemin de Billericay. Le voyage avait été fatigant. Ils avaient dû s'arrêter à maintes reprises pour que le cheval se repose, et la route n'était qu'une succession de cahots.

Seule la pensée de Glasbury coincé dans le cottage avait permis à Pénélope de ne pas trop s'impatienter de leur lente progression.

Ils approchèrent d'une vieille maison de bois nichée au creux d'une clairière.

— Vous pensez qu'il sera d'accord ?

— Il sera même flatté. Et il n'hésitera pas à se dresser devant quiconque tenterait d'entrer de force.

— Il est un peu vieux pour se battre, non ?

Julian eut un petit rire.

— Personne n'a encore réussi à le battre à l'épée, Pénélope. Et il sait également se servir d'un pistolet.

L'homme dont ils parlaient franchit le seuil de la maison. Le cheveu gris, de taille moyenne et la silhouette mince, rien dans sa personne ne révélait sa force. Mais Pénélope l'avait vu manier le sabre et le fleuret, et elle savait à quel point il était redoutable.

Le chevalier Corbet s'avança jusqu'au cabriolet et s'inclina devant elle.

— Madame la comtesse, j'ai bien l'honneur. Julian, êtes-vous venu ici pour faire une démonstration de vos talents à cette dame ? Il est tard, mais…

— Il ne s'agit pas d'une simple visite, Louis. Je suis venu mettre la comtesse sous votre protection jusqu'à demain matin. Je ne pense pas qu'il se passe quoi que ce soit, mais au besoin votre épée lui sera utile.

Le chevalier sourit et tendit la main pour aider Pénélope à descendre du cabriolet.

— J'espère que ce ne sera pas nécessaire, pour le bien de la dame. En ce qui me concerne, je n'en serais pas fâché. Cela fait bien longtemps que je me contente d'enseigner.

— J'espère qu'aucun de vos élèves ne viendra demain matin, dit Pénélope.

— Je n'en attends pas. Et si l'un d'eux se présentait tout de même, je le renverrais. Votre réputation et votre personne sont en sécurité, rassurez-vous.

Julian transporta les malles de Pénélope jusqu'à la chambre que lui indiqua Corbet tandis que ce dernier offrait un verre de vin à la jeune femme, dans la pièce derrière le grand salon où il donnait les leçons qui l'avaient rendu célèbre.

Louis la mit tout de suite à son aise. Elle le connaissait depuis des années, car Laclere et Dante avaient été ses élèves. Avec Julian, Saint-John et d'autres, ils se rencontraient encore ici, parfois, pour manier l'épée.

Lorsque Julian les rejoignit, le chevalier s'éclipsa discrètement. Julian souleva une lampe et la posa sur une table près de la chaise où Pénélope était assise.

— Le chevalier ne nous a posé aucune question, remarqua-t-elle.

— Il ne demandera aucune explication et ne nous donnera aucun conseil si nous gardons le silence. Mais il vous protégera au péril de sa vie, n'en doutez pas.

Comme Julian lui prenait la main, elle crut que c'était pour la rassurer. Mais il lui écarta doucement le bras et entreprit de déboutonner la manche de sa robe.

— Je n'ai pas envie de voir ça, murmura-t-elle avec appréhension.

— Moi, si, répliqua-t-il. Vous m'aviez dit que Glasbury ne vous avait jamais frappée.

Elle grimaça lorsqu'il atteignit les boutons qui étaient entrés dans sa chair tant Glasbury avait pressé fort.

— C'est vrai. Mais c'est sans doute ma faute. J'ai refusé de me soumettre, je l'ai même provoqué.

— Ne dites plus jamais une chose pareille. S'il y a un fautif, c'est lui.

Il repoussa la manche. Il y avait un cercle bleu-noir tout autour du bras.

— Le salaud ! siffla Julian. Vous devez souffrir affreusement.

— C'est supportable.

Elle mentait, bien sûr. Mais les doigts de Julian sur sa peau semblaient apaiser sa souffrance.

— Je vais vous mettre quelque chose pour éviter que ça n'enfle trop.

— Non, Julian, il faut que vous rentriez à Londres. Je peux m'occuper de ça, et si j'ai besoin d'aide, le chevalier est là. Je suis certaine qu'il sait mieux soigner les blessures que nous deux réunis.

Il parut hésiter.

— Je reviendrai demain matin avec ce qu'il nous faut pour le voyage, dit-il enfin. Je serai là très tôt.

— Je serai prête.

Il déposa un baiser très doux sur son bras meurtri.

— Quoi qu'il arrive, Pénélope, je vous jure qu'il ne vous fera plus jamais de mal.

— Il m'a pris par surprise, m'sieur le comte ! Il est arrivé par-derrière.

— Si un notaire est capable de vous assommer, Jones, à quoi me servez-vous ?

Glasbury arpentait la petite chambre qu'il avait louée à l'auberge de Billericay. Il ne supportait pas l'idée de rester dans le cottage pendant que Dardly allait récupérer ses chevaux. Ensuite, le cocher avait insisté pour qu'ils attendent le matin pour rentrer à Londres. Il était donc coincé dans cette porcherie, sans valet ni linge propre !

Les yeux de Jones devinrent deux fentes dans son visage rond.

— Je la retrouverai une fois que nous serons à Londres, n'en doutez pas. J'ai une dette envers Hampton, moi aussi, ajouta-t-il en frottant son crâne endolori où séchait une croûte de sang.

— Seriez-vous bête au point de croire qu'il l'a ramenée à Londres ? Hampton n'a pas inventé la poudre, mais il n'est pas complètement idiot.

— Mais alors, où est-ce qu'il l'a emmenée ?

— Comment le saurais-je ? En plus, ils ont un jour d'avance à cause de votre négligence, si bien que nous ne pouvons même pas suivre leurs traces ! fulmina Glasbury en serrant les poings.

Avoir été si près du but, si près de mettre un terme à cette séparation illégale et humiliante, et voir ses efforts réduits à néant par l'incompétence de Jones et de ce cocher, c'était le comble !

Il remplit son verre de ce vin immonde que l'aubergiste avait fait monter avec le repas et l'avala d'une traite.

Toute la journée, il avait ressassé les événements du matin, et sa rage n'avait cessé de croître. Pendant des années, il avait dû subir les menaces de cette petite sotte, mais c'était fini. Elle n'allait pas tarder à le comprendre.

« D'autres que moi connaissent la vérité », avait-elle dit. Sans doute, mais aucun de ces « autres » ne parlerait. L'avantage d'être riche et puissant, c'était qu'on pouvait acheter le silence et semer la terreur. Ou se garantir les services d'hommes comme Jones, au besoin.

— Eh bien, s'il ne l'emmène pas à Londres, il faudra attendre qu'elle réapparaisse, fit Jones. Impossible de la suivre sur toutes les routes d'Angleterre à la fois…

Glasbury se remémora le visage de Pénélope, dans le cottage. Elle était belliqueuse. Elle le narguait. Comme elle avait changé en dix ans ! Mais lui non plus n'était plus le même. Il ne s'intéressait plus aux faibles, car les dominer n'était en rien une victoire.

La résistance de Pénélope l'avait grandement excité.

D'autres que moi connaissent la vérité. Je ne serai pas seule à parler. Il entendait encore ses mots, revoyait son expression narquoise lorsqu'elle les avait prononcés. Mais oui, bien sûr ! songea-t-il soudain en reposant son verre. Elle ne faisait allusion ni à ses esclaves jamaïcains ni à ses domestiques anglais. Du moins pas à ceux qui étaient encore à son service.

Il eut un petit rire satisfait. Soudain, l'inconfort de l'auberge lui fut indifférent.

— Je sais où ils sont allés, annonça-t-il. Et où vous la trouverez. Vous pourrez même la devancer. Demain, je vous donnerai mes instructions et je vous enverrai un autre homme. Il faudra agir dans la plus grande discrétion, c'est compris?

Une fois Jones parti, Glasbury s'installa à la table. Le vin lui paraissait meilleur, à présent, et il s'en versa un autre verre.

— Lorsque vous m'avez dit qu'une femme nous accompagnerait, je pensais qu'il s'agissait d'une dame d'âge mûr, observa Pénélope.

Elle se tenait près de Julian devant la maison du chevalier, tandis que ce dernier hissait ses malles au sommet de la voiture que Julian avait louée. Une jeune femme, qui répondait au nom de Catherine Langton, conversait avec le chevalier et le cocher. Blonde, le teint clair, elle semblait très jeune. Elle était plus grande que Pénélope, et tout dans son allure révélait la force de caractère.

Le chevalier descendit de la voiture et se frotta les mains pour se débarrasser de la poussière.

— C'est une femme, répondit Julian. Son âge n'a pas d'importance.

— Mais enfin, elle n'a guère plus de vingt-cinq ans !

Catherine grimpa d'un bond souple dans la voiture et arrangea le rideau.

— Où l'avez-vous dénichée ? reprit Pénélope comme Julian ne répondait pas.

— J'ai été voir votre amie, Mme Levanham, hier soir, et je lui ai demandé de m'indiquer quelqu'un. Ayant elle-même quitté son mari, j'ai supposé qu'elle connaissait d'autres femmes dans la même situation.

— Comme moi, en effet.

— Et comme Catherine. J'ai pensé qu'une femme révoltée serait plus solidaire. Le mari de Catherine est capitaine dans la marine, et il doit rentrer incessamment. Elle a sauté sur l'occasion pour s'éloigner de Londres.

— Elle est très autoritaire, ça se voit au premier coup d'œil.

— Sans doute à cause de ce qu'elle a vécu. Elle se débrouille toute seule, vous savez.

Il semblait l'admirer. Pénélope sentit son antipathie pour Catherine croître.

— Sait-elle qui je suis ?

— Nous voyagerons sous de faux noms, mais nous ne pouvons pas tricher tout le temps avec elle. Elle veut bien prétendre être votre femme de chambre, mais elle a reçu une excellente éducation et elle s'exprime très bien. Mme Levanham m'a également appris qu'elle avait un talent exceptionnel.

— Lequel ?

— Elle sait se servir d'une arme à feu.

Il prit Pénélope par le coude et la guida jusqu'à la voiture. Catherine déplia aussitôt la couverture et l'arrangea autour des jambes de la jeune femme.

— M. Hampton monte avec le cocher ? s'enquit-elle.

— Apparemment

— Et pourquoi donc ? Il y a assez de place à l'intérieur.

— Je ne sais pas.

— Vraiment ? C'est un étranger, pour vous ?

— Je connais M. Hampton depuis l'enfance. C'est un ami de longue date, mais je ne peux pas lire dans ses pensées.

— Pas besoin de lire dans les pensées d'un homme pour connaître ses habitudes et ses préférences, répliqua Catherine d'un ton péremptoire que Pénélope détesta sur-le-champ.

— Il aime bien les activités de plein air. Peut-être a-t-il envie de voir le paysage et de sentir le vent. Cela lui ressemble tout à fait.

Après qu'ils eurent fait leurs adieux au chevalier, la voiture s'engagea dans l'allée, puis prit la direction du nord-ouest. Le temps était humide, et Pénélope apprécia la couverture.

Mais en baissant les yeux, elle vit les vieux souliers de Catherine pointant sous sa jupe. Alors elle se pencha pour étendre la couverture sur les genoux de sa compagne.

Cette dernière parut surprise.

— J'ai entendu parler de vous, dit-elle en plantant son regard clair dans celui de Pénélope. Vous avez eu du cran de quitter le comte. Et de renoncer à son style de vie.

— Je n'ai pas eu plus de courage que vous. Peut-être moins encore, car j'ai une famille et des ressources que vous n'avez pas.

— Il vous frappait ?

La question était si directe que Pénélope en resta un instant interdite. Personne ne la lui avait posée auparavant. Ni ses frères ni ses amies. Pas même Julian lorsqu'elle était allée le consulter ce jour-là.

Elle secoua la tête. Le comte ne lui avait jamais infligé le moindre coup, mais il savait faire mal d'une tout autre façon.

— Jacob, lui, m'a cognée. Il buvait et il me frappait. Je n'ai rien dit parce que c'était mon mari. Puis à cause de ma fille. Mais un jour, je suis partie, même si cela signifiait que je devais renoncer à mon enfant, parce que rester devenait vraiment dangereux.

— Vous craigniez qu'il ne vous tue ?

— Non, que moi je le tue. Un matin, je me suis retrouvée couverte de bleus, et le cœur débordant de haine. J'ai compris que s'il me touchait encore une fois, je le tuerais. Alors je suis partie.

Elle s'exprimait si calmement qu'on aurait pu croire qu'il s'agissait d'une vieille histoire. Son regard, cependant, trahissait ses véritables émotions. La tristesse et la colère l'animaient encore, tel un feu couvant sous la cendre.

— Avez-vous revu votre fille, depuis ?

— Il l'a envoyée dans sa famille, près de Carlisle. Il pense que mon amour pour elle me forcera à revenir, ou qu'il pourra m'y contraindre. Je suis en sécurité tant qu'il est en mer. Dès qu'il aura débarqué, je cesserai de l'être. Alors je disparais dès que j'en ai l'occasion.

— Ce doit être difficile de garder un travail dans ces conditions.

— Je me débrouille. Je n'ai pas eu à me vendre, c'est déjà ça. Mais si je devais en arriver là, je le ferais. Après tout, je me suis bien vendue à Jacob. Si j'ai pu faire ça avec un homme que j'ai appris à craindre et à détester, ce doit être possible avec un inconnu.

Pénélope savait qu'elle aurait dû faire quelque commentaire moral sur la vertu et le péché, mais elle ne s'en sentait pas le droit. Qui était-elle pour juger une jeune femme et les choix qu'elle avait été obligée de faire, elle qui avait rédigé une liste d'amants potentiels pour recouvrer enfin sa liberté ?

Les fermes se succédaient de chaque côté de la route, grises et sombres, comme le ciel. Dans quelques jours, ils seraient à Grossington, et elle verrait Cléo. Comment cette jeune fille craintive avait-elle vécu durant toutes ces années ? Quelle femme était-elle devenue ?

Pénélope était rongée par le doute. Était-ce lâche de faire appel à Cléo plutôt que de s'opposer franchement au comte ? Oh, elle aurait aimé divorcer, bien sûr. Elle enviait à Catherine sa liberté, même si elle aussi restait légalement liée à son mari. Mais Catherine pouvait échapper à Jacob, tout en restant en Angleterre. C'était impossible pour la comtesse de Glasbury.

Pour elle, s'enfuir et se cacher signifiait abandonner tous ceux qu'elle aimait. Mais rester et se battre signifiait blesser sa famille et ses amis.

— M. Hampton est très beau, observa Catherine.

— En effet.

— Il n'est guère bavard, en revanche. Pas mal d'hommes devraient prendre exemple sur lui. En général, ils parlent beaucoup pour ne rien dire.

— M. Hampton serait sûrement de votre avis.

Catherine lissa la couverture sur ses genoux.

— Vous partez en vacances ? demanda-t-elle. C'est le but de ce voyage ?

— J'ai une visite à faire, et M. Hampton m'escorte.

— Ah, je vois. C'est bizarre d'utiliser des noms d'emprunt, tout de même. Enfin, ça ne me regarde pas...

Catherine continuait à lisser la couverture d'un air absorbé.

— Est-ce que nous allons partager la même chambre, toutes les deux, dans les auberges où nous descendrons ?

— Je l'espère.

— Et M. Hampton dormira aussi dans ces auberges ?

— Ce sera nécessaire. Ne vous inquiétez pas. Si Jacob vous suit, vous ne serez pas sans protection.

— Je me protège moi-même, milady. Mais ça peut être utile d'avoir M. Hampton pas loin. J'ai le sommeil profond. Quand je suis fatiguée, il faudrait un coup de canon pour me réveiller. En cas d'imprévu, ce serait bien que M. Hampton soit dans la pièce à côté pour intervenir. Si quelqu'un entrait dans notre chambre pendant la nuit, je n'entendrais rien.

On ne pouvait se montrer plus explicite, songea Pénélope, gênée.

— Personne n'entrera dans notre chambre durant la nuit, Catherine.

— Oui, madame. Mais si jamais ça arrivait, ça ne me réveillerait pas. Je voulais que vous le sachiez.

Catherine se pencha et glissa la main sous le siège.

— Vous auriez besoin d'une autre couverture, madame, dit-elle. Vous êtes toute pâle.

Pour Julian, il devint évident que Catherine Langton était arrivée à certaines conclusions concernant son nouvel emploi.

Elle pensait visiblement que sa présence avait pour but de donner un semblant de respectabilité à ce qui était en réalité une escapade amoureuse.

Elle avait en effet un véritable don pour disparaître au bon moment. Elle arrivait tard aux repas et sortait de table la première. Le matin, il la trouvait devant la voiture avant Pénélope, et elle inventait toujours une excuse pour quitter leur chambre le soir.

Si Julian avait eu une liaison avec Pénélope, il aurait été enchanté. Mais vu qu'il aurait aimé en avoir une, il appréciait la discrétion de la jeune femme.

Le troisième soir, ils dînèrent dans la chambre des deux femmes, dans une auberge de York. Le repas à peine terminé, Catherine se leva.

— J'ai besoin de prendre un peu l'air, si ça ne vous dérange pas, madame.

— Mais il pleut, Catherine !

— Oh, un peu de pluie ne me fait pas peur ! J'ai mon manteau, et puis, je vais rester sous l'avant-toit. Car après une journée de voyage, il faut que je me dégourdisse les jambes.

Quand elle fut sortie, Julian se tourna vers Pénélope et admira son teint de lys, ses lèvres pulpeuses et son expression pleine de douceur. Il dut faire un énorme effort de volonté pour ne pas caresser sa joue satinée.

Il aimait sa douceur, celle de son visage et de son corps, mais aussi celle de son cœur. Elle avait tenté d'aider des jeunes femmes en difficulté par le passé, et il était évident qu'elle s'était prise d'affection pour Catherine qui menait un si dur combat contre son mari.

Pénélope ne se servirait peut-être jamais d'une arme, mais elle pouvait tout donner pour secourir les gens dans le besoin.

— J'avais mal jugé Catherine, déclara-t-elle. Vous aviez raison et c'est une compagne très agréable, monsieur Hampton. Vous avez fort bien choisi.

— Je vous ai déjà demandé de ne plus m'appeler monsieur. Étant donné ce qui s'est passé dans le cottage, ce serait absurde, non ?

Pénélope rougit, ce qui la rendit plus charmante encore. Elle n'oubliait visiblement pas qu'ils étaient dans sa chambre, d'où cette tentative de mettre une certaine distance entre eux.

Elle tripota nerveusement sa fourchette. Julian savait qu'il aurait dû partir, ou dire quelque chose susceptible de la mettre à l'aise. Mais le souvenir de leur intimité s'était imposé brutalement à lui. Il sentait ses seins fermes sous ses lèvres, voyait ses reins se creuser sous ses caresses.

La lumière dorée du feu dans la cheminée, les flammes dansantes des bougies, le lit caché derrière les rideaux, l'allusion à leur étreinte, tout concourait à créer une atmosphère qu'il ne souhaitait pas dissiper.

— C'était très habile de votre part d'aller demander de l'aide à Mme Levanham, dit Pénélope. Savait-elle qu'il s'agissait de moi ?

— Je ne le lui ai pas dit, mais je la soupçonne de l'avoir deviné.

— Si j'avais su que vous iriez chez elle, je vous aurais demandé de lui remettre le pamphlet. Je voulais le poster à Billericay, mais je le ferai demain avant de quitter York.

— J'aimerais mieux que vous n'en fassiez rien, Pénélope. Cela peut attendre la fin de ce voyage.

— Mais pourquoi ?

Julian regarda le bras meurtri de la jeune femme.

— Lorsque vous étiez avec Glasbury, a-t-il parlé du pamphlet ?

— Il l'a mentionné.

— J'imagine que cela lui déplaît.

— Au plus haut point. Je lui ai dit que je le publierai de toute façon. Il prétend que c'est une des raisons qui l'ont poussé à exiger mon retour, en plus de son désir d'avoir un héritier. Mais je n'en crois rien.

— Quelles sont ses raisons, selon vous ?

Pénélope parut songeuse.

— J'ai évoqué ses plantations à la Jamaïque, et la nouvelle loi qui le prive de ses esclaves. Il a alors eu un regard effrayant.

— La loi aura des conséquences économiques. Même avec la compensation accordée par le Parlement, cela lui coûtera cher.

— Je ne crois pas que ce soit l'aspect financier de la question qui le préoccupe. Il aimait posséder des gens, Julian. Avoir le droit de vie et de mort sur des êtres humains, et les soumettre à sa volonté. Il a tenté de recréer ce monde ici, en Angleterre, et quand je l'ai quitté, il est retourné à la Jamaïque à de nombreuses reprises afin d'exercer ce pouvoir. Mais c'est terminé, à présent. Légalement, il n'a plus aucun droit sur quiconque.

Excepté sur moi, songea-t-elle avec amertume. Elle avait beau ne pas avoir prononcé ces paroles à voix haute, elles résonnaient dans la pièce silencieuse.

Julian savait qu'elle avait raison. Glasbury cherchait le pouvoir absolu, et les seules personnes qu'il pourrait ainsi tenir en son pouvoir, désormais, ce serait sa femme et ses éventuels enfants.

Tous les hommes possédaient ces droits, mais la plupart n'en abusaient pas.

Pénélope se leva et s'approcha de la fenêtre. Là, elle écarta le rideau et jeta un coup d'œil dehors, machinalement, comme chaque fois qu'on parlait de Glasbury.

— Jusqu'à hier, je n'avais pas vraiment compris ce qui l'animait. Je ne pouvais pas concevoir à quel point il est pervers. J'aurais pourtant dû le savoir. Dans deux jours, nous aurons la preuve de ce que j'avance.

— J'ai l'impression que l'idée de voir Cléo vous perturbe.

Elle pencha la tête de côté pour balayer du regard la rue obscure. Son haleine laissait de petits nuages de buée sur la vitre.

— Sans doute parce que cela me rappelle trop de mauvais souvenirs, murmura-t-elle. Des choses impossibles à oublier.

Sa voix était calme mais son regard était hanté. Julian alla la rejoindre. Il voulait effacer ce triste passé, pour toujours.

Il posa les mains sur les épaules de la jeune femme, s'efforçant de se montrer plus protecteur que possessif. Mais il avait trop envie de la serrer contre lui. Il voulait lui faire oublier ses soucis, lui faire l'amour. Durant tout le voyage, il n'avait pensé qu'à ça.

— Je parlerai à Cléo, Pénélope. Vous n'aurez pas à la voir si vous ne le souhaitez pas.

Lui lançant un regard par-dessus son épaule, elle parut tentée d'accepter, puis elle secoua la tête.

— J'étais responsable d'elle. J'aurais dû comprendre plus tôt. Si je dois fouiller dans le passé, je dois aussi affronter les conséquences qu'il a eues pour elle. Autrement, je ne saurai pas si elle aura le courage de me soutenir en cas de besoin.

Elle paraissait agitée et triste. Instinctivement, Julian lui caressa les bras. Elle se cambra, puis une légère rougeur envahit sa nuque délicate.

Il attendit un signe d'encouragement de sa part. Il ne se souciait pas de savoir s'il avait raison ou tort, son désir était tel qu'il n'arrivait plus à raisonner.

En tout cas, elle ne le repoussait pas.

Il allait poser les lèvres sur la nuque adorable lorsqu'un petit bruit derrière la porte l'arrêta. Une voix féminine demandait bruyamment qu'on apporte de l'eau chaude. Puis Catherine piétina le paillasson en pestant contre la pluie.

Fidèle à ses habitudes, la jeune femme s'annonçait pour ne pas les surprendre.

Pénélope s'écarta brusquement et revint à la table.

12

— M. Hampton voudra-t-il partir tout de suite ?

Avec son efficacité coutumière, Catherine planifiait déjà la journée tandis qu'elle prenait son petit-déjeuner avec Pénélope, dans leur chambre.

— Je ne sais pas, Catherine. Je n'ai pas parlé à M. Hampton depuis hier soir.

Elle avait été tellement embarrassée, la veille, lorsque Catherine était revenue, qu'elle se sentait obligée de clarifier la nature de sa relation avec Julian. Il lui fallait absolument la convaincre qu'ils n'étaient pas amants et n'avaient pas l'intention de le devenir.

— M. Hampton a dit que nous ne voyagerions pas longtemps, aujourd'hui. Approchons-nous de notre destination ?

Pénélope s'agita sur sa chaise. En proie à des sentiments contradictoires, elle n'avait pratiquement pas fermé l'œil de la nuit. La façon dont Julian l'avait touchée, devant la fenêtre, sa proximité, l'émotion qui s'était emparée d'elle à cet instant, bref, son besoin d'être réconfortée et aimée la poussait à abuser affreusement de son amitié.

— Nous devrions arriver aujourd'hui, répondit-elle. Nous resterons un jour ou deux, mais ensuite, j'ignore où nous irons.

« Peut-être en Amérique, ajouta-t-elle en silence.

Une fois leur petit-déjeuner terminé, elles firent leurs derniers préparatifs et s'aperçurent que le manteau de Catherine était encore humide de pluie.

— Prenez mon manteau bleu, proposa Pénélope en ouvrant sa petite malle. Je vais sortir le marron.

Catherine caressa la belle laine couleur saphir.

— Quelle merveilleuse étoffe ! commenta-t-elle.

— C'est mon frère qui me l'a offert.

Pénélope rougit à l'idée que Catherine puisse croire que c'était un cadeau de Julian. En tout cas, ce n'était pas avec l'argent du comte qu'elle pouvait s'habiller aussi luxueusement. Sa pension ne lui permettait même pas d'entretenir sa maison de Londres. Heureusement, Laclere s'était montré très généreux avec elle, même avant qu'il n'épouse une riche héritière.

Et depuis son mariage, sa femme Bianca invitait toujours Pénélope à la suivre chez ses couturières. Les notes des robes de Pénélope venaient s'ajouter à celles de Bianca, et Laclere réglait le tout sans broncher.

Elle n'avait manqué de rien, certes, mais cela n'avait pas toujours été facile d'accepter la charité. Elle avait dû ravaler son orgueil bien des fois, même si sa famille ne lui avait jamais reproché quoi que ce soit.

Pourquoi éprouvait-elle le besoin de se justifier ? Catherine ne lui demandait rien. Il n'y avait pas de concours entre elles non plus, à qui avait été la plus malheureuse. De toute façon, Catherine était bien plus à plaindre, elle qui avait été contrainte d'abandonner son enfant.

Malgré tout, Pénélope ressentait le besoin de clarifier les choses. Elle ne voulait absolument pas qu'elle pense que, parce qu'elle était comtesse, elle pouvait agir à sa guise, vivre dans le luxe et commettre l'adultère impunément.

Finalement, la présence de Catherine devenait de plus en plus importune et dérangeante. Et puis, ce manteau bleu lui allait à merveille. Il mettait son teint en valeur.

Julian admirait déjà Catherine pour son indépendance. S'il la voyait maintenant, il se rendrait également compte qu'elle était très jolie, songea Pénélope, en proie à une jalousie incontrôlable.

— Je ne trouve pas mon autre manteau. S'il vous plaît, allez demander qu'on fasse monter mon autre malle.

En sortant, Catherine jeta un coup d'œil à la cloison qui séparait leur chambre de celle de Julian. Pénélope n'imaginait que trop bien ce qu'elle pensait. Un bel homme, ténébreux, calme et taciturne. S'il embrassait cette jeune femme comme il l'avait embrassée, elle, il pourrait en faire ce qu'il voudrait. Et Catherine, en retour, ne demanderait qu'une simple protection contre un officier de marine, et non contre un pair du royaume.

Pénélope s'affaira à ranger sa petite malle, troublée par un sentiment persistant de tristesse dont elle n'arrivait pas à comprendre la raison. Cela affectait son humeur.

— Serez-vous prête à partir d'ici une heure ?

Elle se tourna vers la porte. Julian se tenait sur le seuil.

— La porte était ouverte ? s'étonna-t-elle.

— En effet.

— Eh bien, fermez-la, s'il vous plaît. Et laissez-moi. Je n'ai pas envie de compagnie.

— Et pourquoi cela ?

— Je l'ignore, Julian. Je voudrais qu'on se dépêche de monter ma grande malle afin d'aller prendre un peu l'air. Je me sentirai peut-être mieux après.

Elle rabattit sèchement le couvercle de sa malle.

— Quand verrons-nous Cléo ? demanda-t-elle.

Il s'appuya contre le chambranle.

— Nous arriverons à Grossington cet après-midi. J'ai pensé que nous pourrions passer chez Mme Kenworthy demain, à moins que vous ne préfériez renoncer.

— Non. Il est temps que je cesse de me montrer lâche, murmura-t-elle en se redressant. Je vais descendre fouiller dans ma malle, puisqu'on met un siècle à me la monter.

Il est temps que je cesse de me montrer lâche. Voilà ce qui la tourmentait, songeait Pénélope tandis qu'elle se promenait dans le potager derrière l'auberge. À mesure que le moment de rencontrer Cléo approchait, des images qui engendraient culpabilité et humiliation remontaient à la surface.

Elle était si ignorante, à l'époque. Si incroyablement naïve. Lorsqu'elle avait découvert cette maison isolée dans le Wiltshire remplie de serviteurs de couleur, elle n'avait pas soupçonné un instant que le comte les traitait comme des esclaves.

Elle n'avait pas deviné que Glasbury gardait ce domaine éloigné de tout afin de s'adonner avec ses domestiques à des pratiques qu'aucun serviteur anglais n'aurait tolérées.

Qu'il eût cette possibilité avait probablement protégé Pénélope pendant quelque temps. Il avait fallu une année avant qu'il ne commence à la traiter à son tour comme une esclave.

Au début, les ordres du comte avaient été modérés, mais ses colères subites lui faisaient toujours craindre de lui déplaire. Il lui demandait ainsi de changer de robe pour le dîner, puis critiquait son choix et l'obligeait à se changer à de multiples reprises, l'accablant de commentaires acerbes sur son incapacité à se comporter comme une comtesse.

Il trouvait à redire à tout ce qu'elle faisait, à tel point qu'elle finit par redouter sa présence et qu'elle se crispait dès qu'il entrait dans une pièce. Peu à peu, il l'isola de ses amis et de sa famille, racontant sur eux des choses terribles. Si elle avait la témérité de lui répondre, il entrait dans des rages folles.

Le fait qu'elle ne tombe pas enceinte lui fut une arme supplémentaire pour la blesser.

Sa peur allait croissant, et il jubilait visiblement. Il n'était jamais satisfait, la reprenait en permanence, exigeait toujours davantage, élaborait des règles de plus en plus strictes.

Finalement, lorsqu'il eut brisé chez elle toute volonté et toute capacité à penser par elle-même, il commença à la punir.

Pénélope s'immobilisa au milieu du potager tandis qu'un flot de souvenirs l'envahissait.

Les châtiments qu'il lui imposait étaient des rites dégradants. Il la condamnait à attendre, comme une enfant. Puis il entrait dans sa chambre, exigeait qu'elle se mette nue et s'allonge en travers de ses cuisses pour qu'il puisse la fesser. Cela l'excitait. Elle avait mis du temps à le comprendre.

Les rites devinrent de plus en plus complexes, plus sexuels aussi. Elle frémit en songeant à ce premier soir où il lui avait ordonné de ramper vers lui, puis de lui offrir ses reins pour qu'il la fouette. Elle avait crié, l'avait supplié d'arrêter. Alors il l'avait prise, comme la bête soumise qu'elle était devenue.

Pénélope chassa ces images, s'obligeant à faire le vide dans son esprit. Elle s'en était bien mieux tirée que la petite Cléo. Ou du moins elle s'était échappée avant qu'il n'ose aller aussi loin avec elle.

Catherine apparut au portail du jardin et lui fit signe que la voiture était prête à partir.

Pénélope traversa la cour de l'auberge, brûlant de colère contre elle-même. Elle n'aurait jamais dû se montrer aussi docile. Elle aurait dû se confier à quelqu'un, si humiliantes que fussent ses révélations. Surtout, elle aurait dû s'apercevoir plus tôt qu'elle n'était pas la seule femme de la maison qui tremblait devant le comte et se tendait à sa vue.

L'animation dans la petite cour la détourna de ses sombres pensées, et elle parvint à refouler au plus profond d'elle-même la rage et la peur qui la faisaient frissonner d'appréhension.

Ces souvenirs reviendraient la hanter, elle le savait. Elle ne pourrait revoir Cléo sans se rappeler le passé. Mais elle ne pourrait se débarrasser du passé sans l'affronter.

Le soleil brilla durant tout le trajet jusqu'à Grossington, mais l'humeur de Pénélope demeura morose, et Julian s'en aperçut.

Ce soir-là, il resta longtemps debout à la fenêtre de sa chambre, le regard perdu dans les ténèbres. Il entendait Pénélope aller et venir dans la chambre voisine, et sut qu'il ne pourrait trouver le sommeil en la devinant aussi agitée. Elle arpenta la pièce pendant près de deux heures.

Il prenait du plaisir à infliger des châtiments. C'était les mots que Pénélope avait utilisés le jour où elle s'était confiée à lui dans son étude, les yeux rivés sur le mur d'en face pour ne pas voir son expression horrifiée.

Elle avait dû passer des semaines à chercher comment raconter ce qui se passait sans rien décrire. Mais il avait tout de suite compris de quoi il retournait. Elle n'avait pas dit qu'il la battait quand il buvait, par exemple. Son aveu, à la fois simple et évasif, masquait une réalité pire encore.

Il lui semblait qu'elle ne cesserait jamais de marcher. Finalement, incapable d'en supporter davantage, il sortit de sa chambre et frappa doucement à la porte de la jeune femme.

Le battant s'entrouvrit. Pénélope se tenait devant lui, dans sa chemise de nuit et son bonnet de dentelle, un châle de laine bleue sur les épaules. Il plongea son regard dans le sien et comprit qu'elle passerait la nuit à marcher pour tenir ses démons à distance.

Il poussa la porte. Dans la pénombre de la chambre, il vit Catherine endormie dans le lit contre le mur. Sans un mot, il s'empara de la main de Pénélope et la tira dehors avant de refermer doucement la porte. Ignorant la résistance de la jeune femme, il l'entraîna vers sa propre chambre.

13

Elle croisa les bras et s'adossa à la porte.

— Catherine prétend qu'en cas d'agression, il faut flanquer un coup de genou là où l'homme n'a aucune protection.

— C'est le traitement que je mériterais si je vous importunais.

Julian avait tellement envie de la toucher qu'il s'éloigna d'elle. Elle était infiniment belle et désirable dans sa chemise de nuit. Il s'imaginait déjà en train de lui ôter sa coiffe de dentelle pour libérer sa chevelure…

— Vous n'arrivez pas à dormir, Pénélope ? On est déjà au milieu de la nuit.

— Vous ne dormez pas non plus.

— Je vous écoutais faire les cent pas.

— Cela m'arrive quand le sommeil me fuit, murmura-t-elle en se recroquevillant contre la porte, comme si elle avait peur de lui.

— Il y a une raison à cela, n'est-ce pas ? J'irai voir Cléo, seul, demain.

— Vous ne pouvez pas m'épargner cette confrontation, Julian. Vous ne pouvez pas me protéger de mes souvenirs.

Elle s'éloigna de la porte et s'avança vers la fenêtre d'un pas nerveux, l'air triste et désabusé.

— C'était moi la maîtresse de maison, continua-t-elle. J'étais responsable de mes serviteurs et je n'ai rien vu…

— Il a fait en sorte que vous soyez trop terrorisée pour voir quoi que ce soit.

— Non, Julian. J'ai refusé de voir ce qui se passait sous mes yeux parce que cela n'avait aucun sens, c'était trop étranger à l'univers que je connaissais.

Elle le défia du regard.

— Il ne voulait pas que j'ignore ce qui se passait. Au contraire. Un soir, alors qu'il « punissait » Cléo, il m'a obligée à assister à la scène. J'étais horrifiée, pétrifiée. Je tremblais de la tête aux pieds. Je ne pouvais plus continuer à me mentir à moi-même en me disant que cela s'arrangerait. Alors, le lendemain, je suis allée vous voir.

Il avait toujours soupçonné que c'était un épisode particulier qui l'avait poussée à se confier à lui. Cela avait été à la suite de cette initiation, lorsque le comte avait montré à Pénélope ce que son plaisir exigeait d'elle. Nul doute qu'il avait cru alors qu'elle se soumettrait.

Mais il s'était trompé. Sa douce et innocente épouse s'était révélée plus forte que prévu.

— C'était ignoble, souffla-t-elle, plus pour elle-même que pour lui. Une véritable descente aux enfers.

— Je comprends.

— J'ai eu mal pour elle. Mais une pensée m'a traversé l'esprit et ne m'a plus quittée. Une pensée égoïste. Je me suis dit que ça aurait pu être moi, et qu'un jour ou l'autre, je serais à sa place…

Elle se détourna, et il comprit qu'elle pleurait. Il la rejoignit, la prit par les épaules.

— Vous l'avez sortie de là, Pénélope.

— Non, Julian, c'est *vous*.

Elle lui fit face.

— Vous aviez tout deviné, n'est-ce pas ? murmura-t-elle, les yeux pleins de larmes. Vous avez toujours su ce qu'il lui avait fait. Et ce qu'il m'avait fait à moi !

— Je n'ai pas voulu m'appesantir sur cela, répondit-il en essuyant une larme sur sa joue. Vous étiez une victime. Une jeune fille douce et bonne, jetée dans l'antre du diable. J'ai voulu le tuer, mais cela n'a jamais changé ma façon de vous voir.

La réaction de Pénélope lui brisait le cœur. Elle semblait à la fois reconnaissante, sceptique et infiniment vulnérable. Une fois de plus, il s'imagina en face de Glasbury, un pistolet à la main.

Dieu merci, Pénélope avait eu le courage de partir. Elle était parvenue à surmonter ce qu'elle avait vécu, et ne s'était pas repliée sur elle-même comme la petite Cléo.

Il lui caressa la joue, contemplant les grands yeux bleus pleins de tristesse et de confusion.

— Il faut que je m'en aille.

— Vous allez dormir, à présent ?

— Sûrement pas.

— Alors restez ici. Nous attendrons l'aube ensemble.

— Je ne devrais pas…

Il ne supportait pas l'idée de la laisser seule, en proie à ses souvenirs.

— Si vous êtes avec moi, peut-être que le dragon qui vous menace rentrera dans sa caverne, suggéra-t-il en lui prenant la main pour y déposer un baiser. Reposez-vous ici, dans mes bras. Vous serez de retour dans votre chambre avant que Catherine se réveille.

Elle n'accepta ni ne refusa. Mais lorsqu'il recula vers le lit, elle ne résista pas.

— Si je vous importune, vous pouvez toujours suivre le conseil de Catherine, reprit-il.

Elle ne put s'empêcher de rire, et sa tristesse sembla soudain voler en éclats. Elle ôta son châle, le plia soigneusement et le déposa sur une chaise. Cela paraissait très naturel, comme s'ils avaient toujours partagé la même chambre.

— Vous vous assurerez que je sois sortie avant que les domestiques se lèvent ?

— Je vous le promets.

Elle souleva le drap et se glissa dessous.

— Nous ne cessons de faire ce que nous ne devrions pas, remarqua-t-elle. Mais vous avez raison, je ne veux pas rester seule avec mes pensées, cette nuit.

Elle se comportait comme si elle était persuadée qu'il garderait ses distances, en bon gentleman. Julian était à la fois flatté et amusé, bien que les pensées qui lui traversaient l'esprit n'eussent rien d'innocent. Cependant, il était prêt à tous les sacrifices pour être auprès d'elle.

Après une vie de frustration, il pouvait bien se contrôler quelques heures.

Elle s'installa confortablement et le dévisagea.

— Vous avez l'intention de rester assis près du lit comme une infirmière ?

— Non.

— Et vous comptez vous coucher tout habillé ?

— Non plus.

Il ôta sa redingote et commença à défaire sa cravate. Puis il éteignit la lampe. Il ne restait plus que des braises, dans l'âtre, qui diffusaient une lumière ambrée dans la pièce.

— Vous devriez ôter votre chemise.

— Vous croyez ? Il vaudrait sans doute mieux que l'un de nous ne soit pas en tenue de nuit. Il y a des limites à la galanterie masculine, vous savez.

— Oui, bien sûr. Pardonnez-moi. Vous êtes toujours plus raisonnable que moi, Julian.

Raisonnable, lui ? Il enleva sa chemise et se tourna vers elle. À son regard, il devina qu'elle ne pensait plus à Glasbury…

Il se rassit et ôta ses bottes. Puis, pris d'une impulsion, il se débarrassa aussi de son pantalon, le jeta sur une chaise avant de se glisser entre les draps.

Son corps était déjà dans un état qui promettait de faire de la nuit une véritable torture.

— Je suppose que c'est très imprudent, ce que nous faisons, murmura Pénélope. Et même dangereux.

— Vous ne courez aucun danger avec moi.

Ce qui n'était pas tout à fait vrai, songea-t-il.

— Ce n'est pas ce que je voulais dire...

Elle se tourna sur le côté et se redressa sur le coude.

— Cela m'aide beaucoup, de ne plus être seule. Je suis aussi contente que vous soyez avec moi demain. Je ne pense pas que j'y arriverai, sans vous.

— Vous êtes capable de tout dès lors que vous décidez que c'est important. Vous l'avez déjà prouvé.

— C'est faux. Quand j'y songe, je n'ai jamais rien fait toute seule. Il y a toujours eu quelqu'un pour m'aider. Mais je ne veux plus penser à ça, ce soir, ni en parler.

— De quoi aimeriez-vous parler, dans ce cas ?

Elle se redressa un peu plus.

— Ce feu est magique. Il souligne votre profil comme dans un tableau.

Elle tendit la main et suivit du doigt l'arête de son nez, le renflement de ses lèvres et la courbe de son menton. Julian sentit le désir monter en lui et ferma les yeux. Elle continua son exploration silencieuse, traçant une ligne le long de son épaule, de son torse. Elle repoussa doucement le drap plus bas.

— Que faites-vous, Pénélope ?

— Vous m'avez regardée. C'est mon tour, maintenant. Vous êtes beaucoup plus athlétique que je ne l'imaginais. Sûrement à force de ramer en mer...

Ses doigts s'attardèrent sur une cicatrice qui courait sous ses côtes.

— Où vous êtes-vous blessé ainsi ? La plaie est très longue.

— À Hampstead, il y a quelques années.

— J'ignorais qu'il était aussi dangereux de s'exercer à l'épée au sein de la Société des duellistes.

C'était ainsi que le groupe d'amis de Laclere se nommait. Ils se rencontraient chez le chevalier pour pratiquer l'art de tirer au pistolet ou de manier l'épée. Julian en faisait partie depuis qu'il était entré à l'université, et il continuait à voir ses camarades régulièrement.

— Nous avons tous des petites coupures. C'est l'épée qui veut ça.

— C'est beaucoup plus qu'une petite coupure, répliqua-t-elle en suivant la cicatrice du doigt, avant d'aller lui caresser la hanche.

Le corps de Julian réagit instantanément. Il agrippa la main de Pénélope et la ramena sur son torse, s'efforçant de chasser les visions érotiques qui lui venaient à l'esprit.

— Vous rendez cette nuit dangereuse en dépit de mes bonnes résolutions, commenta-t-il. Même les vieux amis ne sont pas de bois. Je ne suis pas raisonnable tout le temps, figurez-vous.

— Je sais. Cela a d'ailleurs été une découverte très intéressante, répondit-elle en lui caressant le ventre.

Il lui serra la main pour l'interrompre.

— Essaieriez-vous de me séduire, Pénélope ?

— Pas tout à fait. Je suppose que je cherche à repousser le dragon dans sa caverne. Je veux aussi me rappeler que j'ai de bons souvenirs et de bons amis, que j'existe en dehors de mon passé.

De bons souvenirs, mais pas avec lui, songea-t-il. Un autre avant lui lui avait montré qu'elle pouvait être désirable.

Il savait comment chasser tous les dragons. Le problème était d'oser… Et d'être capable de garder la réserve qu'elle attendait de lui. Il ne voulait pas de jeux sensuels incomplets. L'épisode de la plage avait été délicieux, mais il refusait d'être comme ces hommes qui lui avaient volé des baisers et quelques caresses. Des hommes qu'elle pouvait oublier aisément et reléguer au rang de flirts sans conséquence.

Si elle était restée allongée près de lui sans bouger, il serait sans doute parvenu à contenir son désir. Mais elle le caressait, et il sentait son souffle sur sa poitrine.

Et soudain, il voulait tout ce qu'il pouvait obtenir d'elle.

Une atmosphère sensuelle se tissait lentement entre eux. La main de Pénélope demeurait prisonnière de la sienne. Il la souleva et la porta à ses lèvres.

— Si vous le voulez, Pénélope, nous pouvons chasser les dragons pour la nuit.

Elle leva les yeux.

— Ce n'est pas juste pour vous, n'est-ce pas ? Comme vous l'avez dit, même les vieux amis ne sont pas de bois...

— Je voudrais encore plus, Pénélope, je le reconnais. Mais je me contenterai de ce que vous me donnerez.

Il la souleva et la déplaça de sorte que ce soit elle qui soit éclairée par la lueur du feu. Puis il repoussa son bonnet de nuit. Il se souvint de la dernière fois où il l'avait vue les cheveux ainsi tressés. Elle n'était encore qu'une adolescente et, cependant, il se la rappelait comme si c'était la veille.

Il glissa la main dans ses tresses et ses cheveux se répandirent sur l'oreiller, puis il tira sur les rubans qui fermaient sa chemise de nuit. Les paupières à demi closes, elle suivait chacun de ses gestes.

— J'ai déjà le souffle coupé, Julian, murmura-t-elle. Et vous ne m'avez même pas encore embrassée.

— Le souffle coupé, dites-vous ? Dans ce cas, vous ne pourrez pas protester lorsque je vous enlèverai votre chemise de nuit.

— Complètement ?

— Oui, fit-il, joignant le geste à la parole.

L'odeur qui montait d'elle lui indiquait que ce lent déshabillage attisait le désir de la jeune femme, mais s'il en avait douté, son expression aurait suffi à le rassurer.

Elle avait raison, pour le feu. Il mettait merveilleusement en valeur les contours de son corps. Julian la caressa comme elle l'avait caressé, suivant son profil délicat, son cou, sa poitrine. Les pointes de ses seins se dressaient sous ses doigts, et elle arqua le dos, déjà haletante.

Il encercla l'un de ses seins parfaits.

— Vous êtes superbe, Pénélope. Je ne peux imaginer plus belle passion que la nôtre.

Elle glissa la main sur la nuque de Julian pour l'attirer vers elle.

— Les dragons ne se contentent pas de dormir lorsque nous faisons cela, Julian. Ils meurent, et c'est comme si je redevenais enfant, à Laclere Park, comme si rien de laid ni de triste n'était arrivé.

— Alors retournons à Laclere Park, Pénélope, chuchota-t-il, ému. Lorsque nous étions jeunes tous les deux. C'est le printemps, je viens de faire le tour du lac et je vous ai trouvée seule sur la berge, assise parmi les fleurs.

Elle rit doucement et ferma les yeux.

— Il fait chaud, et de gros nuages blancs flottent dans le ciel bleu. Il y a des jonquilles sous un arbre. Le chêne n'a pas encore de feuilles. Où sont mes frères ? Pourquoi êtes-vous seul ?

— Ils sont partis avec l'intendant pour acheter un cheval. J'ai décidé de ne pas les accompagner.

— Pour être seul avec moi ?

— Peut-être. Si vous voulez.

— Il vaut mieux que ce soit par hasard. Une impulsion. Nous sommes très jeunes, après tout. Je ne crois pas que ce serait à votre honneur d'avoir prévu de me séduire.

— En vérité, dans mon histoire, c'est vous qui alliez me séduire.

Elle parut choquée, puis sourit.

— Comme je suis vilaine…

— Ça, ce n'est pas nouveau. Quand je vous ai trouvée, vous enleviez vos bas pour patauger dans le lac et essayer d'attraper un poisson avec vos mains. Comme l'été où Vergil et moi vous avions poursuivie sur la berge.

— Ciel ! Ma gouvernante m'obligera à rester une semaine à la maison pour être rentrée pleine de boue. Si je soulève ma jupe pour entrer dans le lac, vous verrez une bonne partie de mes jambes, n'est-ce pas ?

Il fit glisser le drap de sorte que tout son flanc gauche soit dénudé, jusqu'aux pieds. Puis il caressa sa peau de soie.

— Une bonne partie, en effet. De fort jolies jambes. Je suis fasciné.

— Donc, après avoir joué dans le lac, nous nous embrassons, chuchota-t-elle. C'est mon premier vrai baiser.

Il l'embrassa. La pureté de ce qu'elle ressentit l'enivra.

Elle leva les yeux vers lui et effleura son visage des doigts.

— Et vous ? C'est votre premier baiser, Julian ?

— Oui, Pénélope.

— Tant mieux. Embrassez-moi encore, Julian.

Il n'était plus un jeune homme et pourtant, ce soir, il aurait pu l'être. Ce n'était certes pas la première femme qu'il tenait dans ses bras, mais tandis qu'il la caressait, il lui semblait qu'il n'y en avait pas eu d'autre.

La différence venait de son cœur. Chaque baiser était nouveau et parfait, révélant des émotions trop longtemps enfouies en lui. Ils n'avaient peut-être pas d'avenir, mais ils n'avaient pas non plus de passé. Elle voulait juste tuer ses dragons pour la nuit, tandis que Julian était ému jusqu'au tréfonds de son âme.

Son corps brûlait d'impatience, mais son cœur voulait l'éternité de l'amour. Contrôlant sa passion, il l'embrassa lentement, attentif à son souffle, à ses gémissements. Il lui mordilla l'oreille, et elle frissonna de la tête aux pieds. Il l'embrassa dans le cou, et elle poussa un petit cri. Puis leurs bouches se trouvèrent, et s'explorèrent mutuellement avec fièvre.

Il embrassa l'un de ses seins tout en caressant l'autre, fasciné par leur douceur, mémorisant la sensation de sa peau sous ses doigts, sous ses lèvres, grisé de l'entendre gémir. Il la contempla afin de graver ses traits dans sa mémoire. Puis il joua avec les pointes de ses seins, guettant les signes de la jouissance sur son visage.

— Vous aimez me regarder pendant que vous me faites cela ? s'enquit-elle dans un souffle.

— Oui.

Elle laissa son regard errer sur son torse nu.

— Alors, vous m'autoriserez à faire la même chose, n'est-ce pas ?

Elle continuait leur jeu, mais ce n'était pas une enfant qui le caressait. Il serra les dents, envahi par un plaisir si vif que son sang paraissait du feu liquide dans ses veines. Lorsqu'elle s'aventura plus bas, il crut que son crâne allait exploser. Elle le caressa sur son sous-vêtement, d'abord, puis glissa la main à l'intérieur. Il ne leur fallut pas longtemps pour l'en débarrasser, et les doigts de Pénélope eurent raison de sa retenue.

Son désir se fit intense, sauvage, tandis que Pénélope demeurait lyrique, voluptueuse. Il baissa la tête pour lécher et sucer les pointes veloutées dressées vers lui. D'une main, il attira son corps contre le sien, caressant ses courbes douces, la poussant délibérément à s'abandonner.

Elle se mordit la lèvre, et une puissante tension la fit s'arquer contre lui, comme si elle renonçait à se contrôler.

— Peut-être que nous pourrions aller jusqu'au bout, ce soir, Julian… Juste une fois…

Il plongea son regard dans le sien, retenant son souffle. Mais son corps parla à sa place, ardent, animé d'une faim puissante.

— Si nous faisons attention, à la fin.… Ce serait moins injuste pour vous… insista-t-elle.

Un véritable ami ne pouvait la laisser agir ainsi, ne pouvait exploiter ce moment de faiblesse. Un homme d'honneur ne lui permettrait pas de renoncer à une précaution qu'elle avait prise toute sa vie, alors même qu'elle était si vulnérable.

Mais le désir de Julian se moquait de l'amitié et de l'honneur.

— Je vous jure de faire attention, assura-t-il.

Il trouverait la force de tenir sa promesse, même s'il ignorait encore comment.

— Vous êtes sûre de le vouloir, Pénélope ?

— Je crois que je mourrai si nous ne le faisons pas.

Il était incapable de penser, à présent. Impossible de revenir en arrière. Alors il l'inonda de plaisir afin qu'elle ne change pas d'avis. Elle gémissait de plus en plus fort, et lorsqu'il la caressa entre les cuisses, elle se laissa aller à sa passion sans la moindre retenue. Chacun menait l'autre vers la jouissance tandis qu'ils s'étreignaient, s'embrassaient avec frénésie, se caressaient avec ardeur.

— Oui ! Oh, oui ! répétait-elle telle une litanie.

Il la couvrit de son corps, mais soudain elle parut maladroite, comme si elle ne savait plus quoi faire. Sa légère hésitation ne lui échappa pas, même si son corps désirait furieusement s'unir au sien. Au prix d'un immense effort, il refréna sa fougue et baissa les yeux sur elle. Elle lui parut si fragile, soudain.

— Vous avez peur, Pénélope ?

Pour toute réponse, elle le regarda.

— Il ne faut pas. Je ne vous ferai jamais aucun mal.

Avec douceur, il lui écarta les cuisses et entra en elle comme si elle était la jeune vierge qu'elle prétendait être dans leur jeu. Et elle réagit comme si elle l'était réellement. Surprise, tendue, elle finit cependant par l'accepter totalement en elle.

Ce fut au tour de Julian d'être surpris. Ce n'était pas seulement la sensualité de leur acte, c'était une satisfaction profonde, infinie, qui le bouleversait. Il ferma les yeux et demeura immobile pour mieux savourer cette sensation. Jamais encore il ne s'était senti aussi vivant. Lorsqu'il rouvrit les yeux, Pénélope le fixait d'un air inquiet qui l'émut jusqu'au tréfonds.

— Je suis bien, maintenant, murmura-t-elle. Cela faisait si longtemps…

Il se retint tant qu'il le put, puis sortit d'elle pour mieux la pénétrer encore et encore, jouissant de l'exquise sensation autant que des gémissements de plaisir de Pénélope. Il lui fit plier les genoux et se souleva au-dessus d'elle pour voir son visage et son corps.

Après quoi, ce furent les réactions de Pénélope qui décidèrent de tout. Il se laissait guider par son plaisir à elle, bougeant selon son gré pour mieux la satisfaire. Elle s'arc-boutait contre lui dans une danse sauvage qui les menait toujours plus loin vers l'extase. Lorsqu'il sentit le moment venu, il l'obligea d'une pression à tendre les jambes sous lui.

— Ne bougez pas, murmura-t-il en s'enfonçant en elle.

— Oui, gémit-elle.

Elle était au bord de l'abîme, et il parvint à se contrôler suffisamment tandis qu'elle basculait dans la jouissance. Lorsqu'elle étouffa ses cris contre son épaule, le corps secoué de spasmes, il s'abandonna enfin à son propre plaisir, mais sans jamais oublier que c'était Pénélope qu'il tenait dans ses bras. Et dans le cataclysme qui les emporta tous deux dans un au-delà de vertige, il réussit à tenir la promesse qu'il lui avait faite et s'écarta d'elle, comblé, heureux comme jamais il ne l'avait été.

14

Les dragons ne quittèrent pas leur caverne de la nuit. Ils n'en sortirent pas lorsque Pénélope quitta le lit de Julian et regagna furtivement sa chambre. Ils n'apparurent qu'à l'aube, quand les premiers rayons du soleil réveillèrent la jeune femme. Et même à ce moment-là, ils n'étaient encore que de vagues silhouettes incapables de supplanter les merveilleux souvenirs de la nuit.

Cependant, tout lui revint quand elle enfila son manteau. Et lorsqu'elle descendit l'escalier pour rejoindre Julian, Pénélope était sortie de sa douce torpeur. Dans une heure, elle reverrait Cléo et revivrait ce qu'elle s'était efforcée d'oublier toutes ces années.

Elle rougit en apercevant Julian. Il la salua aussi formellement que d'habitude, mais ses yeux lui souriaient et une lueur complice y brillait.

Il monta dans la voiture et le cocher fouetta aussitôt les chevaux. Il était assis en face d'elle, silencieux. Ce fut elle qui se sentit obligée d'évoquer ce qui s'était passé entre eux.

— Je ne sais pas comment me comporter avec vous, maintenant, Julian… J'ai envie de rire comme une écolière !

— J'ai toujours trouvé que vous aviez un rire charmant.

— J'imagine que c'est à cause de ma longue abstinence que j'ai perdu la tête, hier soir.

— On n'a pas besoin de la sécheresse pour apprécier une pluie d'été.

— Je ne voulais pas dire que j'étais indifférente à... enfin... euh... à la pluie d'été. Le problème, c'est que j'ai du mal à m'expliquer ma hardiesse. Vous... vous avez déjà eu une vraie liaison, auparavant ?

— Je n'ai rien eu d'autre, Pénélope.

— Tant mieux. Au moins, l'un de nous deux sait comment se comporter le lendemain.

Elle attendit. Julian paraissait éberlué, puis il sembla amusé, comprenant enfin qu'elle lui demandait comment se conduire avec un amant d'un soir.

— Eh bien, Pénélope, normalement, il convient d'exprimer sa gratitude, à un moment ou à un autre.

— Oh, bien sûr... Eh bien, merci, Julian. Oui, merci beaucoup.

Il se gratta la tempe avec un sourire de plus en plus amusé.

— C'est moi qui suis supposé exprimer ma gratitude, Pénélope. Pas vous.

— Mais je croyais que c'était des deux côtés que...

— Non. Du moins ça ne se fait pas.

Voilà qui ne l'avançait guère. Comment était-elle supposée se comporter ? Elle était certaine qu'il attendait aussi quelque chose de sa part. Elle devrait sans doute clarifier la situation et lui assurer qu'elle ne prenait pas leur relation au sérieux. Elle avait connu des femmes qui se méprenaient et bâtissaient toutes sortes de plans alors que, pour leurs amants, il ne s'agissait que d'une aventure sans lendemain.

— Julian, je veux que vous sachiez que je ne vais pas vous ennuyer avec des demandes excessives. Je ne prends pas ce qui s'est passé pour autre chose.

Il continua à sourire mais son regard se fit pénétrant.

— Et que s'est-il passé, Pénélope ?

Elle tressaillit, étonnée par sa question. Mais il avait raison. Il fallait mettre les choses au point une fois pour toutes. Elle tenta d'analyser ce qu'elle avait vécu dans le contexte de leur situation.

— C'était une nuit de partage très importante entre deux amis, répondit-elle. Un abandon momentané, une intimité éphémère destinée à me procurer un certain sentiment de sécurité. Je devine que c'est une chose rare entre un homme et une femme, et que ça n'est possible que parce que nous nous connaissons depuis longtemps.

Il se pencha pour la prendre par la taille et l'attirer sur ses genoux.

— C'est extrêmement rare, en effet. Mais ce n'est pas passager au point que je n'ai pas envie de vous prendre dans mes bras aujourd'hui pour prolonger un peu le plaisir de cette nuit.

Il la tint contre lui jusqu'à ce qu'ils approchent de leur destination. Pénélope était heureuse entre ses bras. En sécurité, enveloppée de tendresse. Cela l'apaisait et l'aidait à envisager ce qui l'attendait avec moins d'appréhension.

Lorsque la voiture quitta la route pour emprunter un chemin bordé de châtaigniers, Julian la fit glisser de ses genoux. Bientôt, ils arrivèrent devant une modeste demeure entourée d'un grand jardin.

— Ces plantes doivent être magnifiques au printemps, observa Pénélope.

Julian lui tendit la main pour l'aider à descendre.

— Mme Kenworthy s'en occupe elle-même. Le jardinage et les livres sont ses deux passions.

— Un vrai bas-bleu ?

— C'était une amie de mon oncle, le vicaire. Elle pouvait parler de tout avec lui, d'égale à égale.

— Est-ce pour cela que vous avez pensé qu'elle s'occuperait bien de Cléo ?

Voilà, elle l'avait dit. Elle avait dit pourquoi elle était ici. Son cœur se mit à battre plus vite.

— Je savais qu'elle était bonne, et je me suis dit qu'elle pourrait venir en aide à cette enfant.

La domestique prit la carte que Julian lui présenta, les fit patienter un instant puis revint pour les conduire dans le jardin à l'arrière de la maison. Mme Kenworthy était occupée à couper les tiges mortes d'un parterre d'herbacées. Elle était coiffée d'un chapeau d'homme en paille sur un bonnet de tissu, et portait une ample robe verte.

Tandis qu'ils approchaient, elle se redressa avec précaution, comme si son dos lui faisait mal.

— Quelle merveilleuse surprise ! s'exclama-t-elle tandis que ses yeux d'un bleu très clair se posaient sur Julian.

Elle le dévisagea en souriant, comme une vieille nounou retrouvant l'enfant qu'elle a élevé.

— Vous venez rarement par ici, Julian. Cela doit faire huit ans, maintenant, que votre oncle est décédé.

— Si vous suggérez que j'ai négligé de vieux amis, je m'en repens.

Il lui présenta Pénélope, suscitant à l'évidence la curiosité de Mme Kenworthy.

— La comtesse aimerait parler à Cléo, expliqua-t-il.

La vieille dame fronça les sourcils.

— Vous n'avez donc pas reçu ma lettre ?

— En janvier ? Si, et je vous ai répondu.

— Non, c'était après. Il y a quatre mois de cela.

— Je n'ai rien reçu.

Mme Kenworthy se redressa tout à fait, l'air soucieux.

— Entrez, je vous en prie. Il faut que nous parlions. Si vous n'avez pas reçu ma lettre, c'est qu'il se passe quelque chose d'anormal.

— Mais pourquoi m'aviez-vous écrit ?

— Cléo est morte, Julian. Elle s'est pendue.

— Nous avons toujours su qu'elle était en danger, bien sûr, dit Mme Kenworthy en tendant une tasse de café à Pénélope.

Ils étaient installés dans une minuscule bibliothèque.

— Elle n'a jamais été bien. Elle semblait toujours très mélancolique. Même avec moi, après toutes ces années, elle se comportait comme un chien qui a reçu des coups de pied lorsqu'il était petit.

Pénélope se rappelait fort bien ce comportement. C'était comme si Cléo tentait de se faire toute petite et invisible. Elle la revoyait dans le Wiltshire, sortant furtivement d'une pièce, le dos voûté, la tête baissée.

La nouvelle de sa mort était un énorme choc.

— Comment est-ce arrivé ?

— Elle est sortie, a trouvé un arbre… le gros châtaignier, au carrefour. Elle y a attaché une corde, a grimpé sur une souche et a sauté. Je vous ai écrit pour vous prévenir, Julian. J'ai remis la lettre à votre homme de confiance, comme vous me l'aviez demandé. Mais à présent, je me demande si c'était bien votre agent…

— Je n'ai jamais eu d'homme de confiance. Et je n'ai jamais demandé à personne de vous contacter.

Mme Kenworthy poussa un profond soupir.

— Mon Dieu, comme j'ai été négligente ! J'ai bien peur d'être responsable de la mort de cette pauvre jeune fille.

— Vous n'avez rien à vous reprocher, voyons ! Au contraire, vous avez été très généreuse envers elle. Mais parlez-moi de mon soi-disant émissaire, je vous prie.

— Il est venu au printemps dernier. Il m'a expliqué que vous l'aviez embauché parce que vous étiez trop occupé pour faire le déplacement vous-même. À l'en croire, vous lui aviez demandé de parler à Cléo afin de s'assurer qu'elle allait bien. Il a dit aussi que vous continueriez à envoyer de l'argent pour sa pension, mais que ce serait plus commode que je lui adresse directement mes factures et que je lui donne des nouvelles.

Julian avait payé tous les frais de Cléo ? Pénélope ne l'avait jamais su, n'avait même jamais songé qu'il pût y en avoir. Tout ce que Julian lui avait dit, c'était que Mme Kenworthy avait pris Cléo à son service.

— Il lui a parlé ? s'enquit Julian.

Leur hôtesse s'agita dans son fauteuil.

— Oui. Je leur ai permis de se voir en tête à tête. C'était une jeune femme, vous comprenez, et il s'agissait d'une affaire personnelle. Bien sûr, je les surveillais depuis cette fenêtre pendant qu'ils étaient dans le jardin. Elle n'a montré aucune réaction pendant toute leur conversation. Mais la semaine suivante, elle s'est pendue. Et je crains maintenant que ce soit à cause de ce que cet homme lui a dit.

Pénélope avait un mauvais pressentiment. Cet homme avait été envoyé par Glasbury, cela ne faisait aucun doute. Si elle avait eu peur de retomber entre les griffes du comte, Cléo n'avait plus eu que la mort comme refuge.

— Je voudrais voir où on l'a trouvée, demanda-t-elle.

Julian leva la main pour protester.

— Non, madame. Cela ne fera que vous affliger davantage.

— J'exige de voir où cela s'est passé, monsieur Hampton !

Elle se tenait sous le vieil arbre, imaginant ce qu'était devenue Cléo après toutes ces années. Elle avait sûrement conservé sa silhouette d'adolescente. Qu'elle ait été désespérée, Pénélope ne le comprenait que trop bien. Mais pourquoi se pendre juste après cette étrange visite ? Les soupçons de Pénélope devinrent soudain des certitudes.

— Glasbury savait que je lui demanderais de témoigner, Julian. Cette lettre qu'il m'a envoyée à Naples pour m'annoncer que notre arrangement était annulé, c'était juste après la mort de Cléo. Il avait compris quelle menace elle représentait bien avant moi. Une fois Cléo éliminée, il avait les mains libres.

Julian paraissait ailleurs, perdu dans ses pensées.

— Mon Dieu, Julian ! Nous croyions l'avoir sauvée, et pendant tout ce temps il la faisait surveiller.

Julian avait repris son attitude distante, professionnelle. Mais sa réserve ne signifiait pas qu'il était indifférent. Lui aussi devait être bouleversé par cette tragédie.

Torturée par la colère et la frustration, Pénélope poursuivit :

— Cet homme a dû prétendre qu'elle serait obligée de revenir, mais elle ignorait que Glasbury n'avait pas ce pouvoir. C'est pour cela qu'elle s'est pendue. Il savait qu'elle le ferait. Il comptait dessus. Elle est née esclave et elle pensait comme une esclave. Après avoir goûté à la liberté et à la sécurité, elle préférait mourir plutôt que de revivre enchaînée. J'aurais fait la même chose.

— Je ne crois pas que ça se soit passé ainsi.

Pénélope fit volte-face, surprise par la fureur qui faisait vibrer la voix de Julian. Ses yeux brillaient de colère.

— L'homme ne lui a pas dit qu'il venait de la part de Glasbury, Pénélope. Il lui a dit qu'il venait de *ma* part. Il y était obligé, sinon Cléo aurait compris que son histoire ne tenait pas debout en discutant avec Mme Kenworthy. Quoi qu'il lui ait dit, il l'a dit en mon nom !

Pénélope porta la main à sa bouche pour étouffer un cri. Il avait certainement raison. Si Julian lui avait envoyé un messager pour lui dire qu'elle devait regagner la demeure du comte, Cléo avait perdu tout espoir.

À moins que... Elle leva de nouveau les yeux vers l'arbre. *Le gros châtaignier, au carrefour...* Ce n'était pas n'importe quel arbre mais le plus gros et le plus vieux de tous, et il servait de repère à tous les gens de la région.

Pourquoi Cléo aurait-elle choisi justement cet arbre pour se pendre ?

Pénélope frissonna tandis qu'une hideuse pensée prenait forme dans son esprit.

Cléo n'était pas venue ici pour se pendre, mais parce que le prétendu émissaire de M. Hampton lui avait donné rendez-vous là sous prétexte de la conduire dans un autre refuge, loin du comte. Voilà pourquoi elle n'avait pas réagi lorsque l'homme lui avait parlé.

Pénélope secoua la tête. Elle avait fait fausse route. Glasbury n'avait pas surveillé Cléo toutes ces années. Il n'avait retrouvé sa trace qu'au printemps dernier.

Elle réfléchit à ce qu'elle connaissait du caractère de son mari. Elle revoyait leur maison de campagne et les serviteurs noirs. Elle revit aussi son expression tandis qu'il lui serrait le bras dans le cottage de Julian.

Il avait donc été jusqu'à commanditer un meurtre ? Elle refusait d'y croire, et pourtant, au fond de son cœur, elle savait que c'était la vérité.

— Julian, lorsque vous avez négocié avec Glasbury pour qu'il me rende ma liberté, que lui avez-vous dit ?

— Je lui ai parlé de sa façon d'abuser de vous et de ses domestiques, en particulier de cette enfant. Je lui ai dit que s'il ne vous accordait pas votre liberté, vous divorceriez, et que tout serait étalé sur la place publique, ce qui se passait dans cette maison et les délits qu'il avait commis.

— Avez-vous spécifié de quels délits il s'agissait, en dehors de sa façon de traiter Cléo ?

— Cela n'a pas été nécessaire. Il a très bien compris. Il savait que personne n'a le droit de posséder des esclaves en Angleterre, ni légalement ni autrement. Révéler la vérité sur sa plantation esclavagiste du Wiltshire lui aurait attiré l'opprobre de tous.

Cela aurait-il suffi ? Et s'il avait commis des actes encore plus graves, qui auraient causé des scandales bien plus importants ? Et si Cléo avait assisté à bien pire que la comtesse de Glasbury ?

Pénélope s'éloigna de quelques pas pour que Julian ne voie pas l'horreur que lui inspiraient ces pensées.

Glasbury avait tué Cléo, elle en était certaine à présent. Il la cherchait sans doute depuis des années, depuis que sa femme était partie avec elle. Et il s'était servi du nom de Julian pour l'attirer sur ce chemin et l'assassiner.

Pénélope se sentit soudain terriblement vulnérable. Même la présence de Julian ne parvenait plus à la rassurer. Pourtant, elle ne s'affolait pas. Elle n'était même pas terrifiée. Elle considérait la situation avec le plus grand calme.

Soit Glasbury parvenait à la faire revenir de force, soit il la tuerait. Leur marché n'avait plus aucune valeur à ses yeux. Et elle ne parviendrait pas à divorcer en racontant la vérité. Ni même, d'ailleurs, en provoquant un scandale.

Elle se retourna vers Julian, et la peur lui tordit les entrailles. Si jamais Glasbury découvrait ce qui s'était passé entre Julian et elle, il le tuerait lui aussi. Oh, il s'arrangerait pour qu'on croie à un accident. Le ferait-il tomber de la falaise, près de son cottage ? Ou jeter à bas de son cheval alors qu'il galopait vers Hampstead ?

Elle s'était inquiétée pour la réputation de Julian et pour sa carrière. En fait, c'est pour sa vie qu'elle aurait dû s'inquiéter !

15

— J'ai pris une décision, Julian. Je sais ce que je dois faire, à présent.

Elle trouva le courage d'aborder le sujet à l'auberge de Grossington, après le dîner.

Catherine avait mangé rapidement et s'était retirée en prétextant une migraine. Elle ne dormait sûrement pas aussi profondément qu'elle le prétendait, et avait sans doute entendu Pénélope entrer et sortir de la chambre la nuit précédente. Maintenant, elle voulait laisser les amants en tête à tête.

Ils avaient pris leur repas dans une salle à manger privée. Julian congédia la serveuse d'un geste et, une fois seul avec Pénélope, il lui saisit la main.

— Quelle est cette décision ?

Il avait beau afficher une certaine neutralité, elle perçut de l'espoir dans sa voix, et sentit son cœur se serrer. Ce matin encore, elle était sûre que leur liaison était sans lendemain. Elle s'était trompée.

Elle venait de comprendre à quel point elle était proche de lui, et combien ce serait difficile de nier ce qu'ils avaient partagé.

— Il faut que je parte, Julian, comme je l'avais prévu au début. Si Glasbury a pu pousser Cléo à se tuer, il est capable de tout avec moi. Nous n'avons pas affaire à quelqu'un de normal.

Elle s'attendait qu'il proteste. Mais il gardait les yeux rivés sur sa main tandis que son pouce en caressait doucement le dos, une caresse bien plus éloquente que des paroles. Pénélope se concentra pour graver cette sensation dans sa mémoire.

— Bianca a des amis à Baltimore, poursuivit-elle. J'irai les trouver et je leur demanderai de m'aider le temps que Laclere règle ma situation là-bas.

— Je ne vous permettrai pas de partir alors que vous ne pouvez que compter sur la charité de gens que vous ne connaissez pas.

— Vous n'avez pas à me permettre quoi que ce soit, Julian, murmura-t-elle avec douceur.

Un éclair de colère traversa les yeux de Julian et son étreinte se fit plus possessive, comme si elle l'avait insulté en lui rappelant qu'il n'avait aucun droit sur elle.

Voilà pourquoi la nuit qu'ils avaient passée ensemble était une erreur. Finalement, les hommes étaient incapables de donner des conseils sans arrière-pensées aux femmes qui étaient leurs maîtresses, même si leur relation était fondée sur l'amitié plutôt que sur un amour romantique.

— Pénélope, je comprends qu'après ce qui est arrivé à Cléo vous ayez encore plus peur de Glasbury. Mais je vous ai assuré que je ne lui laisserai jamais vous faire du mal, et je tiendrai parole.

— Je le sais, Julian. Je pense quand même qu'il vaut mieux que je parte.

« Parce que vous me protégeriez, même au prix de votre vie, ajouta-t-elle en silence. Ce n'est pas seulement à cause de la nuit que nous avons partagée, mais à cause de ces années d'amitié qui vous font croire que vous êtes responsable de moi. »

Elle partait pour que Julian Hampton n'ait pas à tenir tête au comte de Glasbury, car ce dernier s'en débarrasserait sans scrupule.

— Si vous êtes résolue, alors qu'il en soit ainsi, dit Julian. Cependant, vous n'irez pas la bourse vide.

Demain, je louerai une chaise de poste pour aller à Londres. Je vous rapporterai assez d'argent pour vous permettre de vivre jusqu'à ce que vous soyez établie là-bas. J'insiste, Pénélope. Cela ne vous retardera que de quelques jours.

Il lui avait promis de la laisser libre de décider de son sort et il tenait parole. Mais au fond de son cœur, elle aurait souhaité qu'il n'accepte pas aussi aisément de la voir partir. Qu'il essaie au moins de la dissuader, même s'il n'avait aucune chance d'y parvenir.

Surprise d'être si déçue, Pénélope demeura silencieuse. Ils auraient pu avoir une liaison éphémère, si elle n'était pas partie. Et qu'elle s'achève après avoir passé une seule nuit ensemble ou vingt n'aurait fait aucune différence.

Seulement, elle aurait aimé que ce fût vingt. Un pressentiment l'avertissait que ce serait dur de partir, surtout si cela signifiait ne plus jamais revoir un ami aussi cher que Julian.

— Quelques jours ne changeront rien, j'imagine, murmura-t-elle.

— Vous pouvez rester ici ou chez Mme Kenworthy, à votre convenance. Vous serez en sécurité dans un lieu comme dans l'autre.

— Dans ce cas, je préfère aller chez Mme Kenworthy, si elle veut bien nous recevoir.

Cette nuit-là, c'est la respiration de Catherine que Pénélope écouta depuis son lit. Les souvenirs l'envahissaient. Ce n'était plus ceux concernant Cléo ou Glasbury car le dragon avait été repoussé bien loin au fond de sa caverne. Savoir qu'elle serait bientôt loin de lui semblait lui ôter tout pouvoir de lui faire du mal.

Non, cette nuit, ses pensées étaient à la fois merveilleuses et tristes. Elle se souvenait de Julian lorsqu'il était jeune, et de la nuit précédente. Elle se rappelait cette réception où elle risquait le mépris de ceux qui ne comprenaient pas qu'elle ait quitté son époux, et le bras rassurant que Julian lui avait offert. Elle le revoyait, debout dans la bibliothèque de Laclere Park, silhouette tellement familière.

Elle revoyait son visage au-dessus d'elle, la nuit dernière, métamorphosé par le plaisir et la passion, si masculin, si sévère et doux à la fois.

Il n'avait rien dit ni fait suggérant qu'ils recommenceraient. Il l'avait laissée quitter sa chambre sans un mot, sans même un regard. Il avait accepté ce qu'elle lui avait offert sans rien demander de plus, sans rien proposer de plus qu'une nuit de réconfort pour la distraire de ses sombres pensées.

Au matin, il partirait à Londres sans savoir qu'ils ne se reverraient plus jamais.

Elle se redressa dans son lit. Le silence, seulement interrompu par le souffle régulier de Catherine, l'oppressait étrangement.

Elle avait eu tort de partager le lit de Julian. Cela ne devait pas se reproduire, et pour de multiples raisons. Elle le savait, mais elle était tellement triste qu'elle voulait être avec lui une dernière fois.

Sans bruit, elle se glissa hors de sa chambre et fit les quelques pas qui la séparaient de celle de Julian. Une faible lueur filtrait sous la porte entrouverte. Pénélope la poussa doucement. Julian était appuyé au manteau de la cheminée, les yeux rivés sur les flammes qui jetaient des reflets sur sa chemise blanche.

Le cheveu en bataille à force sans doute d'y avoir passé la main, le regard sombre et intense, il était incroyablement romantique. Et tellement beau!

Elle entra et referma le battant derrière elle. Le bruit le fit se redresser. Il s'écarta de la cheminée et regarda la jeune femme droit dans les yeux.

— Je pensais que vous ne viendriez pas.

— Je n'étais pas sûre que vous le souhaitiez.

— Je le souhaiterai toujours.

Il demeurait immobile, se contentant de fixer sur elle son regard pénétrant. Le cœur de Pénélope battait follement.

— J'ai moins peur, ce soir, murmura-t-elle pour rompre le silence soudain chargé de sensualité. D'avoir pris une décision m'a libérée bien plus que je ne le croyais.

— Tant mieux. Êtes-vous venue pour me dire ça ?

— Je ne sais pas pourquoi je suis venue.

— Vraiment ?

Bien sûr qu'elle le savait, même si cela risquait de rendre les choses encore plus difficiles, le lendemain.

Il lui tendit la main et elle franchit l'espace qui les séparait pour y glisser la sienne. Dès qu'ils se touchèrent, Julian changea d'expression et l'attira contre lui dans une étreinte possessive.

Il était différent, ce soir. Il ne jouait pas, il exigeait, il brûlait de passion. Ses caresses étaient appuyées et il lui communiquait son ardeur à la vitesse de l'éclair. Elle haletait, surprise d'être la proie d'un désir aussi violent.

Pas une parole entre eux, comme la veille. Ils n'étaient plus des jeunes gens innocents découvrant le plaisir, mais un homme et une femme irrésistiblement attirés l'un par l'autre.

Pénélope s'abandonnait avec bonheur, heureuse de sentir ses lèvres brûlantes sur son cou, sa bouche, emportée dans le tourbillon de ses caresses, certaine d'être en sécurité en dépit de la ferveur primitive de leur étreinte.

Elle le désirait de tout son être, comme si sa vie en dépendait. Et, pour le lui dire, elle se servait de sa langue, de ses lèvres, de ses mains. Elle souleva la chemise de Julian, impatiente de sentir la chaleur de sa peau sous ses paumes. Il s'en débarrassa en hâte et elle posa les mains sur son torse, puis les lèvres, s'efforçant de ne rien oublier de chaque seconde de ces voluptueux instants.

Il la regardait faire en silence, et elle sentait le désir sourdre en lui, si puissant qu'elle en vacillait presque. Finalement, il lui retira sa chemise de nuit et ôta rapidement ses derniers vêtements. Lorsqu'ils furent nus devant la cheminée, elle tendit la main pour toucher sa virilité et il répondit en la caressant au plus intime d'elle-même, jusqu'à ce qu'elle tremble de tous ses membres.

Elle le voulait en elle, à présent, plus rien d'autre ne comptait. Dans sa folie, elle avait dû le lui murmurer, car il lui répondit.

— Bientôt…

Elle s'attendait qu'il la porte jusqu'au lit, mais il la fit pivoter face à la lueur dorée du feu et l'enlaça, lui couvrant la nuque de baisers. Elle frissonna de volupté, se pressant contre lui avec langueur. Il la caressait sans réserve, lentement, dessinant des cercles brûlants sur ses seins, son ventre, ses hanches, ses cuisses. Un plaisir insensé l'inondait en vagues successives, augmentant délicieusement son impatience.

Soudain il lui prit les mains, les posa sur le manteau de la cheminée et repoussa sa chevelure de côté. Elle comprit alors ce qu'il avait en tête, et son excitation ne connut plus de bornes.

Il la caressa de nouveau, le dos, sa croupe tendue…

— Vous êtes si belle… Vous me rendez fou, murmura-t-il en l'agrippant par les hanches.

Il la pénétra doucement et s'arrêta, la laissant savourer cet instant si particulier où deux corps s'unissent enfin. Elle ferma les paupières, le souffle court, anticipant ce qui allait suivre.

Puis il commença à aller et venir en elle et elle gémit tandis qu'il glissait les mains sur ses seins pour en presser la pointe dressée. Agrippée au manteau de la cheminée, elle se cambrait, s'abandonnait au crescendo de sensations qui les conduisaient inexorablement, follement, vers le plus pur des plaisirs.

Elle se blottit contre lui dans le lit. Il l'y avait portée peu de temps auparavant, mais leur désir semblait insatiable. Elle dessina du bout de l'index des lignes invisibles sur le bras musclé de Julian.

— Combien de liaisons avez-vous eues avant moi, Julian ?

Sa question l'étonna. Peut-être cherchait-elle à faire le lien entre son amant et le distant M. Hampton.

— Je suppose que certains hommes gardent le compte de leurs aventures mais ce n'est pas mon cas. Aucune n'a été vraiment importante pour moi ni pour aucune de ces femmes, d'ailleurs.

Il avait pourtant tout fait pour qu'elles le soient. Il avait tenté de se convaincre qu'il s'agissait d'histoires d'amour et, chaque fois, il s'était aperçu qu'il mentait à sa maîtresse, et surtout qu'il se mentait à lui-même.

Le vide émotionnel de ses liaisons le terrassait. Il y avait quelque chose de déshonorant à posséder une femme pour s'apercevoir aussitôt qu'il aurait voulu qu'elle soit quelqu'un d'autre.

— Donc, vous n'avez jamais été amoureux. Nous avons au moins cela en commun.

— Pas tout à fait.

— C'est vrai. Mais mes liaisons n'étaient que des flirts.

Ce n'était pas ce qu'il avait voulu dire.

— Est-ce pour cela que vous ne vous êtes jamais marié ? Parce que aucune femme n'a jamais compté pour vous ?

Julian hésita. Il n'avait pas vraiment envie d'avoir une telle conversation avec elle.

— Après le mariage de votre frère, dit-il enfin, j'ai envisagé de me marier. Cela semblait être le moment idéal, car je venais de m'établir. Mais aucune femme ne m'a jamais suffisamment intéressé pour que je saute le pas. J'en ai conclu que je n'étais pas fait pour le mariage.

Il disait la vérité, même s'il taisait l'essentiel.

— Je ne me rappelle pas vous avoir jamais vu étudier les jeunes filles à marier avec les autres prétendants, dans les salons.

— Les notaires ne se marient pas dans les mêmes cercles que vous, Pénélope.

Les filles de vicomtes n'étaient pas pour eux. C'était une convention que personne ne remettait en question. D'ailleurs, Pénélope ne le fit pas.

Elle était occupée à tracer des lignes sur la peau nue de Julian, songeuse. Puis ses doigts rencontrèrent de nouveau la cicatrice le long de ses côtes.

— C'est mon frère qui vous a fait ça ? Je l'aurais cru plus adroit.

— C'est un autre membre de notre groupe.

La caresse de Pénélope lui rappela comment il avait reçu cette blessure. Il avait fait le nécessaire pour rencontrer Witherby à la salle d'armes de Corbet un jour où il savait que le chevalier serait absent. Il ne se rendait du reste à ce rendez-vous sans autre intention que de connaître la vérité de la bouche même de Witherby.

Son compagnon l'attendait, fin prêt. Julian pénétra dans la grande salle et le vit s'entraîner, le sabre à la main. Il comprit tout de suite que Witherby avait ses propres raisons pour avoir accepté de venir.

— Glasbury a fait tout un drame la semaine dernière, déclara Witherby lorsqu'ils commencèrent leur simulacre de combat. Il semblait vous accuser de quelque chose.

— Ce n'est pas moi qu'il aurait dû soupçonner. Mais il a la preuve que quelqu'un sait des choses qu'il ne devrait pas savoir.

Witherby bloqua élégamment l'épée de Julian.

— Les secrets finissent toujours par être révélés, mon vieux.

— Seulement si quelqu'un s'en charge. Dans le cas présent, je pense qu'on vous les avait confiés.

Witherby recula et se détourna. Lorsqu'il pivota de nouveau, son expression était dure et son regard de glace.

— Soyez clair, Hampton. Que voulez-vous dire exactement ?

— Vous le savez très bien. Seules deux personnes sont au courant des secrets du comte. La comtesse et moi-même. Je n'en ai jamais parlé à quiconque. Cela signifie donc qu'elle s'est confiée à vous.

Witherby éclata de rire, puis balaya l'air de son épée avant de reprendre sa pose. Leurs lames se heurtèrent.

— Pourquoi se serait-elle confiée à moi ? lâcha-t-il avec insolence. Il y a plus de chances qu'elle s'adresse à un vieil ami.

— Elle l'a fait parce que vous l'avez séduite.

D'avoir dit les choses ne fit qu'assombrir l'humeur de Julian et augmenter sa colère contre Witherby.

— Elle vous a tout raconté parce que vous étiez son amant, reprit-il. Et vous avez vu là une occasion de vous enrichir. Vous avez menacé le comte de révéler la vérité. Il n'y a pas d'autre explication, Witherby. Et vous n'avez aucune excuse pour avoir trahi ainsi la confiance d'une femme qui s'était donnée à vous.

Le sourire de Witherby se changea en rictus.

— Vous ne pouvez pas le prouver.

— Il me suffit de lui demander si elle s'est confiée à vous.

— Et il me suffit de lui demander de se taire. Auquel de nous deux sera-t-elle loyale, selon vous ? Restez en dehors de ça, Hampton. Ça ne vous regarde pas.

L'épée de Witherby se fit plus agressive. Oubliant soudain toute prudence, Julian se laissa guider par sa fureur. Il ne s'agissait plus d'un exercice d'escrime, mais bien d'un duel.

Le cliquetis des épées résonna dans la salle vide tandis qu'ils exécutaient une danse mortelle. Soudain, Julian effleura le bras de Witherby de la pointe de son arme. Le sang jaillit.

Julian recula, les yeux rivés sur la blessure, et se calma. Witherby fixait son bras avec stupeur.

Julian fut le premier à baisser son épée.

— Cessez tout contact avec le comte et je ne dirai rien à personne, déclara-t-il.

— Essayez-vous de vous protéger de ses soupçons, ou bien de protéger ce porc des conséquences de ses crimes ?

— Je veux seulement protéger la comtesse. Je ne veux pas qu'elle découvre que vous vous êtes servi d'elle.

Julian se détournait pour partir lorsqu'une vive douleur lui transperça le flanc. Il vacilla et pivota. Witherby le regardait, les yeux fous, le visage déformé par la rage.

Il ne sut jamais où il trouva la force de relever le défi. Laissant libre cours à sa colère, il se battit avec tant d'ardeur qu'il finit par acculer Witherby contre le mur du fond.

Ce dernier lâcha son épée et se plaqua contre le mur comme s'il voulait s'y fondre. Julian posa la pointe de son épée à la base de son cou et, l'espace d'un instant, ressentit un désir primitif de tuer. Seules leurs respirations haletantes résonnaient dans le silence.

La furie qui s'était emparée de Julian le désertait peu à peu, mais il ne résista pas à l'envie d'effleurer la gorge de Witherby qui se mit à saigner. Puis il abaissa son épée et lança son poing gauche dans l'estomac de son adversaire. Ce dernier s'effondra sur le sol, mais ne se tint pas battu pour autant. Il se redressa légèrement et ricana.

— Je ne vous ai jamais vu aussi passionné, Julian. Moi qui vous imaginais de glace. Qu'est-ce que vous croyiez ? Qu'elle allait vivre seule toute sa vie, comme vous, pour que vous ayez la satisfaction qu'aucun homme ne la possède jamais ?

Julian recula.

— Si vous lui faites le moindre mal, vous le regretterez. Et si vous la trahissez encore, je vous tuerai.

Witherby avait compris l'avertissement, et le comte n'avait plus reçu de lettres anonymes lui réclamant de l'argent. Mais il rompit brutalement avec Pénélope qui en fut profondément blessée.

— De qui s'agit-il ? insista Pénélope.

Encore dans ses souvenirs, Julian sursauta et la regarda d'un air absent.

— Ce n'est ni Saint-John ni Adrian Burchard, en tout cas, reprit-elle. Ils ne sont pas aussi maladroits.

Soudain, elle se raidit, comme si la lumière s'était soudain faite dans son esprit.

— Mon Dieu ! C'est Whiterby, n'est-ce pas ? Il m'a avoué qu'il avait écrit au comte. Vous l'aviez deviné ? Il aurait pu vous tuer !

— Il aurait pu, mais il n'en a rien fait.

Pénélope effleura de nouveau la cicatrice. À écouter Julian, Witherby l'avait épargné, mais elle n'en croyait rien. Witherby n'avait pas gagné ce duel. C'était Julian qui lui avait fait grâce.

Elle étreignit l'homme qui avait affronté celui qui l'avait trahie et posa la joue sur sa poitrine. Quelle honte qu'elle n'en ait rien su ! Dire qu'il avait fallu tout ce temps pour qu'elle découvre que Julian avait voulu la protéger !

Le temps, voilà son ennemi. Les minutes, les heures passaient trop vite, et leur douce intimité allait bientôt cesser. Elle prit une profonde inspiration pour se rappeler son odeur et pressa ses lèvres sur sa peau pour se rappeler son goût unique.

Il lui toucha la tête et la fit pivoter vers lui pour capturer sa bouche. Sa passion n'avait rien de sauvage, cette fois. Il l'embrassa avec une douceur déchirante, puis la fit glisser sur lui pour qu'elle le chevauche, ainsi, il pouvait la contempler pendant qu'il la caressait. Elle laissa courir ses mains sur son torse puissant et ses épaules, tandis qu'il jouait avec ses seins.

Elle sentait son désir grandir à chaque seconde, mais il prenait son temps. Elle était consciente de chaque millimètre de son corps, et son plaisir en semblait décuplé. L'instant était si parfait qu'elle en aurait pleuré.

Il lui agrippa les hanches, la souleva et la fit descendre lentement sur lui jusqu'à ce que leurs deux corps ne fassent plus qu'un.

— Julian, murmura-t-elle dans le creux de son cou, vous avez dit qu'aucune de vos aventures n'avait jamais vraiment compté, ni pour vous ni pour vos maîtresses.

— C'est la vérité.

— Je veux que vous sachiez que ce que nous avons partagé compte beaucoup pour moi.

Il prit son visage entre ses mains.

— Pour moi aussi, Pénélope.

— J'en suis heureuse, Julian. Je suis heureuse que ce soit une première pour vous comme pour moi. C'est exceptionnel de partager une telle intimité avec un véritable ami, en qui on a toute confiance.

Il eut un étrange sourire.

— Un véritable ami, oui…

Il la prit par la taille, la souleva légèrement et caressa la pointe d'un de ses seins de la langue.

— Et maintenant, chérie, je veux vous entendre crier si fort que je m'en souviendrai jusqu'à ce que j'arrive à Londres.

16

— Allez-vous me dire où nous allons, maintenant, madame ? demanda Catherine dès qu'elles quittèrent la maison de Mme Kenworthy, le lendemain matin, dans la voiture de louage.

Catherine n'aimait pas l'idée de reprendre la route en s'étant si peu reposées.

La voiture bifurqua au carrefour, devant le vieux châtaignier dont la vision ne fit que conforter Pénélope dans sa décision.

Ç'aurait pu être moi. Un jour, ce sera moi.

— Je vais à Liverpool, Catherine. Et ensuite, en Amérique.

— En Amérique ! Mais ça n'était pas du tout prévu. Personne ne m'a dit que je devais aller en Amérique !

— Vous pouvez m'accompagner jusqu'où bon vous semble, ou bien me quitter à la prochaine étape. Dans ce cas, M. Hampton veillera à vous remettre votre salaire. Si vous embarquez avec moi, je ne peux rien vous promettre à part la liberté, une bonne dose d'aventure et peu de confort jusqu'à ce que j'aie pris contact avec mon frère.

— Vous voulez sérieusement aller en Amérique, madame ? Si vous vous êtes disputée avec M. Hampton, pourquoi ne pas nous arrêter quelques jours à Bath ? Il comprendra que vous êtes fâchée, et je suis sûre qu'il en sera fort contrit.

— Non, je dois aller en Amérique. Et croyez bien que ce n'est pas à cause d'une dispute. J'y songe depuis longtemps. Des mois, en réalité.

— Alors c'est pire. M. Hampton aura le cœur brisé.

— Il s'en remettra, Catherine. Vous vous méprenez sur les raisons de ce voyage depuis le début. Et vous vous trompez aussi sur sa conclusion.

Le chagrin serait son lot à elle, pas celui de Julian, elle en était certaine. Elle avait appris depuis longtemps que la passion et l'amour n'étaient pas la même chose, surtout pour les hommes. L'affection que Julian lui portait était précieuse, mais il ne se sentirait pas trahi parce qu'elle était partie ainsi. Peut-être même serait-il soulagé. Après tout, en disparaissant, elle lui évitait d'affronter un dragon qu'il ne pouvait vaincre, et de se trouver mêlé à une histoire qui risquait de lui faire perdre son travail ou même la vie.

Elle, en revanche, se rappellerait à jamais leur brève liaison. Elle avait été touchée en plein cœur, et le souvenir de leur nuit demeurait si vif et si douloureux qu'elle devait lutter pour ne pas pleurer.

— Votre proposition est très généreuse, dit Catherine. Et très tentante. Mais je ne me vois pas me séparer de ma fille pour toujours. Je vous suivrai jusqu'à Liverpool, madame. Et là-bas, puisque nous serons tout près de Carlisle, j'essaierai de trouver le moyen de voir ma petite Lisbeth.

Pénélope s'attendait à cette réponse. Elle avait toujours su qu'elle partirait seule en Amérique.

L'auberge du relais de poste de Blackburn était un endroit très fréquenté. La cour était remplie de voitures et de chevaux, la salle commune où l'on servait de la bière et du vin chaud pleine de valets et de cochers. Des dames en manteau de voyage bordé de fourrure se mêlaient aux passagers des malles-poste.

Pénélope prit une chambre pour Catherine et elle sous le faux nom dont elle se servait depuis qu'elle avait quitté Hampstead, et qu'elle avait également donné à leur premier arrêt, à Skipton.

Tandis qu'elle sortait de sa malle quelques effets pour la nuit et le lendemain, Catherine alla faire un tour, comme chaque soir.

Le lendemain, songea Pénélope, elles atteindraient Liverpool. Elle prendrait une cabine sur un bateau et quitterait l'Angleterre peu après. Pour toujours.

Dans ses souvenirs, ses proches resteraient à jamais tels qu'ils étaient aujourd'hui. Aux yeux de ses neveux et nièces, elle serait la tante d'Amérique. Et dans dix ans, ce serait comme si elle n'avait jamais existé.

Si ses souvenirs d'enfance la remplissaient de nostalgie, la pensée de l'avenir qui l'attendait n'avait rien de réjouissant. Elle n'imaginait que trop bien comment on la considérerait en Amérique : une femme qui avait quitté sa famille et son milieu, et avait abandonné son mari.

Elle serait mise au ban de la société. Certains maris empêcheraient leurs épouses de se lier d'amitié avec elle, et on chuchoterait sur son passage. Pour échapper à son passé, elle n'aurait d'autre choix que la solitude, à l'écart des villes.

Elle n'irait jamais assez loin pour fuir le comte. Sur ce point, Julian avait raison.

Julian. Elle refusait de penser à sa réaction lorsqu'il découvrirait qu'elle était partie. Il serait peut-être triste, lui aussi, ou soulagé, ou simplement surpris. Il rentrerait chez lui, reprendrait le cours de sa vie. Peut-être s'écriraient-ils un jour…

Elle entendit des pas dans le couloir et pria pour que ce soit Catherine. Elle avait besoin de parler à quelqu'un, même si elle savait qu'elle éviterait soigneusement d'aborder le sujet qui la tourmentait.

Les pas s'arrêtèrent devant sa porte. Curieux. Un espoir irraisonné l'envahit tout à coup. Julian les aurait-il retrouvées ? Puis la porte s'ouvrit brutalement, et Pénélope recula, stupéfaite, tandis que Catherine jaillissait dans la pièce en titubant. Les deux hommes qui l'avaient poussée entrèrent à leur tour et refermèrent la porte derrière eux.

— Pas un cri, ordonna l'un des hommes.

Pénélope s'était précipitée vers Catherine pour la soutenir.

— Mon Dieu, est-ce que Jacob vous a fait suivre ? s'écria-t-elle. Je suis vraiment désolée…

— Ce n'est pas Jacob, madame. Ce sont des hommes de Glasbury.

Julian trouva Laclere chez lui, installé dans la bibliothèque avec la vicomtesse. Laclere et son épouse, Bianca, passaient beaucoup de temps ensemble, comme si leur demeure ne comportait pas quarante pièces et qu'ils vivaient dans un cottage.

Ce n'était pas la première belle demeure où Julian se rendait aujourd'hui, mais ce serait la dernière.

— Je suis content que vous soyez passé, Hampton, lança Laclere en guise d'accueil. Vous vous faites rare, ces derniers temps, et il y a des questions dont j'aimerais m'entretenir avec vous.

Bianca, qui avait étendu les jambes sur le sofa, se redressa pour prendre une pose moins familière. L'épouse de Laclere ne se souciait guère des conventions. C'était une héritière américaine ; une jolie blonde aux grands yeux bleus et au visage en forme de cœur, mais pas une beauté exceptionnelle.

Elle se souciait aussi peu de son apparence que de ce qu'on disait d'elle dans les salons. En effet, après avoir donné quatre enfants à Laclere, elle avait choqué la bonne société en montant sur scène pour devenir chanteuse d'opéra, un métier que l'on considérait avec mépris. Son succès et le fait qu'elle demeure dévouée à sa famille l'avaient en partie absoute. L'opinion générale était que Laclere devait être un peu fou pour lui avoir permis de monter sur les planches.

— Oui, vous nous avez manqué, renchérit Bianca. Nous nous faisons tous beaucoup de souci pour Pénélope, maintenant que Glasbury a révélé ses intentions. Nous serions bien aises que vous nous rassuriez à ce sujet.

— Des affaires pressantes m'ont retenu loin de Londres. Je dois d'ailleurs repartir très vite. Je ne reviendrai pas avant plusieurs jours.

Bianca le dévisagea un instant.

— Puis-je vous aider en quoi que ce soit, à propos de ces affaires pressantes ?

— Non, madame. Mais j'aurai besoin de votre mari.

— Dans ce cas, je vous laisse. J'espère qu'après avoir réglé ces différents points, vous veillerez à ce que Glasbury ne puisse jamais obliger Pénélope à reprendre la vie commune.

Julian se l'était juré depuis longtemps. Et maintenant, il devait faire en sorte que Pénélope soit non seulement libre mais en sécurité.

— Qu'attendez-vous de moi ? demanda Laclere dès que sa femme eut quitté la pièce.

— J'ai des dettes à régler sans délai. J'ai pensé que vous seriez d'accord pour les payer à ma place.

— Vous vous adonnez au jeu, Julian ? Cela ne vous ressemble pas.

— J'ai mal jugé mon adversaire. Il possède des atouts que j'ignorais. Je vous ai apporté quelques documents à signer.

Julian sortit une liasse de papiers de la poche de sa redingote et les posa sur le bureau de Laclere. Ce dernier les examina.

— Inutile de feindre, dit-il. C'est à propos de ma sœur, n'est-ce pas ?

— Cette traite bancaire est à mon nom. Vous pouvez l'enregistrer comme paiement pour services rendus. Lorsque la banque recevra le bon à payer, elle donnera l'argent au porteur.

— Ainsi elle a décidé de s'enfuir, murmura Laclere tristement. Où compte-t-elle aller ?

— Vergil, vous n'êtes pas homme à mentir sous serment. Ne me demandez pas de vous placer dans une situation où vous seriez obligé de le faire pour protéger votre sœur.

Laclere plongea sa plume dans l'encrier et signa le document.

— J'espérais qu'il y avait une autre solution. Votre adversaire a vraiment tant d'atouts ?

— Hélas, oui ! Il y a des années que j'aurais dû comprendre de quoi il était capable. J'en avais la preuve sous les yeux. J'ai fait une erreur de jugement, vous n'y êtes pour rien.

— Non, Hampton. L'erreur vient de ma famille qui a permis à Pénélope de l'épouser. Sans vous, elle aurait été complètement piégée.

Il lui tendit le document.

— Dites-lui que lorsqu'elle sera installée, je ferai le nécessaire pour qu'elle reçoive régulièrement une pension. Non, je le lui dirai moi-même. Je ne supporte pas l'idée qu'elle nous quitte ainsi, sans un mot d'adieu.

— Elle veut disparaître le plus discrètement possible. Elle ne le pourra pas si le vicomte de Laclere l'accompagne

— Alors prenez au moins mon attelage à six chevaux. Si elle veut se déplacer rapidement, c'est ce qu'il y a de mieux.

— Une voiture à vos armes serait vite repérée. J'ai déjà pris des dispositions.

— Je comprends, fit Laclere après un bref silence. Je n'ai pas l'habitude de déléguer des affaires importantes, comme vous le savez. Il y a peu d'hommes à qui je confierais ma sœur, mais je sais qu'elle est en sécurité avec vous.

En dirait-il autant s'il savait que son fidèle notaire était l'amant de Pénélope ? Julian en doutait. Il dévisagea son ami de toujours et les souvenirs affluèrent. Il revoyait Vergil enfant, agitant son épée de bois dans le vieux donjon. Puis tout jeune homme, tandis qu'ils regardaient Saint-John prendre place dans un duel. Ils étaient ensemble, la première fois qu'ils avaient vu un homme mourir, lorsque le nouveau vicomte de Laclere, les cheveux fouettés par le vent de la côte française, avait pris place pour un autre duel.

Vergil plongea ses yeux bleus dans les siens.

— Une traite bancaire de cinq cents livres, ce n'est pas beaucoup vu les circonstances.

— J'ai d'autres ressources et d'autres paiements pour services rendus.

— Julian, j'ai soudain le sentiment que ce n'est pas seulement ma sœur qui va me manquer dans les jours qui viennent. Si vous avez l'intention de vous comporter comme je le pense, je ne suis pas d'accord. Nous ne pouvons demander une chose pareille à notre notaire de famille. Nous trouverons quelqu'un pour vous remplacer.

— Non, Vergil. C'est peut-être trop demander à votre notaire, mais pas à un ami.

Laclere serra les mâchoires.

— J'ai souvent remercié le ciel de votre amitié, mais jamais autant qu'en cet instant.

Il accompagna Julian jusqu'à la porte d'entrée.

— Quand pensez-vous revenir ?

Julian franchit le seuil de la maison qui lui avait toujours été ouverte et quitta la seule vraie famille qu'il ait jamais eue.

— Je ne sais pas, Vergil.

17

Tirée par six chevaux, la voiture de Saint-John était si rapide qu'il ne fallut pas deux jours à Julian pour atteindre la maison de Mme Kenworthy.

La vieille dame taillait ses rosiers dans le jardin de devant. Elle plissa les yeux pour examiner le luxueux équipage qui venait d'emprunter son allée. Julian bondit de la voiture.

— Eh bien, Julian, j'ignorais que vous gagniez si bien votre vie ! s'exclama-t-elle.

— Cette voiture n'est pas à moi. J'espère que tout va bien, ici.

— Julian, j'ignore ce qui se trame, mais la comtesse est partie avec sa compagne le lendemain de votre départ pour Londres. Je n'ai pas réussi à l'en dissuader.

Julian se figea tandis qu'il accusait le coup. Il lui semblait qu'une main de fer lui broyait le cœur, mais son cerveau refusait de comprendre.

Pénélope était partie ? Elle l'avait quitté sans rien lui dire ?

Elle était venue le trouver, l'autre nuit, parce qu'elle savait que ce serait la dernière.

— Ne vous mettez pas en colère, Julian ! Je ne crois pas que cela ait été une décision facile à prendre. Elle paraissait très triste. Je dirais même préoccupée.

— Elle n'a pas d'argent. Juste quelques bijoux et quelques guinées, c'est tout. Et elle n'a aucune protection.

Bon sang, elle avait à peine de quoi payer sa place dans le bateau et sa nourriture ! Comment ferait-elle pour vivre, là-bas ? Elle serait quasiment dans la misère lorsqu'elle arriverait !

Mme Kenworthy l'examinait sous le bord de son chapeau.

— Elle disait qu'elle voulait être en sécurité une bonne fois pour toutes. Je crois qu'elle soupçonne Cléo de ne pas s'être suicidée, Julian. Moi aussi, du reste. Elle doit craindre pour sa vie.

C'était possible. Probable, même. Il aurait dû se douter qu'elle en arriverait aux mêmes conclusions que lui, au lieu de tenter de la protéger en les lui dissimulant.

— Même dans ce cas, il n'était pas nécessaire qu'elle parte aussi vite, dit-il en s'efforçant de contenir sa colère. Elle aurait pu attendre mon retour.

— C'est vrai. Mais, apparemment, ce n'était pas ce qu'elle voulait.

Julian demeura silencieux, tout à sa colère et à son chagrin. C'était cela, la vérité qu'il ne voulait pas admettre. Elle n'avait pas voulu l'attendre. Eh bien, il ne la laisserait pas partir ainsi. Pas question !

— Il faut que je vous laisse, madame Kenworthy. Merci pour votre générosité. Si quelqu'un venait demander après la comtesse, je vous supplie de prétendre que vous ne la connaissez pas.

— Cela ne sera pas difficile, Julian. Je suis une vieille excentrique, et j'ai une très mauvaise mémoire.

Julian fut à l'auberge de Blackburn en fin d'après-midi. Il savait où aller. Nul doute que Pénélope avait décidé de se rendre à Liverpool, et cela lui avait été confirmé lorsqu'il avait interrogé l'aubergiste où elle s'était arrêtée la première nuit, à Skipton.

Alors qu'il pénétrait dans la cour de l'auberge, Julian aperçut le cocher qui les avait emmenés de

Hampstead à la maison de Mme Kenworthy. Son cœur bondit de joie, puis un sombre pressentiment l'envahit.

Pénélope n'aurait pas dû être là, à cette heure. En fait, elle devrait déjà être à Liverpool. Avait-elle changé d'avis ? Il entra dans l'auberge pour interroger le patron.

— Mme Thompson est venue ici, en effet, répondit l'homme. Mais elle est repartie. L'autre est là-haut, elle attend le juge de paix.

— L'autre ? Sa dame de compagnie ? Mme Thompson est repartie seule ?

— Elle a filé, oui. Et elle a laissé l'autre se débrouiller avec la loi. C'est un vrai drame que nous avons eu l'autre soir, mon bon monsieur. Qui aurait cru ça d'une dame de qualité ?

— Je dois parler avec la jeune femme.

— Allez-y. C'est la chambre au-dessus, à gauche.

Julian s'élança dans l'escalier et frappa à la porte de la chambre. Elle s'ouvrit presque aussitôt. En voyant Catherine, il crut défaillir. Elle avait le visage tuméfié et l'œil droit à demi fermé. Et à sa façon de se tenir, Julian comprit qu'elle avait reçu des coups sur le corps.

Catherine parvint à sourire et s'effaça pour le laisser entrer.

— Je savais que vous viendriez, monsieur. Madame pensait que vous ne nous suivriez pas, mais moi je savais que si. Je vous attendais.

— Racontez-moi tout.

Catherine s'assit avec précaution.

— Les hommes de Glasbury nous ont retrouvées. Ils ont enlevé Mme la comtesse. Nous devions aller à Liverpool mais, à mon avis, ce n'est pas là qu'ils l'ont emmenée.

— Ils vous ont frappée ?

Les yeux bleus de Catherine prirent l'éclat du cristal.

— Ne vous inquiétez pas pour ça. Si vous expliquez ce qui s'est passé à l'aubergiste, le juge me laissera tranquille. Il faut que vous partiez à sa recherche sans attendre, elle est en danger.

— Ils l'ont frappée, elle aussi ?

— Non. Lorsqu'ils ont dit qu'on devait les suivre, j'ai compris ce que cela signifiait pour madame. Alors, pendant qu'on faisait nos malles, j'ai sorti mon pistolet. Je comptais tirer pour qu'on vienne à notre secours, mais ils m'ont surprise avant que j'en aie eu le temps. Ils m'ont frappée, et puis ils l'ont emmenée. Partez vite, monsieur, je vous en supplie ! Ils ont presque deux jours d'avance sur vous !

— Je ne partirai pas avant de m'être assuré que vous n'aurez pas d'ennuis à cause de cette histoire. Je vais parler à l'aubergiste et j'attendrai le juge s'il le faut.

Il plongea la main dans la poche de son gilet et en tira dix guinées.

— Voici votre salaire, et un peu plus pour avoir tenté de la protéger.

Elle prit l'argent et le glissa dans son sac de voyage en s'inclinant avec gratitude.

— Que comptez-vous faire, à présent ? s'enquit-il.

— Je vais à Carlisle voir ma fille. J'aimerais l'emmener avec moi, mais puisque je ne peux pas, je me contenterai de cela.

Julian regarda la courageuse jeune femme qui avait tenté de sauver Pénélope. Elle méritait davantage. Il retourna à la voiture et revint avec une autre somme d'argent.

— Prenez. Ça vous permettra de vivre pendant quelque temps, et ça paiera votre voyage de retour.

Elle rangea l'argent en réprimant une grimace de douleur.

— Merci, monsieur. Maintenant, partez, je vous en conjure. Je me débrouillerai avec le juge. Et ne vous en faites pas pour moi. Des coups, j'en ai déjà reçu et des bien pires. Ça ne m'a jamais empêchée de faire ce que je voulais. Oh, et il y a encore autre chose que vous devez savoir !

— Oui ?

— Madame a réussi à prendre mon pistolet pendant qu'ils me cognaient. Elle a tiré, et en a blessé un à la jambe. Ça a dû les ralentir.

Pénélope dévisagea Jones, qui soutint son regard d'un air froid. Ils étaient assis l'un en face de l'autre dans le petit salon d'une maison des faubourgs de Manchester.

La pièce n'était éclairée que par un candélabre de fer forgé où brûlaient cinq bougies.

Des plaintes étouffées leur parvenaient à travers la porte fermée qui les séparait de la cuisine. Le chirurgien qui habitait cette maison était en train d'ôter la balle qu'elle avait logée dans la cuisse de Henley.

— Il ne pourra pas voyager, observa-t-elle. S'il monte en selle, il saignera, et ça risque de s'infecter.

— C'est pas mon problème. On a un boulot à faire, et il le sait.

Si ses ravisseurs avaient eu une voiture, ils seraient déjà chez le comte. Mais Jones avait insisté pour qu'ils voyagent à cheval, ce qui avait aggravé la blessure de Henley. En fait, cela les avait tellement ralentis qu'ils n'avaient pas encore atteint le Lancashire.

Jones ne paraissait guère se soucier de la souffrance de son comparse. Nul doute qu'il insisterait pour que ce dernier remonte à cheval dès le lendemain matin. Mais pour l'instant, si elle en jugeait par l'éclat de son regard, il écoutait quelque chose.

Cet homme était toujours aux aguets, toujours sur ses gardes. Ce ne devait pas être la première fois qu'il commettait un acte illégal.

C'était lui qui avait frappé Catherine. Et être le témoin de cette violence sans pouvoir intervenir avait ravivé les vieux cauchemars de Pénélope. Dieu merci, même si la peur l'étreignait encore, elle ne la paralysait plus. En outre, elle était en colère, à présent. Contre ces brutes qui utilisaient la force, contre le comte qui se permettait de telles méthodes...

Un cri perçant monta de la cuisine.

— J'espère que votre patron vous paye bien, remarqua-t-elle. Si ce travail doit lui coûter la jambe, ou même la vie...

— Ça va, merci.

— Vous travaillez pour Glasbury depuis longtemps ?

Il ne répondit pas.

— Si vous m'avez suivie, vous avez deviné où je suis allée après avoir quitté l'auberge de Grossington. Dans ce cas, vous devez bien connaître la région. Vous y êtes déjà venu. Et je pense que vous saviez pourquoi je me rendais là où j'allais.

Il baissa les paupières.

Son silence était un aveu.

Pénélope frémit. Ainsi, elle avait deviné juste. C'était cet homme qui avait prétendu être l'émissaire de Julian auprès de Mme Kenworthy.

C'était lui qui avait tué Cléo.

La terreur la saisit. Jusqu'à présent, elle avait cru qu'ils avaient pour mission de la conduire chez le comte, mais ils obéissaient peut-être à un tout autre ordre...

Le regard de Jones se fixa soudain sur la porte et il se raidit visiblement.

Pénélope tendit l'oreille, mais les seuls bruits qui lui parvenaient étaient les grognements de douleur de Henley, dans la pièce voisine.

— Vous ne m'avez pas répondu. Étiez-vous déjà allé à Grossington ?

— Taisez-vous !

Il se redressa sur son siège, la tête inclinée de côté.

— Et si je refuse, que ferez-vous ? N'oubliez pas qui je suis. Mon frère est vicomte, et j'ai des amis puissants qui demanderont des comptes s'il m'arrive quoi que ce soit.

— Silence, je vous dis !

Cette fois, il se leva et fit quelques pas vers la porte d'entrée. Puis il s'immobilisa, très concentré, avant de soulever le candélabre pour l'éloigner le plus possible de la fenêtre. Il repoussa un peu le rideau afin de scruter les ténèbres.

La porte de la cuisine s'ouvrit.

— C'est fait, annonça le chirurgien.

C'était un homme jeune, aux cheveux blonds et au corps massif. Son tablier était taché de sang.

— Il ne peut pas monter à cheval, poursuivit-il. Si vous voulez, vous pouvez rester ici tous les trois. Ça vous coûtera cinq livres par nuit.

Jones se retourna vers le chirurgien.

— Dites donc, c'est un hôtel de premier choix, votre maison, ou quoi ?

— C'est le prix pour mon silence et pour mes soins, lorsque des étrangers viennent chez moi à la nuit tombée.

— Faites-lui un pansement. On s'en va.

Le chirurgien regagna la cuisine et Jones reprit sa surveillance près de la fenêtre. Il se détourna soudain et alla souffler les bougies. Le salon fut plongé dans la pénombre. Sans bruit, il alla ouvrir la porte. À la lueur du clair de lune, Pénélope vit qu'il avait un pistolet à la main.

Il demeura immobile sur le seuil, lui tournant le dos comme si elle ne représentait aucun danger. Pénélope sentit la moutarde lui monter au nez. Il devait être sûr que la peur la rendrait docile, pour agir ainsi ! À ses yeux, c'était la pire des insultes. Elle se leva sans bruit, s'empara du candélabre. En trois pas elle fut près de Jones et l'abattit de toutes ses forces sur lui.

Ce dernier vacilla mais ne tomba pas.

Recroquevillé tel un animal blessé, il pivota lentement et pointa son arme sur elle.

— Sale petite garce !

Elle recula, les yeux rivés sur le canon du pistolet. Puis, soudain, il n'y eut plus de pistolet ni de Jones. Celui-ci semblait avoir été projeté dans les airs.

Une autre silhouette se tenait à sa place, qu'elle reconnut sans peine et dont la vision l'emplit de joie.

Julian l'avait retrouvée.

Julian n'était pas seul.

Deux hommes entrèrent dans la maison à sa suite, portant un Jones inconscient.

— Vous n'y êtes pas allé de main morte, monsieur Hampton, observa l'un d'eux.

L'autre avait de longs cheveux gris et était coiffé d'un chapeau de feutre. Il se pencha sur Jones pour l'examiner.

— C'était malin de votre part de chercher d'abord chez les chirurgiens de la région. Un homme ne peut pas chevaucher très longtemps avec un trou dans la cuisse.

Le chirurgien en question était apparu à la porte de la cuisine, rouge et désemparé.

— Comment ? Ils étaient recherchés par la police ? Si je me doutais…

— Vous vous expliquerez plus tard, monsieur, coupa l'homme au chapeau. Tout ce que je peux dire, c'est qu'un honnête homme se serait étonné de voir arriver un homme blessé par balle accompagné d'une dame de qualité et d'un sbire de cet acabit.

— Madame, voici M. Fletcher et son fils, intervint Julian. M. Fletcher est juge de paix dans le comté.

Le juge et son fils portaient chacun deux pistolets à leurs ceintures. Le fils, âgé d'une vingtaine d'années, paraissait déçu de ne pas avoir eu à s'en servir.

— Nous aurons besoin de votre voiture pour les conduire à la prison, dit M. Fletcher à Julian.

— Une prison bien gardée, j'espère, commenta Pénélope.

— Ah, ça oui ! On va le mettre dans la cellule réservée aux accusés qui sont jugés au tribunal de grande instance. Il faudra que vous témoigniez contre lui au procès, madame. Et l'autre dame aussi.

Pénélope ouvrait la bouche pour protester lorsque Julian s'avança.

— Madame fera son devoir, naturellement.

Il leur fallut une heure pour transporter ses ravisseurs jusqu'à la prison et une heure supplémentaire pour que Julian règle les formalités légales. L'aube pointait lorsqu'il rejoignit Pénélope dans la voiture.

Elle se jeta dans ses bras, folle de gratitude et de soulagement.

— Dieu merci, vous n'avez rien, murmura-t-il entre deux baisers.

Il ferma les rideaux et la serra dans ses bras. Il ne dit mot pendant les premiers kilomètres, mais malgré la tendresse de leur étreinte, Pénélope sentait qu'il était contrarié.

— Merci, murmura-t-elle enfin.

— Merci à vous de l'avoir frappé sur la tête. Cela nous a grandement facilité la tâche.

— Comment va Catherine ?

— Elle est allée voir sa fille.

— Il faudra vraiment que je vienne témoigner ?

— Fletcher en a vu assez pour envoyer Jones et Henley au bagne. Si vous témoignez, cela ne fera que compliquer les choses, puisque l'aubergiste et Fletcher pensent que vous êtes Mme Thompson. Il faudra que vous écriviez à Dante pour lui expliquer que vous avez utilisé le nom de sa belle-mère, j'imagine.

— C'est le premier nom qui m'est venu à l'esprit lorsque j'ai dû donner une fausse identité à l'auberge, avoua-t-elle, penaude.

Malgré leur conversation anodine, la tension subsistait. Julian arborait un visage fermé.

— Vous avez l'intention de me sermonner? demanda-t-elle. C'est inutile. Je sais déjà ce que vous allez dire. Que j'ai été imprudente, que c'était dangereux et que...

— Madame, vous n'avez pas la moindre idée de ce que j'ai envie de dire.

Elle se figea, s'attendant qu'il la lâche. Il n'en fit rien. Après quelques minutes, il parut se détendre un peu.

— Julian, croyez-vous que Jones nous a suivis depuis le début?

— Hélas, oui! Glasbury a dû deviner que vous iriez chercher Cléo.

— Dans ce cas, il ne m'a pas suivie. Il m'a devancée. Et ce depuis des années.

Elle fut prise d'une inquiétude soudaine.

— Le comte sait que vous m'accompagnez depuis que nous avons quitté le cottage, murmura-t-elle.

— Certainement. Jones a dû lui envoyer ses rapports par courrier. Mais c'est le moindre de nos soucis.

Elle n'était pas d'accord. Désormais, elle craignait plus que jamais pour la vie de Julian. Si Jones avait fait correctement son travail, Glasbury avait dû deviner qu'ils étaient amants. Et que Jones croupisse en prison ne changeait rien à la situation. Le comte était riche et n'aurait aucun mal à dénicher un nouvel homme de main prêt à se charger des basses besognes.

Elle s'endormit dans la voiture et s'éveilla alors qu'ils s'arrêtaient devant l'auberge d'un petit village. L'après-midi touchait à sa fin.

— Nous dormirons ici ce soir, annonça Julian. Avec un tel équipage, on nous remarquera partout où nous irons, mais au moins, ici, il y aura moins de monde.

Il prit deux chambres. Dès qu'on eut monté leurs malles et que l'étage fut silencieux, Julian vint trouver Pénélope.

Elle frémit en voyant son expression.

— Je savais que vous finiriez par me sermonner, murmura-t-elle.

— Vous m'avez clairement fait comprendre que je n'en avais pas le droit. Et vous êtes assez intelligente pour savoir exactement quels risques vous couriez. Mais vous êtes partie tout de même. Je veux juste connaître la raison de cette fuite.

— Je vous l'ai déjà dit. Je ne peux lutter contre lui. Il gagnera, d'une façon ou d'une autre. J'ai décidé qu'il n'y avait pas d'autre solution que d'aller en Amérique.

— Cela n'explique pas pourquoi vous êtes partie avant mon retour.

— Je ne voulais pas perdre de temps.

— Pourquoi ?

— Je refuse de subir un interrogatoire comme si j'étais une criminelle. Dites-moi que j'ai été stupide, si vous voulez, mais cessez de me questionner !

— Je ne vous interroge pas ! Vous vous êtes donnée à moi, et je veux savoir pourquoi vous vous êtes enfuie sans même un mot d'adieu, Pénélope.

Elle ne lui avait jamais vu un visage aussi sombre, aussi dur. Il semblait tellement différent, soudain. La petite chambre semblait trop petite pour contenir sa fureur.

— Je ne crois pas que Cléo se soit suicidée, lâcha-t-elle. Cela change tout, Julian. Je n'ai fait qu'écouter mon instinct. Je sais à présent que Glasbury est capable de tuer. De la tuer, de me tuer, de...

Elle se détourna et se mit à déballer ses accessoires de toilette pour cacher sa détresse.

— De me tuer, termina Julian à sa place.

— J'ignorais qu'il nous faisait suivre. Je pensais que si je disparaissais, il...

Elle le sentit s'approcher d'elle.

— Vous vouliez m'épargner. Vous craigniez pour ma vie, n'est-ce pas ?

— Julian, s'il vous arrivait quelque chose, je ne me le pardonnerais jamais.

Il la fit pivoter et plongea le regard dans le sien. Il paraissait toujours en colère, mais son expression s'était radoucie.

— Vous avez fait cela toute votre vie, Pénélope. Il faut arrêter, maintenant.

— Julian, je reconnais que je n'ai pas toujours fait preuve de bon sens, mais en la circonstance, vous êtes injuste. Je ne pensais pas courir de risque en allant seule à Liverpool.

— Je ne faisais pas allusion à un quelconque risque ni à la façon dont vous avez estimé la situation durant toutes ces années, mais à cette propension que vous avez à sacrifier votre sécurité et votre bonheur pour protéger autrui. Pour épargner votre famille, vous n'avez pas divorcé. Vous avez d'ailleurs épousé Glasbury pour cette même raison.

— C'est faux ! protesta-t-elle, choquée.

— Vraiment ? Votre mère ne vous a jamais parlé de l'importante somme d'argent que Glasbury lui avait remise, et qui lui a permis de maintenir la famille à flot pendant quelques années, alors que sa situation financière était un vrai désastre ?

— Non, elle ne m'en a jamais rien dit, car cela est faux ! J'ai épousé Glasbury parce que j'étais jeune et ignorante, et que j'ai été éblouie par son titre.

— Votre mère vous a jetée dans ses bras. Même vos frères n'approuvaient pas ce mariage

Pénélope était rouge d'indignation.

— Vous mentez ! Comment peut-on…

— J'ai vu les livres de comptes, Pénélope. Et je doute que vous ayez été naïve au point de ne pas voir les bénéfices que votre famille tirerait de cette union.

— C'est horrible de dire des choses pareilles. Comment osez-vous accuser ma mère de… de…

Elle se retenait de le gifler. Furieuse, elle attrapa son châle et sortit précipitamment de la pièce.

Elle dévala l'escalier, franchit le seuil de l'auberge et se retrouva dehors. Elle remonte la rue à grands pas, se justifiant mentalement, et remettant Julian à sa place une bonne fois pour toutes.

Arrivée devant l'église, elle traversa le cimetière d'un pas vif et prit un petit sentier. Mais à mesure qu'elle avançait, sa colère retombait. Et sa vertueuse indignation laissait place à une vérité aveuglante.

Julian avait sans aucun doute vu les comptes. En tant que notaire de la famille, il avait accès à la comptabilité des Laclere, notamment à l'époque de ses fiançailles avec Glasbury.

Elle se laissa tomber sur un banc près d'un parterre de fleurs fanées. Si Julian disait vrai, sa propre mère l'avait donc utilisée ?

Soudain, une ombre apparut sur le sol devant elle. Julian l'avait suivie.

Elle leva les yeux.

— Ma mère ne tarissait pas d'éloges sur le comte, commença-t-elle. Elle a encouragé nos fiançailles avant même que je prenne ma décision. Lorsque je lui ai avoué que j'aimerais attendre la prochaine saison avant de m'engager, elle m'a expliqué que nous n'en avions pas les moyens. Je savais que mon entrée dans le monde leur coûtait très cher. Mère évoquait souvent le peu de sens pratique de mon père, ainsi que nos dettes.

— Et elle n'oubliait pas de vous rappeler votre devoir, j'imagine ?

— C'est vrai, reconnut Pénélope dans un souffle. J'avais des hésitations, mais ces problèmes financiers m'ont poussée à accepter ce mariage. Il n'empêche que vous devez vous tromper. C'est assez courant qu'un fiancé aide sa belle-famille, non ? Ma mère ne connaissait pas la vraie nature du comte, Julian. Qui aurait pu deviner quel homme c'était, du reste ?

— Je suis sûr que votre mère ne soupçonnait rien. Je ne parlais pas de ses motivations, d'ailleurs, mais des vôtres. Et aujourd'hui encore, vous choisissez de protéger tout le monde. Votre famille, moi... C'est certes faire preuve d'un grand cœur, Pénélope, mais je suis tout de même en colère. C'est à moi de décider quel risque je suis prêt à prendre.

Il plongea la main dans la poche de sa redingote et en tira une liasse de papiers qu'il posa près d'elle, sur le banc.

— Qu'est-ce que c'est ?

— Votre avenir, si vous le voulez. Des lettres de change et d'introduction. Allez en Amérique si vous le souhaitez, mais vous n'y vivrez pas dans la misère. Tout y est, y compris votre billet de bateau.

Elle s'empara des documents. Toutes les lettres étaient signées par ses frères et ses plus proches amis. Il y avait là assez d'argent pour vivre confortablement pendant des années. Il ne lui restait plus qu'à aller à Liverpool et à prendre le premier bateau. L'un des documents était une lettre de Saint-John lui garantissant le transport gratuit sur n'importe lequel de ses navires.

Elle déplia la dernière lettre.

— Qu'est-ce que c'est, Julian ?

— Une lettre de transfert.

— De votre banque ? De votre propre compte ? Et autant d'argent ? Non, mon cher ami, je n'en ai pas besoin. Pas avec tout ce qu'on m'a déjà do...

— Celle-ci n'est pas pour vous mais pour moi.

Elle le fixa, stupéfaite.

— Je ne peux pas accepter, Julian. Je n'ai pas besoin de votre protection, du reste. Ces documents en témoignent.

— J'ai décidé de partir, Pénélope.

— Mais c'est inutile, je vous assure ! Je cours d'autant moins de risques que le capitaine du bateau est sous les ordres de Saint-John. Vous ne pouvez pas quitter Londres pendant si longtemps, juste pour m'aider à m'installer en Amérique. Votre absence durerait des mois !

— Et plus longtemps encore, à mon avis. À moins que Glasbury ne meure.

Il s'exprimait avec tant de calme qu'il lui fallut un moment pour comprendre le sens de ses paroles. Puis soudain tout devint clair dans son esprit. Il n'avait pas seulement l'intention de l'accompagner en Amérique. Il comptait y rester !

— C'est de la folie, Julian ! protesta-t-elle. Que ferez-vous, là-bas ? Leurs lois sont proches des nôtres, mais ce ne sont sûrement pas les mêmes. Vous n'allez pas redevenir clerc et tout recommencer ?

— Je ferai ce que j'ai à faire. S'il le faut, je serai pêcheur ou fermier.

— Vous n'êtes absolument pas raisonnable.

— Au contraire. Tout ceci est parfaitement réfléchi.

— Ni vous ni moi n'avons rien à y gagner. Vous croyez pouvoir continuer notre liaison ? Mais tout le monde saura qui je suis si je me sers de ces lettres. On nous considérera comme un couple adultère. C'est sûrement tout aussi condamnable en Amérique qu'ici, si j'en crois ce que Bianca dit de son pays.

— Je ne fais pas cela afin de poursuivre notre liaison. Si vous voulez, vous pouvez m'ignorer durant toute la traversée. Vous pouvez aussi refuser de me voir en Amérique, et ne plus jamais m'adresser la parole.

— Je ne veux pas que vous vous impliquiez ainsi, s'entêta-t-elle.

Mais elle mentait. Son cœur bondissait de joie à l'idée qu'il serait avec elle.

Il ne déchiffra pas ses pensées, mais il comprit ses mots, et son visage se durcit. Il se retrancha derrière cette habituelle réserve qui les séparait mieux qu'une barrière.

— Je viens quand même.

— Je peux me débrouiller seule.

— En temps normal, je serai d'accord avec vous. Mais votre situation n'a rien de normal, aussi ai-je l'intention de veiller sur vous.

Sa voix était si neutre… Soudain, elle comprit.

Il ne la suivait pas à cause de la passion qu'ils avaient partagée ces derniers jours, mais à cause de leur vieille amitié. Ce n'était pas l'amant qui parlait, mais le jeune garçon qui s'était proclamé son chevalier servant.

Elle baissa les yeux sur la lettre de transfert qu'elle tenait toujours à la main. Il était prêt à abandonner ce qu'il avait mis une vie entière à construire. Un geste irrévocable qu'une seule raison pouvait expliquer.

— Vous aussi, vous pensez qu'il a tué Cléo, n'est-ce pas ? hasarda-t-elle.

— Oui.

— Vous ne croyez pas que je serai en sécurité en Amérique. Une fois, vous m'avez dit que Glasbury me suivrait jusque là-bas s'il le fallait.

— De l'avoir quitté est une humiliation qu'il ne vous pardonnera jamais. En outre, il souhaite un héritier. Comme tous les hommes de son rang. Il fera tout ce qui est en son pouvoir pour assurer sa descendance.

— Quand en êtes-vous arrivé à cette conclusion, Julian ?

— Après l'avoir vu à Londres, chez votre frère.

Avant leur premier baiser, donc !

— Julian, pourriez-vous être de nouveau M. Hampton pendant quelques instants ? J'ai besoin d'un conseil objectif.

— Je ferai de mon mieux, madame, répondit-il de son ton le plus professionnel.

Mais son sourire était si chaleureux qu'elle en conçut le genre de pensées coupables que jamais M. Hampton ne lui avait inspirées.

— Alors dites-moi, monsieur Hampton, quelle attitude me conseilleriez-vous d'adopter ?

— Il faut d'abord que je connaisse votre motivation profonde.

Elle détourna les yeux, cherchant au fond de son âme ce qu'elle désirait vraiment.

— Je ne veux plus de cette liberté qui n'en est pas une. Je ne veux plus avoir à penser à lui. Et je veux en finir avec cette peur qu'il ne nous fasse du mal, à moi ou à mes proches, s'il ne parvient pas à ses fins.

— Ce n'est pas en allant en Amérique que vous y arriverez.

Il disait vrai. Même en bénéficiant de sa protection, elle ne serait jamais totalement délivrée de ses craintes.

— Et comment obtenir ce que je désire, monsieur Hampton ?

— Vous le savez fort bien.

— Vous voulez dire que je dois lui forcer la main et lui donner une bonne raison de demander le divorce.

— En effet. Il aura ce qu'il voudra, c'est-à-dire la possibilité de se remarier et d'avoir un fils. Et vous aurez ce que vous voudrez aussi : la liberté. Mais comme toujours, c'est vous qui paierez le prix fort. Considérez cependant que cela présente peu de risques pour lui.

— Pour lui, mais pas pour moi. Et s'il refuse cette solution ?

— C'est à Londres que vous êtes le plus en sécurité. Vous y avez des amis, une famille et des domestiques qui vous protégeront. Vous pouvez n'être jamais seule. Si tout le monde sait que vous fréquentez un autre homme, on soupçonnera aussitôt Glasbury s'il vous arrive quoi que ce soit. Il faudrait qu'il soit vraiment stupide pour vous nuire plutôt que d'accepter la solution que vous lui offrez, et il est loin d'être idiot.

Ce que disait M. Hampton était d'une logique implacable. Mais à voir la lueur dans son regard, elle se demandait si Julian lui aurait donné le même conseil.

— Néanmoins, madame, je dois ajouter que si vous choisissez cette solution, ce doit être immédiat et il faudra que tout le monde soit au courant. Naturellement, rien ne garantit que le comte demandera le divorce ni qu'il cessera de vous inquiéter. Mais je pense cependant que cette solution est celle qui va le plus dans le sens de ce que vous recherchez.

— À présent, je m'adresse à mon vieil ami, Julian. Que me conseille-t-il ?

Il demeura un instant silencieux, comme s'il luttait contre lui-même pour répondre.

— Julian espère qu'une fois dans votre vie vous choisirez ce qui est le mieux pour vous, et non pour lui ou pour quiconque.

Voilà qui ne l'avançait guère. Du reste, quel que soit son choix, il le paierait chèrement.

Cela dit, songea-t-elle, l'un de ses choix lui coûterait moins que l'autre.

Soudain, l'idée de rester en Angleterre lui parut moins effrayante, et elle sut ce qu'il lui restait à faire.

Elle suivrait le conseil de M. Hampton et affronterait Glasbury sur un terrain qu'elle connaissait.

Puis elle lui concéderait la victoire.

— Monsieur Hampton, fit-elle en se levant, il se trouve que j'ai besoin d'un amant pour une liaison de commodité.

— Voilà une sage décision… Hélas, le temps manque pour que vous testiez les candidats possibles.

Son allusion à sa liste d'amants éventuels la fit rire. Elle retrouvait de nouveau Julian.

Il lui prit la main et la dévisagea tendrement.

— Puis-je vous proposer ma personne, Pénélope ? Il n'est pas nécessaire que la liaison soit consommée, si vous ne le souhaitez pas.

Comment résister à une proposition aussi séduisante ? Car en dépit de ses propos, son regard était si brûlant qu'elle en frissonnait déjà de volupté.

Non, l'amour éternel n'avait rien à voir avec la passion physique. Mais une passion éphémère et tendre serait bien agréable.

— Vous avez mesuré toutes les conséquences de ce choix, Julian ? Vous êtes sûr de vouloir jouer ce rôle ?

Il porta la main de la jeune femme à ses lèvres pour y déposer un baiser.

— J'en serai honoré, Pénélope, murmura-t-il. Profondément honoré.

18

Julian ordonna au cocher de Saint-John de rentrer à Londres sans se presser.

Ils voyageaient désormais sous leur propre identité, séjournant dans les meilleures auberges. Julian réservait toujours deux chambres, mais les domestiques voyaient bien que Pénélope n'avait pas de femme de chambre, et que son compagnon se montrait très familier avec elle.

Par deux fois, Julian ne dormit pas dans son lit, ce que les femmes de chambre ne manquèrent certainement pas de remarquer.

Deux jours avant d'arriver à Londres, ils constatèrent que leurs efforts avaient porté leurs fruits. Julian s'était procuré un exemplaire du *Times*, et sur la dernière page, parmi les nouvelles du comté, ils trouvèrent une brève notice rédigée par un « correspondant occasionnel ».

On a récemment vu une certaine dame de qualité séjourner à l'auberge du King's Royal Arms *à Warwick. Elle avait pour seule compagnie un gentilhomme tenu en haute estime par la chancellerie et dont la réputation était jusqu'ici sans tache. Pendant ce temps, le mari de la dame, un pair du royaume, est à Londres où il attend depuis très longtemps le retour de son épouse.*

— Le retour de son épouse, répéta Pénélope. L'allusion est on ne peut plus directe !

— Les correspondants du *Times* mettent un point d'honneur à choisir leurs mots avec soin, dit Julian en posant le journal.

— Croyez-vous que l'évêque de Londres viendra nous attendre à l'entrée de la ville pour nous en interdire l'accès ?

— Je doute qu'on en arrive à de telles extrémités.

— Une fois que nous serons à Londres, devrons-nous continuer à nous afficher ainsi ?

— Il faut que vos domestiques devinent sans peine ce qu'il en est. Êtes-vous prête à affronter le scandale, Pénélope ?

— Je vous avoue que, si nous pouvions encore retarder cette épreuve d'une semaine ou deux, je n'y verrais pas d'inconvénient.

Il s'empara de sa main.

— Moi non plus. Non que je craigne le scandale, mais parce que ces derniers jours m'ont été précieux et que j'aimerais continuer à vivre ainsi.

Ils avaient été libres, gais, sereins. Et Julian chérissait d'autant plus ces moments d'intimité qu'il savait ce qui les attendait à Londres.

Les choses n'allaient pas tarder à changer. Leur liaison continuerait, mais sous les yeux de centaines de personnes plus ou moins malveillantes. Et les journaux se montreraient moins allusifs.

Pourtant, il ne regrettait rien. Si ce n'était pour Pénélope qu'une liaison amicale, pour lui, c'était un immense bonheur. Il garderait à jamais le souvenir de ces courts instants passés en sa compagnie. La tendresse, l'amitié, la volupté… les conversations ou les silences partagés. Les nuits d'extase.

Si l'évêque ne vint pas à leur rencontre, on les attendait cependant bel et bien un peu avant Londres. La voiture ralentit tout à coup et s'arrêta au beau milieu de la route. Quelques instants plus tard, la tête du cocher apparut à la portière.

— Il faudrait que vous veniez voir, monsieur. Devant, sur la gauche.

Julian ouvrit la portière et se pencha à l'extérieur.

— Que se passe-t-il ? l'interrogea Pénélope.

— Il y a des voitures arrêtées. J'en vois trois.

Il rentra, s'assit et ferma la portière.

— L'une d'elles appartient à Glasbury. J'ai reconnu ses armoiries.

— Qu'allons-nous faire ?

— Continuer. Il ne peut pas arrêter six chevaux.

— Je n'en suis pas si sûre, surtout s'il a assez d'hommes pour remplir ces trois voitures.

Julian ordonna au cocher de poursuivre sa route et sortit l'un des pistolets rangés au fond du véhicule.

— Que faites-vous ?

— Je m'assure que la poudre est sèche.

— Vous n'avez pas l'intention de l'utiliser, n'est-ce pas ?

— Je veux être prêt, c'est tout.

La voiture repartit, ralentit et s'immobilisa de nouveau.

— Le cocher du comte a mis sa voiture au milieu de la route, expliqua leur cocher. Elle bloque le passage.

Pénélope devint livide.

— Il ne vous enlèvera pas, déclara Julian. Je vous le promets.

Les chevaux hennirent et leur cocher demanda à celui du comte de déplacer sa voiture. La réponse fut inaudible, mais une querelle s'ensuivit bientôt.

Pénélope écarquilla les yeux, stupéfaite.

— On dirait la voix de Vergil ! s'exclama-t-elle.

— En effet.

Tandis que la dispute continuait, le vicomte de Laclere apparut à son tour à la fenêtre de la portière.

— Il vaudrait mieux que tu viennes, Pénélope. Glasbury refuse de déplacer sa voiture tant qu'il ne t'a pas vue.

Laclere tendit la main à sa sœur pour l'aider à descendre, non sans jeter un coup d'œil à la fois perplexe et critique à Julian. Ce dernier comprit fort bien le message : « Est-ce ainsi que vous protégez ma sœur, vous, mon vieil ami ? En la soumettant au scandale et au courroux de son époux ? »

Julian sortit à son tour, et Dante les rejoignit.

— Que faites-vous ici ? s'étonna Pénélope après avoir étreint ses frères.

— Votre avancée vers Londres a été très commentée. Nous nous sommes doutés que Glasbury essaierait de vous intercepter et nous avons décidé de venir aussi, répondit Dante.

— Tout cela à cause d'une lettre dans le *Times* ?

— Ça, ce n'était rien. Il y a eu des lettres similaires dans des journaux moins discrets toute la semaine, dit Laclere.

Julian regarda la route. Le comte se tenait près de sa voiture, droit comme un i. Plusieurs valets solides l'entouraient.

Laclere et Dante n'étaient pas venus seuls non plus. Debout près de leurs voitures respectives, Julian reconnut Daniel Saint-John et Adrian Burchard.

— Burchard avait posté un de ses hommes devant la maison de Glasbury pour nous prévenir de tout départ éventuel, expliqua Laclere. Je crois que Saint-John est venu pour s'assurer que sa voiture ne serait pas abîmée. Il vous sera reconnaissant de ne pas avoir forcé le barrage.

— Nous aurons peut-être à le faire, murmura Pénélope.

Un cri attira leur attention. Une autre voiture s'était arrêtée derrière la leur et le cocher leur demandait de libérer le passage avec force invectives et de grands gestes du bras.

— Il ne va pas tarder à y avoir la queue jusqu'au Middlesex, ironisa Dante.

— Glasbury devra bien finir par bouger, alors autant qu'il le fasse tout de suite. Je vais aller le lui expliquer, déclara Julian en s'avançant.

Laclere le retint.

— Vous ne feriez que jeter de l'huile sur le feu. Restez ici. Et remettez le pistolet que vous avez sous votre veste à sa place.

Julian ignora cette dernière suggestion, mais demeura immobile. Adrian Burchard alla échanger quelques mots avec le comte puis revint vers eux.

Les yeux noirs d'Adrian et son teint mat ayant trahi le secret de sa conception, tout le monde avait su que c'était un bâtard bien avant que son père officiel, le comte de Dincaster, ne l'ait répudié. L'enfant en avait été profondément marqué, et sous son allure charmante, Adrian pouvait se révéler très dangereux.

Les gens intelligents le sentaient tout de suite, même s'ils ne connaissaient pas les événements qui avaient accentué ce trait de caractère. Julian se demanda si Glasbury avait eu le bon sens de ne pas insulter Burchard.

En tout cas, cela ne l'avait pas étonné que ce soit l'époux de la duchesse d'Everdon qui ait fait surveiller la maison du comte. En effet, à une époque, Burchard avait accompli pour le gouvernement des missions comportant la surveillance active de certaines personnes de haut rang.

Adrian salua Pénélope, puis jeta un coup d'œil à Glasbury par-dessus son épaule avant d'expliquer :

— Il exige le retour de sa femme, et a ajouté quelques mots à propos de Julian que je préfère ne pas répéter.

— Elle ne retournera jamais auprès de lui, déclara Julian.

— Je le lui ai déjà dit. Je lui ai aussi fait remarquer qu'au mieux nous étions dans une impasse, et au pire qu'il devait s'attendre à une défaite. Il a alors menacé de provoquer Julian sur-le-champ, ce dont je l'ai dissuadé.

— Je suis prêt à relever le défi, déclara Julian.

Durant quelques instants, personne ne bougea ni ne parla. Pénélope le regarda avec stupeur.

— Un duel ? Il n'en est pas question ! s'exclama-t-elle enfin.

— Il a changé d'avis, reprit Adrian. Il refuse de déplacer sa voiture tant qu'il n'aura pas parlé à sa femme.

Sa femme. Ces seuls mots suffirent à Julian pour porter la main à son pistolet.

— Elle n'est pas obligée de lui parler ! gronda-t-il. Et il peut rester là jusqu'à ce que l'enfer l'engloutisse.

Devant une telle véhémence, les deux hommes demeurèrent parfaitement impassibles. Pénélope fixa la voiture de Glasbury.

— Je vais y aller, annonça-t-elle. C'est la seule solution.

— Non !

— Si, Julian. Monsieur Burchard, auriez-vous l'amabilité de m'accompagner, et de dire au comte que l'entretien aura lieu dans ce petit champ, à l'écart de son cocher et de ses valets ?

Adrian lui offrit son bras. Pénélope l'accepta, et tous deux s'avancèrent sur la route. À mi-chemin, Saint-John vint à leur rencontre.

Julian se retrouva seul avec Dante et Laclere. Tous trois gardaient les yeux rivés sur Pénélope. Glasbury la regardait lui aussi et son agitation était visible.

— Sa colère est compréhensible, observa Laclere. Toute la ville attend l'arrivée des deux amants. Je présume que cette notoriété était voulue.

— En effet. Je suis heureux que nous ayons si bien réussi.

— C'est le moins qu'on puisse dire. Regardez donc cela… C'est sorti hier, et ça s'est très bien vendu.

Tout en parlant, Laclere avait tiré un document de sa veste. Il le secoua pour le déplier et le tendit à Julian.

C'était une gravure telle qu'en publiaient les marchands d'estampes exploitant les scandales et les controverses politiques. Elle montrait une caricature du comte avec des cornes sur la tête. Il écoutait un autre personnage, représentant Julian, qui lisait un long parchemin couvert de textes de loi.

À côté de Julian se tenait la comtesse. En dépit de son attitude professionnelle, ce dernier avait posé la main sur la croupe nue de la jeune femme, dont la jupe était retroussée. L'artiste avait très bien rendu le visage de Pénélope.

— On reconnaît fort bien votre sœur, commenta Julian.

— Son visage, oui. Le reste, je n'en sais rien, répliqua Laclere avec flegme.

— Je croyais qu'elle voulait quitter le pays, remarqua Dante.

— Elle a changé d'avis.

— Et à présent, elle tente de le provoquer pour qu'il demande le divorce ?

— C'est ce qu'elle espère.

Les deux frères demeurèrent silencieux, et Julian devina qu'ils ne savaient comment interpréter cette évolution de la situation.

Laclere ne lui poserait jamais la question, mais…

— Cette liaison est-elle une simple ruse, ou êtes-vous vraiment l'amant de Pénélope ?

— Dante, fit Laclere d'un ton de reproche.

— Eh quoi ! S'ils sont pendus tous les deux, il me semble qu'ils peuvent au moins…

— Venant de toi, voilà qui ne m'étonne pas, coupa son frère. Julian, ajouta-t-il, votre volonté de protéger ma sœur pendant sa fuite était très chevaleresques, mais prétendre être son amant et sacrifier votre réputation pour qu'elle puisse divorcer, c'est de la folie. Le scandale sera irrémédiable.

Julian continuait à regarder Pénélope. Burchard et elle s'étaient arrêtés, et Saint-John parlait à présent à Glasbury. Ce dernier se rendit dans le petit champ.

Pénélope s'écarta alors de Burchard et rejoignit Glasbury. Burchard et Saint-John se postèrent sur la route de façon à empêcher les valets d'approcher du champ.

Pénélope s'arrêta devant son mari.

Son mari. Julian ne supportait pas ces mots non plus. Ils le rendaient fou ! Il détestait tout ce qu'ils impliquaient. Glasbury avait abusé de ses droits maritaux, et il réclamait ce qu'il ne méritait pas. Alors que lui, Julian Hampton, n'avait aucun droit.

— Je ne fais pas semblant d'être son amant, Vergil, dit-il tranquillement. Ce grand sacrifice n'a donc rien d'admirable.

Dante lui donna une bourrade amicale. Quant à Vergil, il toussota comme s'il venait d'avaler de travers.

Pénélope ne pouvait se mentir à elle-même. Le comte lui faisait peur.

Et leur dernière rencontre, dans le cottage de Julian, n'avait fait qu'accroître cette peur, de même que les récentes révélations sur Cléo. Elle ne parvenait pas non plus à dissimuler la haine qu'il lui inspirait.

Il tenta de sourire, mais en fut incapable tant il enrageait.

— J'écraserai ce type comme une vermine, vous m'entendez ? siffla-t-il.

— Je sais depuis longtemps que vous êtes cruel, Anthony. Je n'avais jamais compris que vous étiez également stupide. Vous souhaitiez me parler, je suis là. Si vous n'avez que des menaces à proférer, considérez que cette conversation est terminée.

— Je ne supporterai pas cet affront. Comment osez-vous afficher votre immoralité ?

— Vous entendre parler d'immoralité est risible ! Cela dit, si vous ne supportez pas la situation, faites comme les autres et retrouvez votre liberté.

Il sembla se détendre un instant, mais ses yeux continuaient à flamboyer.

— C'est donc cela le but de votre petit jeu : me pousser à divorcer.

— Je constate simplement qu'étant donné les circonstances vous n'aurez aucun mal à le faire.

— Vous semblez oublier le prix à payer.

— Je ne comprends pas.

— Vous êtes comtesse. Si nous divorçons, vous ne serez plus rien. Moins que rien, même.

— Oh, vous parlez de ce que cela me coûtera à moi ! Ce qui m'attend n'est rien comparé à ce que j'ai vécu quand je suis partie. Avec les années, ce genre de détails finit par ne plus compter. Ne vous inquiétez pas pour moi, mon cher, vous pouvez divorcer l'esprit tranquille. Je suis sûre que de nombreuses femmes seront prêtes à payer le prix que cela coûte d'être la comtesse de Glasbury. Quant à moi, cela fait longtemps que j'ai décidé qu'il était beaucoup trop élevé.

Les lèvres flasques du comte se plissèrent, et il fronça les sourcils d'un air rageur. Puis il regarda le petit groupe formé par les frères de Pénélope et Julian.

— C'était son idée, n'est-ce pas ? Il vous a séduite avec cette idée absurde pour que..

— Non, c'était la mienne, comte. Et sachez que je ne reviendrai jamais vivre avec vous. Il serait sage de votre part d'accepter la solution que je vous offre.

Glasbury continua de fixer Julian

— Il y a des solutions plus radicales encore.

Il menaçait clairement Julian. Pénélope lutta pour dominer la panique qui s'empara d'elle.

— Ne vous aveuglez pas, dit-elle. Ne croyez pas une seconde que vous gagnerez parce que vous l'aurez vaincu. C'est ma distraction du moment. Il y en aura d'autres.

— Pas si vous revenez auprès de moi.

— Même dans ce cas-là.

Il se tourna vers elle, surpris. Puis sa colère laissa la place à une expression concupiscente.

— Mais bien sûr… J'aurais dû me douter que votre expérience de catin vous avait transformée. Vous avez appris à aimer ça, finalement ? La notion de fidélité à un seul homme vous ennuie maintenant que vous avez goûté à la diversité ? Je suis persuadé que si l'homme est suffisamment séduisant, vous serez heureuse de faire avec lui ce que vous répugniez à faire avec moi.

Elle sentit la rougeur lui envahir les joues.

Il pencha la tête vers elle.

— Revenez et donnez-moi un héritier. Après quoi, vous pourrez avoir tous les amants que vous souhaiterez. Vous pourrez aussi garder votre titre et vivre dans le luxe.

Pénélope se sentait souillée par la seule présence de cet homme.

— Arrangez-vous pour avoir un héritier avec une autre, lança-t-elle en reculant. Si vous me forcez à reprendre la vie commune, je ferai le nécessaire pour que vous ne sachiez jamais si les enfants que je mettrai au monde sont de vous.

19

On aurait dit une véritable parade. Glasbury entra dans la capitale suivi de la longue procession de voitures et de cabriolets créée par son barrage.

Le comte quitta la file près de Grosvenor Square, mais les véhicules de la Société des duellistes continuèrent jusqu'à la demeure de Laclere. Un autre rassemblement d'équipages les y attendait. Apparemment, la vicomtesse avait des invités.

Julian reconnut les voitures des femmes qui avaient tenté de lui trouver une épouse.

— J'imagine que nos amis vont demander des explications, murmura Pénélope en franchissant le seuil de la maison à ses côtés. Ils ont sûrement été très étonnés par la tournure prise par les événements, sans parler du fait que vous soyez au cœur de ce scandale…

— Ils ne pourront être plus surpris que Laclere.

— Vergil ? Je le vois mal désapprouver la situation, fit-elle en jetant un regard amusé à son frère.

Les femmes les attendaient dans la bibliothèque. Diane Saint-John était assise près de Fleur, la femme de Dante. La vicomtesse et la duchesse d'Everdon, Sophia, bavardaient avec Charlotte.

— Eh bien ! souffla Pénélope. Si je dois mener la lutte contre le scandale, je ne pouvais rêver meilleure armée à mes côtés.

— Et une armée très expérimentée…

Seule Charlotte, parmi les femmes présentes ce soir, n'avait pas fait l'objet de médisances cruelles de la part de la bonne société. La plus formidable de ces guerrières était Sophia, l'épouse d'Adrian. Duchesse de naissance, elle ne répugnait pas à se servir de son titre si nécessaire.

Tout d'abord, elle avait réussi à imposer Adrian à l'aristocratie. Depuis, elle utilisait aussi son statut pour protéger ses amis. Seuls quelques cercles très élitistes lui battaient froid sans toutefois oser l'exclure ouvertement.

Mais Julian savait que lorsque Sophia quittait certains salons, les commentaires allaient bon train. On lui reprochait de ne pas être à la hauteur de son titre, de manquer de rigueur dans le choix de ses amis, et bien sûr d'avoir épousé un bâtard.

Lorsque le valet de pied eut ouvert la porte, tous les regards convergèrent sur eux. Laclere fut le premier à rompre le silence en ordonnant au majordome d'apporter des rafraîchissements.

Les dames dévisageaient Julian avec curiosité lorsque Diane Saint-John se leva pour aller serrer Pénélope dans ses bras.

— Ma très chère amie, quelle joie de vous revoir ! Je suis soulagée que vous soyez de retour parmi nous, et reconnaissante à M. Hampton de vous avoir protégée.

Se ressaisissant, les autres dames se précipitèrent pour embrasser Pénélope. Puis Laclere offrit un cognac aux hommes qui se mirent à bavarder de leur côté.

Julian sentait que la vicomtesse continuait de l'observer.

Chère lady Laclere,

Je vous prie de m'excuser de vous causer une telle surprise. J'espère que vous n'êtes pas trop déçue que vos efforts pour me trouver une épouse soient à présent inutiles, car je ne serai plus jamais considéré comme un bon parti.

Si vous vous demandez pourquoi j'ai recherché une telle disgrâce, vous devriez sans doute consulter Mme Saint-John. J'ai des raisons de croire qu'elle est la seule personne dans cette pièce à avoir tout deviné. Ou bien demandez à votre mari, qui, il me semble, risqua tout autant sinon plus à une autre époque, et pour des motifs similaires.

Votre fidèle serviteur,

Julian Hampton

— Il semble que nous devrions prendre quelques décisions importantes, déclara soudain Laclere, interrompant les pensées de Julian.

Il avait parlé assez fort pour être entendu de ces dames. Il y eut un moment de flottement, puis le silence se fit.

— Nous ? répéta Julian. Vous pensez que les décisions doivent être collectives ?

Un murmure réprobateur parcourut l'assemblée.

— Bien sûr que non…

— Nous n'oserions pas…

— Cela nous aiderait cependant de savoir ce que vous voulez, dit Sophia. Devons-nous tenter d'étouffer le scandale ? De nier les allégations ? De balayer les commérages ? J'ai reçu plus de demandes de visite durant ces deux derniers jours qu'au cours des deux dernières semaines, et venant souvent de dames qui ne recherchent pas ma compagnie. Je suis sûre qu'elles n'ont déposé leurs cartes que dans l'espoir de connaître les détails de l'histoire.

— Selon Laclere, intervint Julian, tout a été publié. Un journal a même inclus le menu des repas que nous avons pris durant notre voyage. De quels autres détails ces dames ont-elles donc besoin ?

— Croyez-moi, monsieur, il vaut mieux que vous ignoriez la réponse, fit Charlotte.

— Nous attendons vos directives, intervint Sophia. Si nous conjuguons nos efforts, nous devrions réussir à étouffer l'affaire.

— Je n'ai nullement l'intention d'être discrète, déclara Pénélope. Je ne veux pas que vous tentiez quoi que ce soit.

— C'est bien ce que nous pensions, dit Charlotte. M. Hampton et toi avez élaboré cette stratégie pour contraindre Glasbury à demander le divorce. J'imagine que ce sera un soulagement d'en finir pour de bon.

— Si vous souhaitez aider Pénélope, en revanche, fit Julian, protégez-la. Glasbury ne doit pas avoir la moindre occasion de la voir ou de la trouver seule.

— Si elle a besoin de protection, elle ne peut habiter chez elle, remarqua Saint-John. Ses domestiques ne s'opposeront jamais à Glasbury.

— Elle habitera ici, décréta Laclere. Et je ne tolérerai aucune objection. De la part de qui que ce soit, ajouta-t-il en lançant un regard sévère à Julian.

— Je préférerais retourner chez moi, lâcha Pénélope, prouvant que son frère avait mal jugé sa capacité à lui résister.

Bianca prit la main de la jeune femme et la tapota.

— Vous resterez avec nous afin que Laclere puisse défendre sa porte de son épée. Et Julian sera toujours le bienvenu. S'il le faut, nos domestiques pourront se montrer aussi indiscrets que les vôtres.

La maison se vida peu à peu. Lorsque Bianca invita Pénélope à la suivre pour lui montrer sa chambre, Julian se retrouva seul avec Laclere.

— Allons dans le jardin, proposa ce dernier.

Ils se promenèrent parmi les rosiers en pots et les arbres aux troncs couverts de lierre.

Laclere paraissait plongé dans ses pensées, puis il finit par sourire.

— Pénélope ayant dépassé les trente ans, je ne me vois pas vous dire quoi que ce soit sans paraître ridicule.

— Vous devriez peut-être le dire tout de même.

Ils firent encore quelques pas.

— Ce n'est pas la première fois qu'un de mes amis s'entiche d'elle, bien sûr.

— Je ne suis pas Witherby, Vergil.

— Non. Lui, c'est un charmeur et un beau parleur. Je pensais le connaître mais, finalement, j'ignorais tout lui. Vous êtes exactement le contraire. Witherby est semblable à un long roman anarchique et immoral, tandis que vous êtes un mince recueil de poésie.

Julian était certes flatté par la comparaison, mais il savait aussi que les romans sont plus populaires et plus faciles à comprendre.

— C'est Pénélope qu'on salit le plus, dit Laclere. On la dépeint comme une sorte de Jézabel qui a eu des tas d'amants avant vous. Des rumeurs venant de Naples circulent librement dans la presse.

— Elle n'a pas eu d'amant, à Naples, juste quelques flirts.

— Quelle importance, maintenant ? Et vous, on vous dépeint comme sa victime, un homme irréprochable qui a perdu la tête pour une femme de mauvaise vie.

— Je me sens insulté, remarqua Julian.

— Voilà ce qu'il en coûte d'être aussi mystérieux et discret !

— Je peux m'arranger pour révéler des liaisons passées. Je pourrai au moins trouver une femme qui pourra témoigner que je suis parfaitement capable de séduire.

Laclere éclata de rire, et ils continuèrent leur promenade.

— Puisque Bianca a décidé que vous étiez libre de continuer ce que vous avez commencé alors que Pénélope réside ici, je n'ai rien à ajouter. Je vous demanderai juste d'être discret devant les enfants.

Julian connaissait bien Laclere, et il devinait qu'il tentait de lui dire quelque chose mais ne savait comment s'y prendre.

— Vous êtes conscient, bien sûr, que le divorce n'est pas la seule option possible pour le comte. Personne ne sait s'il est apte à se servir d'un pistolet.

— S'il me défie, nous le découvrirons.

— Cela ne semble pas vous ennuyer.

Julian écouta les feuilles d'automne crisser sous ses pas. Puis il s'aperçut que Laclere s'était arrêté et le regardait.

— Vous avez tenté de le provoquer sur la route, reprit-il. C'est ce que vous voulez, n'est-ce pas ? Un duel ?

— Avec Glasbury, oui.

— Pénélope se rend-elle compte que c'est ainsi que vous comptez résoudre son problème ?

— Non.

— Et si vous perdez ?

— Alors vous devrez vraiment utiliser votre épée pour défendre votre porte. Je suis certain que vous y parviendrez. Mais je ne compte pas perdre.

— Je ne peux vous approuver, Julian.

— Glasbury a fait des choses qui vaudraient la pendaison à n'importe qui d'autre. Et croyez-moi, Pénélope ne sera en sécurité qu'une fois le comte mort. Vous n'approuvez peut-être pas, Vergil, mais pour moi ce duel serait le bienvenu.

— Pour le punir ou pour la libérer de lui ?

Voilà donc ce qui préoccupait Vergil depuis le début de leur conversation…

— Êtes-vous en train de me demander si mes intentions sont honorables ?

— Oui, je suppose que oui.

— À propos du duel ou de votre sœur ?

— Bon sang, Julian…

— Si cela devenait possible, grâce au divorce ou à autre chose, je lui demanderais de m'épouser, bien sûr. Cependant, il est peu probable qu'elle veuille se remarier un jour. Le mariage ne lui a guère réussi, n'est-ce pas ?

— Non, en effet, soupira Laclere en rebroussant chemin. Rentrons, voulez-vous ? J'imagine que Bianca a eu le temps de s'enquérir de tous les « détails » qui intéressent tant ces dames.

— Vous ne croyez tout de même pas que par « détails » elles prétendent savoir si je suis un bon amant ?

Laclere rougit.

— Dieu seul le sait, mon vieux.

Où diable étaient passés Jones et Henley ?

De rage, Glasbury lança la liasse de courrier sur la table. Aucune de ces lettres ne portait le petit carré dont Jones se servait comme signe de reconnaissance. Si Pénélope leur avait échappé, ils auraient dû lui écrire. Et si le pays entier était au courant des routes qu'elle empruntait et des auberges où elle descendait, pourquoi Jones n'en savait-il rien ?

Ce vaurien était sans doute parti avec sa paye.

Glasbury enfila la veste que son valet lui tendait.

— Aurez-vous besoin de moi à votre retour, monsieur ?

— Non. César se chargera de tout ce soir.

— Bien, monsieur.

Glasbury scruta son valet dans le miroir. Il avait cru percevoir une note de désapprobation dans sa voix.

À une époque, cette seule audace lui aurait valu des coups de fouet !

Le comte s'efforça de se calmer. Le visage de son valet n'exprimait rien du tout. C'était sa colère contre Pénélope qui l'aveuglait.

Il termina de s'habiller, espérant que les convives seraient plus agréables qu'au dîner de la semaine précédente. Il se souvenait encore de ce Perez et de sa compagne. Une femme de basse extraction qui avait eu l'audace de lui demander ce qu'il pensait de la nouvelle loi abolissant l'esclavage !

Il était évident que c'était une métisse, et sa présence dans la bonne société londonienne était une aberration pure et simple. Elle ne comprenait même pas qu'elle n'était que la curiosité exotique du moment, et que rien n'avait changé. Il fallait être vraiment stupide pour croire que le pays entier approuvait la scandaleuse transgression que représentait cette nouvelle loi.

Certes, il avait vu des gens lui jeter des regards de biais en ricanant lorsqu'elle avait abordé le sujet. Mais cela ne l'avait nullement embarrassé. Il avait remis cette sotte à sa place en déclarant – en privé – qu'il avait très bien compris qu'elle n'était que la putain de Perez, et non son épouse légitime.

Elle avait battu en retraite, cette fois. Il avait lu la peur dans ses yeux, et n'avait pu résister à l'envie de profiter de son avantage.

Il descendit au rez-de-chaussée puis gagna sa voiture. Il était encore tôt pour la réception, mais il avait une affaire à régler auparavant. Jones et Henley avaient disparu sans avoir terminé leur travail. Il fallait donc leur trouver des remplaçants, et les taudis près de Newgate regorgeaient de candidats.

Le lendemain soir, Pénélope décida de rendre sa liaison publique en assistant avec Sophia et Adrian

Burchard à la pièce qu'on donnait à l'Aldephi. Elle savait qu'en s'installant dans la loge des Everdon, on ne manquerait pas de la voir.

Julian les rejoignit, son chapeau dans une main, une canne à pommeau d'ivoire dans l'autre. Elle le trouva élégant, et incroyablement séduisant.

En s'asseyant près de Pénélope, il s'inclina pour déposer un baiser sur sa joue. Ce n'était qu'une marque d'affection comme en échangent les vieux amis, mais vu les circonstances, cela donnerait du grain à moudre aux amateurs de commérages.

Il demeura aussi réservé que d'ordinaire, mais ne quitta pas Pénélope une seule seconde. Ils avaient décidé d'apparaître comme inséparables et cela n'échappa à personne.

— Vous êtes bien sombre, ce soir, remarqua-t-elle.

— Si j'ai l'air ivre de passion, cela accréditera la thèse selon laquelle vous m'avez fait perdre la tête.

Lui aussi avait eu vent des ragots.

— Quoi qu'il en soit, ils en ont pour leur argent, ajouta-t-il. C'est le but de la manœuvre, n'est-ce pas ?

Certes. Pénélope était consciente des regards rivés sur eux et des femmes qui murmuraient derrière leur éventail déplié. À en juger par le ton de Julian, ce dernier n'appréciait guère d'être ainsi exhibé. Il paraissait même sur le point d'exploser.

— Ça pourrait être pire, murmura-t-elle d'une voix apaisante. Je m'attendais qu'on me pose des questions très directes. À tort. On m'a montré une certaine froideur, mais rien de vraiment insultant.

— C'est encore tout nouveau. Dans votre cas, les coups bas viendront après votre divorce.

— Et dans le vôtre ? Vous en avez déjà reçu, n'est-ce pas ?

— Rien d'important.

Peut-être, mais c'était arrivé. Cela expliquait sans doute sa mauvaise humeur. Et cela se répéterait. Pénélope sentit son cœur se serrer à l'idée qu'il affronte le mépris avant elle. C'était tellement injuste.

Des amis de Sophia vinrent les saluer. Personne ne souffla mot du scandale. On s'adressait à eux avec des mots soigneusement choisis, mais parfois aussi avec une curiosité teintée de reproche. En moins d'une heure, Pénélope repéra deux dames de son cercle qui ne viendraient sans doute plus jamais lui rendre visite.

Il n'y avait pas que des vieux amis qui venaient dans la loge. Cette dernière était déjà envahie de curieux lorsque le señor Perez et son épouse arrivèrent.

Dans l'éclairage tamisé du théâtre, tout ce que Pénélope remarqua de la señora Perez, ce fut son teint mat, ses yeux de braise et sa grande bouche sensuelle. Le reste de sa personne était mis en valeur par une robe écarlate dont le profond décolleté révélait une gorge superbe.

Sa tenue n'avait rien d'inconvenant et ses manières vives rien de hardi, et cependant, elle éclipsait toutes les autres femmes, qui ressemblaient à de sages écolières. Pénélope se sentit soudain terne, et terriblement gauche.

D'ailleurs, plusieurs hommes s'assemblèrent aussitôt autour de cette fleur exotique. Ils semblaient hypnotisés, attirés comme par un aimant. Et même s'ils s'adressaient à quelqu'un d'autre, c'était elle qu'ils finissaient par regarder.

La señora paraissait connaître Julian. Comme il ne se joignait pas à ses admirateurs, elle lui lança un regard brûlant qu'il intercepta en s'inclinant légèrement pour la saluer. Elle eut un sourire amusé et s'avança vers lui.

Pénélope résista à l'envie de se jeter entre Julian et cette séductrice. La señora Perez écouta Julian faire les présentations en jaugeant Pénélope du regard. Elle ne sembla pas très impressionnée par ce qu'elle voyait. Puis elle se détourna pour se consacrer à Julian.

— Quel plaisir de vous avoir de nouveau parmi nous, monsieur Hampton. Sans vous, la vie paraissait bien morne.

— Je doute qu'on se soit aperçu de mon absence.

— Détrompez-vous. Sans l'eau profonde de votre silence, ma gorge se desséchait complètement.

Sa voix se fit languissante, pleine de sous-entendus. Pénélope eut du mal à garder le sourire et trouva un peu de réconfort en voyant le señor Perez pincer les lèvres. Le comportement provocant de sa femme ne lui avait visiblement pas échappé.

La señora Perez suivit le regard de Pénélope et surprit celui, furieux, de son mari. Elle se tourna de nouveau vers Julian avec un petit rire sensuel.

— Vous apparaissez très dangereux, ces jours-ci, monsieur Hampton. Quel choc pour les hommes de découvrir ce que les femmes savaient déjà !

— Dans ce cas, vous devriez peut-être rassurer votre époux, car je ne suis pas un danger pour lui.

— Désormais, je doute que les femmes puissent rassurer leur mari lorsqu'il s'agira de vous, monsieur Hampton. Du reste, je n'ai pas l'habitude de mentir à Raoul. Et puis, qu'un homme soit un peu jaloux est une bonne chose.

Sur cette invitation explicite, elle se retira gracieusement.

— Quelle audace ! siffla Pénélope.

— Elle est vexée parce que je n'ai pas bourdonné autour d'elle comme les autres mâles.

Il avait beau protester, il n'avait pas l'air si indifférent que cela à ses charmes. S'il n'était pas à la botte de la señora Perez, il avait dû tourner autour d'elle auparavant.

Pénélope ne put s'empêcher de se demander pourquoi elle éprouvait une pareille jalousie. Elle n'avait aucun droit sur lui. Et pourtant, elle brûlait d'envie de gifler la belle impudente.

— Je suppose que je dois m'attendre à ce genre de choses, à présent, lança-t-elle d'une voix faussement gaie. Toutes les épouses malheureuses vous considéreront comme un amant potentiel

— Nous savions tous deux que ma réputation en serait affectée.

Il n'y avait pas que cela, songea-t-elle. Si Julian ne semblait pas perturbé par les avances de la señora, c'était sans doute parce qu'ils flirtaient ensemble depuis un moment déjà.

— Il y en a d'autres, Julian ?

— D'autres ?

— D'autres femmes qui mouraient de soif en votre absence ?

« Des femmes qui ont été vos maîtresses et essaieront de vous reconquérir ? » faillit-elle ajouter.

— Récemment, il y a eu Mme Morrison, mais vu qu'elle cherchait un mari respectable, j'imagine qu'elle va aller jeter sa ligne dans une eau plus poissonneuse.

Seigneur ! Il avouait même le nom de sa dernière maîtresse ! Voilà donc comment s'appelait celle dont elle avait senti la présence dans la chambre du cottage. Nul doute qu'elle n'allait pas tarder à la rencontrer.

— Vous semblez vexée, Pénélope. Je plaisantais.

— Je suis surprise par l'attitude de la señora Perez, c'est tout.

— Vous et moi apparaissons à présent sous un jour différent. On se montrera plus audacieux avec nous.

— Je m'y attendais, Julian. Je savais qu'on me traiterait avec froideur et même qu'on m'insulterait. Qu'on mettrait ma moralité en doute. Je me suis préparée à affronter tout cela Mais je ne m'attendais pas qu'une femme vienne vous provoquer sous mon nez. Et j'avoue que vous n'avez pas fait grand-chose pour la décourager.

Il lui saisit le bras et l'entraîna vers Sophia.

— J'ai été très direct, au contraire. Ce genre de femme n'a pas besoin de paroles pour comprendre ce qu'on a à lui dire. Souriez, maintenant, Pénélope, sinon les gens vont penser que nous avons notre première dispute.

20

Dans la foule qui se pressait à la sortie du théâtre, Pénélope monta dans la voiture de Julian et non pas dans celle de la duchesse d'Everdon. Feignant d'être discrète, elle s'assura néanmoins que plusieurs dames l'avaient remarqué.

Nul doute qu'on remarquerait aussi l'arrivée de cette voiture chez Laclere, et son départ peu de temps après. À vide.

Laclere et Bianca s'étaient retirés sans attendre, permettant ainsi à Julian d'accompagner Pénélope dans sa chambre. Le valet de pied qui les avait accueillis n'avait pas quitté la réception lorsque Julian et Pénélope gravirent le grand escalier. Pénélope congédia aussitôt la femme de chambre qui l'attendait. Celle-ci sortit sans manifester le moindre étonnement.

— J'espère que Glasbury recevra de nombreuses lettres, demain matin, commenta la jeune femme en ôtant son chapeau.

Julian posa sa canne et se promena dans la pièce. Il examina les deux livres sur la table, effleura des doigts le bord sculpté d'un fauteuil capitonné, parut éviter de regarder le lit à baldaquin.

— J'en suis certain, Pénélope. Ce soir, tout le monde a pu vérifier que les commérages disaient vrai.

Quelque chose dans sa voix alerta Pénélope, qui se tourna vers lui.

— Les gens concluront ce que nous avons voulu qu'ils concluent, poursuivit-il, quoi qu'il se passe entre nous à présent.

— Que voulez-vous dire, Julian ?

— Que vous accompagner jusqu'à votre chambre devrait suffire, et qu'il n'est pas nécessaire d'aller plus loin.

Il n'y avait pas trace de tension dans sa voix. Juste cette froideur dont il avait fait montre toute la soirée. Pénélope fut saisie d'un terrible pressentiment.

— Je vois, murmura-t-elle. Je ne voudrais pas que vous vous sentiez obligé de jouer ce rôle plus longtemps qu'il ne le faut, Julian.

— Il ne s'agit pas de moi, mais du rôle que vous vous sentez obligée de jouer.

— C'est donc ainsi que vous percevez ce que nous avons partagé ? Comme une obligation ? Je vous assure que je n'y voyais aucune obligation.

— Vous vous méprenez. Ce n'est pas ce que je voulais dire.

— Alors expliquez-vous. Il est évident que vous êtes contrarié. Est-ce à cause de ma réaction à propos de la señora Perez ? Je n'ai pas l'habitude d'être provoquée de la sorte. Je ferai attention, à l'avenir.

— Cela n'a rien à voir avec cette femme.

— Dans ce cas, pourquoi êtes-vous de si mauvaise humeur ?

Il ne répondit pas tout de suite, comme s'il cherchait ses mots.

— Quand j'étais assis au théâtre, je me disais qu'il n'y avait pas grande différence entre ce qui se passait sur la scène et dans notre loge. Tout le monde jouait un rôle. Ce n'est pas que mon rôle me déplaise. Mais une fois derrière la porte de votre chambre, c'est exactement comme lorsque le rideau retombe sur la scène. Le public a eu ce qu'il souhaitait, et il n'y a plus de raison de continuer à jouer.

— Notre liaison n'est pas seulement un rôle que nous jouons, Julian.

— En effet. Cela a commencé entre deux amis qui voulaient oublier le passé pour une nuit. Mais Glasbury n'était jamais très loin, n'est-ce pas ?

Pénélope sentit son cœur se serrer. Elle allait le perdre...

— Vous me rejetez, Julian ?

S'il ne répondait pas sur-le-champ, elle allait mourir. Il s'avança vers elle et lui effleura la joue.

— Pénélope, vous me voyez comme le vieil ami qui vous a aidée à repousser le dragon, et comme votre partenaire dans une liaison de commodité. Ce que je veux vous expliquer, c'est que si nous faisons de nouveau l'amour, nous n'aurons plus ces deux excuses-là. Ce sera parce que nous nous désirons mutuellement, c'est tout. Si nous ne faisons pas l'amour, cela ne changera rien à notre plan. Absolument rien.

Mais pour elle, cela changerait tout. Si cette tendre caresse sur sa joue était la dernière, elle aurait le cœur brisé. Ce seul contact provoquait en elle un véritable élan de vitalité. Cela l'apaisait, l'excitait plus encore que la plus audacieuse des caresses.

Il se tenait à un pas d'elle, toujours aussi distant et réservé. Mais la lueur qui brûlait dans son regard n'avait rien de paisible.

— Est-ce que vous me désirez ainsi, Pénélope ? Sans avoir besoin d'une excuse quelconque ?

Elle le désirait, point final. Que deviendrait-elle s'il ne la prenait plus dans ses bras ?

Admettre une telle dépendance accroissait sa vulnérabilité. Elle était à la fois affolée et euphorique.

— Je vous désire ainsi, Julian. Sans avoir besoin d'excuse.

— Alors, quand nous sommes seuls ici et que le rideau tombe, nous devons être vraiment nous-mêmes, bien différents de l'image que nous offrons en public.

Je ne veux pas que Glasbury soit entre nous. La journée, nous jouerons nos rôles, mais le soir, ce sera vous et moi, et personne d'autre.

Il commença à lui ôter ses vêtements un à un, lentement, adroitement. Il se comportait différemment, à présent, comme si chacun de ses gestes la faisait vraiment sienne. Lorsqu'il dénoua les lacets de son corset, Pénélope vibrait de désir.

Sans autre prétexte à leur étreinte que le désir pur, tout avait changé. Ce n'était plus le même homme qui regarda sa chemise tomber sur le sol, la souleva dans ses bras et la porta jusqu'au lit. C'était un amant possessif et passionné qui se déshabilla à son tour et la rejoignit.

Elle tenta de lutter contre ce qu'elle éprouvait. Son cœur ne pouvait se le permettre. Admettre qu'elle ne voulait pas le perdre avivait chez elle une passion latente. Chaque instant devenait infiniment précieux. L'ardeur de ses baisers, son odeur, sa peau, son souffle... elle était totalement disponible, grisée par les sensations qui la submergeaient.

Et elle le voulait en elle, impatiemment, plus impatiemment encore qu'elle n'attendait l'extase suprême. Elle le lui fit savoir en lui touchant le visage et en lui pressant l'épaule. Il vint sur elle, et leurs corps s'unirent dans une merveilleuse harmonie.

Elle trembla quand il entra en elle. Elle se sentait si comblée qu'elle faillit pleurer. Elle l'étreignit avec force, savourant la puissante émotion qui la parcourait.

— C'est différent lorsqu'il n'y a aucun prétexte, murmura-t-elle.

Il redressa la tête pour plonger son regard dans le sien.

— Oui...

— Il n'y a peut-être aucun prétexte, mais il y a de bonnes raisons, comme le bonheur. Le désir aussi, l'affection.

Il l'embrassa tendrement.

— Ce sont d'excellentes raisons, en effet.

Et l'amour. Les mots lui vinrent spontanément à l'esprit, avant même qu'elle comprenne ce qu'ils signifiaient.

Il ne s'agissait pas d'un amour pour un vieil ami. On ne désirait pas mourir à la seule pensée de ne plus être touchée par cet ami. Seule la passion pouvait inspirer une telle peur, un tel sentiment de solitude et d'abandon.

— C'est vraiment étonnant, Julian.

— Nous pouvons nous étonner ensemble.

Elle n'aurait jamais imaginé à quel point. Découvrir qu'elle aimait Julian changeait tout. Chaque baiser, chaque caresse les liait encore davantage. Elle avait l'impression que leurs âmes communiquaient à travers leurs corps.

Elle cria son nom au plus fort du plaisir. Elle s'abandonnait à des émotions qui transformaient la nature même des sensations qu'elle éprouvait, les rendant mille fois plus intenses. Ensuite, lorsqu'ils reposèrent dans les bras l'un de l'autre, épuisés, elle n'osa plus bouger de crainte de gâcher la beauté de l'instant.

Hélas, quelques heures plus tard, vint l'heure de la séparation. Il se leva et commença à s'habiller.

Pourquoi cette nuit si précieuse devait-elle finir ainsi ? Pourquoi Julian devait-il s'esquiver aux premières lueurs de l'aube ? Elle aurait voulu qu'il reste auprès d'elle et qu'ils voient ensemble le jour se lever sur leur bonheur.

Une fois prêt, il s'assit sur le lit et s'inclina sur elle pour l'embrasser une dernière fois. Elle ne voyait pas son visage dans l'obscurité qui avait envahi la chambre depuis que le feu s'était éteint, mais ce doux baiser en disait plus long que bien des paroles.

— Si seulement... murmura-t-elle en lui caressant la joue.

Il pressa les lèvres sur la main de la jeune femme.

— Oui, milady ? Que désirez-vous ? Je suis à vos ordres.

Elle sourit à l'évocation de leurs jeux d'enfant. Cette nuit, ils avaient transformé leurs souvenirs. Désormais, ils étaient les racines qui soutenaient leur amour.

— C'est une chose terrible à dire, mais... je voudrais qu'il ne soit plus, Julian. Que Dieu me pardonne, c'est la vérité. Je voudrais que nous n'ayons plus besoin de jouer ces rôles sur la scène de la vie.

— Ce sera bientôt fini, Pénélope. Il faut que je parte, à présent, quand bien même je donnerais volontiers une année de ma vie pour une seule heure de plus avec vous.

Il se leva, s'éloigna et disparut dans la pénombre.

C'est seulement plus tard, au matin, lorsqu'elle se remémora les souvenirs de la nuit, qu'elle comprit les autres conséquences de son amour.

L'enjeu de sa bataille contre Glasbury devenait capital.

Julian sortit par la porte de la cuisine déserte et traversa le jardin. À voir son pas euphorique, il était difficile de croire que la nuit avait si mal commencé.

Au théâtre, il avait supporté avec indifférence les regards curieux. En revanche, il avait détesté la façon dont on scrutait Pénélope. L'audace de la señora Perez et la jalousie de Pénélope avaient ajouté à son sentiment de participer à une farce.

Leur provocation à l'encontre de Glasbury faisait paraître leur liaison quelque peu frivole et mondaine. Mais n'était-ce pas ce qu'ils avaient vécu ? Une liaison sensuelle, agréable, pleine de fantaisie et d'amitié, mais qui n'était pas destinée à durer.

Tandis qu'il montait l'escalier menant à la chambre de Pénélope, il avait su qu'il ne pourrait continuer ainsi. Pour elle, il était prêt à jouer un rôle en public.

Mais il refusait de n'être que cet amant de façade. Il ne pouvait se mentir à lui-même.

Ce soir, elle l'avait bouleversé. Ses mots, ses caresses, son regard l'avaient laissé sans défense. Il l'aimait depuis des années, autant qu'il était possible d'aimer. Mais cette nuit, cet amour avait pris une autre dimension. Il en était remué jusqu'au tréfonds.

Les premières lueurs du jour transperçaient l'obscurité lorsque le monde réel se rappela brutalement à lui. Une sonnette d'alarme retentit dans un coin de sa tête. Deux silhouettes surgirent soudain devant lui pour lui bloquer le passage. Elles l'attendaient visiblement.

Julian jeta un coup d'œil par-dessus son épaule : une autre silhouette se tenait dans l'allée. Laclere avait raison. Le comte avait d'autres options que le divorce.

Julian s'avança tout en ôtant ses gants.

— Vous m'avez attendu toute la nuit dans le froid, messieurs ? Le comte fait vraiment peu de cas de ses domestiques.

Il marcha droit sur l'un d'entre eux, qui recula, comme surpris par tant de hardiesse.

— En tout cas, il n'a pas choisi ses meilleures recrues, poursuivit Julian. Il suffirait que je crie pour que vous vous retrouviez en prison avant le lever du jour.

— Faudrait d'abord qu'on nous attrape, ricana le plus courageux.

Julian sentit qu'il allait le frapper avant même que l'homme ne lève le bras. Il se baissa et lui flanqua un coup de canne dans les genoux.

Une tige de fer fait un bruit sinistre en tombant sur les pavés. Le même que celui d'un os qui se brise. L'homme s'écroula avec un grognement étouffé.

Des pas avertirent Julian qu'un autre assaillant approchait. Sans attendre, il se servit de sa canne pour envoyer ce dernier dans la haie. Il enjamba ensuite les deux hommes et se retrouva face au troisième, qui parut hésiter à l'affronter.

— Ramène-les au scélérat qui vous a envoyés, lâcha-t-il. Dis à Glasbury que cela ne se passera pas ainsi, dans une allée sombre. S'il veut me voir mort, il faudra qu'il me tue lui-même sur le champ d'honneur.

Sur ces mots, Julian pivota et s'éloigna en faisant sonner sa canne sur les pavés. Au moins, ce soir, il n'avait pas eu à sortir l'épée qui était dissimulée à l'intérieur.

Apparemment, le comte en avait été réduit à utiliser des hommes de main rien moins que professionnels. Si Jones et Henley avaient été à leur place, il serait sans doute mort, à l'heure qu'il était.

21

— Les femmes parlent tout le temps des talents des hommes, déclara Dante d'un ton plein d'assurance tandis qu'il s'adressait aux membres de la Société des duellistes rassemblés au *White* sur l'invitation d'Adrian Burchard.

L'époque des nuits de jeux et de boissons était révolue, mais Julian savait que leur réunion de ce soir avait été organisée dans un but précis. Ses amis voulaient montrer à la bonne société londonienne qu'il serait malvenu de battre froid un certain homme de loi, ou de l'exclure de toute vie mondaine. Sinon, ils auraient affaire à ses puissants amis et clients.

D'autres avaient été moins généreux. Trois jours après son retour à Londres, une lettre attendait Julian à son étude. Un client lui expliquait qu'il allait désormais confier ses affaires à un autre notaire. Il reçut trois lettres identiques dans la semaine.

— Je suis sûr que tu te trompes, Dante, fit Laclere. Les femmes ne discutent pas de choses aussi indélicates.

L'avertissement de Charlotte sur les « détails » avait resurgi dans la conversation. Dante venait de leur donner la plus déplaisante explication quant à son sens.

Il tira une longue bouffée de son cigare.

— Croyez ce que vous voulez, mais Fleur m'a certifié qu'elles en parlaient en permanence. Ouvertement. Y compris devant les femmes célibataires.

— Fleur t'a dit ça ? *Fleur* ? répéta Laclere, incrédule.

— Étonnant, observa Saint-John.

— J'ai été très choqué, moi aussi. À propos, elle me l'a dit bien avant que nous soyons mariés.

— Elle te faisait marcher, mon vieux, assura Laclere. Elle te taquinait à cause de ta réputation en tant qu'amant.

— Non, je ne crois pas. J'avais l'impression qu'elle savait de quoi elle parlait.

— À mon grand regret, j'ai des raisons de croire que Dante dit vrai, déclara Adrian. Avant mon mariage… hum, disons que j'ai eu des preuves que l'on avait parlé de moi à ce propos.

Un silence songeur tomba sur le petit groupe.

— Naturellement, aucun homme assis à cette table n'a à s'inquiéter de sa réputation en la matière, fit Saint-John.

— Non, bien sûr.

— Cela va de soi.

Un autre silence songeur.

— Messieurs, clarifions les choses une bonne fois pour toutes. Au cas improbable où Dante aurait raison, convenons que les dames ne parlent de cela qu'entre elles, lâcha Laclere. Nos épouses ne nous ont jamais rapporté aucun de ces commérages concernant un homme, n'est-ce pas ?

— Mon frère veut dire : sur aucun des hommes assis à cette table, précisa Dante en faisant tomber la cendre de son cigare d'un air désinvolte, comme s'il ne se faisait aucun souci quant à sa réputation.

— Jamais Sophia n'a fait la moindre allusion, le moindre commentaire selon quoi l'un d'entre vous aurait des lacunes dans ce domaine, assura Adrian, la main sur le cœur. Je le jure solennellement.

Saint-John prit une mine ennuyée et dédaigneuse.

— Je suis certain que Diane ne participe pas à ce genre de conversation.

— Ne me regardez pas ainsi, se défendit Dante. Fleur m'a dit qu'elles en parlaient, rien de plus.

— Je doute qu'elles abordent souvent la question, intervint Julian. Du reste, elles doivent avoir bien d'autres sujets de conversation lorsqu'elles sont ensemble.

— Certes.

— La mode, les enfants, la politique…

— La politique ? répéta Julian. Oui, cela doit occuper la moitié de leur temps. Ou même les trois quarts.

Tous éclatèrent de rire, et Saint-John commença à distribuer les cartes. Alors qu'il levait machinalement les yeux, son expression se durcit. Puis il jeta un bref coup d'œil à Laclere et continua sa distribution.

Laclere tourna la tête brièvement.

— Glasbury vient d'entrer. Quelqu'un a dû le prévenir qu'Adrian avait invité Julian ici ce soir.

Julian ramassa ses cartes et les regarda sans les voir. Il sentait la présence malfaisante du comte dans son dos.

Ces dix derniers jours, il n'avait pratiquement pensé qu'à Pénélope. Leurs étreintes le rendaient indifférent aux sarcasmes et aux rebuffades.

Mais en cet instant, de tout autres émotions avaient refait surface, parmi lesquelles une rage froide.

— Hampton, vous n'avez pas d'arme sur vous, n'est-ce pas ? s'enquit Saint-John.

Ses compagnons fixèrent Julian d'un air surpris.

— Il nous regarde, reprit Saint-John. Il ne va pas tarder à nous rejoindre. Je suis sûr que vous n'avez pas l'intention de lui faire quoi que ce soit, mais il est inutile de tenter le diable. Passez le pistolet à Adrian sous la table.

Serrant les dents, Julian sortit discrètement le petit pistolet caché dans sa poche intérieure et le glissa dans la main d'Adrian.

Glasbury prit son temps. Puis il finit par s'approcher de leur table et s'adressa à Adrian Burchard comme s'il était seul.

— Burchard, je crois que notre comité devait veiller à ce qu'on n'invite pas n'importe qui à ce club. Il va falloir réunir les membres.

— C'est inutile. Chaque membre est libre d'inviter qui bon lui semble.

— Certes, mais parce qu'il va de soi que l'invité est bien choisi. Lorsque ce dernier est mêlé à un scandale, les autres membres ont des raisons de se plaindre.

Adrian regarda Glasbury droit dans les yeux.

— Le problème, avec les scandales, c'est que ce ne sont souvent que des commérages. Si nous empêchions des hommes qui font l'objet de commérages d'entrer ici, nous perdrions la moitié de nos membres. Maintenant, si vous parlez d'un invité notoirement connu pour une conduite infamante, je serais sans doute d'accord avec vous. Par exemple, si un homme était cité dans une affaire de correspondance illicite avec l'épouse d'un pair, nous serions sûrement obligés de prendre cette insulte envers le pair en considération, surtout si le pair en question était aussi membre du club. En dehors de cela, ce club n'a que faire de ce genre de question, sinon en tant que sujet de conversation.

Glasbury se raidit.

— Vous ne valez guère mieux que vos compagnons. J'ai de l'influence au palais, vous savez. Des oreilles bienveillantes ont déjà écouté ce que j'avais à dire.

— Qu'entend-il par là ? demanda Saint-John comme si Glasbury ne se trouvait pas derrière lui.

— On envisage de me décerner un titre, expliqua Adrian. Cela fait deux ans qu'on en débat. Mon mariage avec Sophia provoque un dilemme. D'un côté, on désapprouve cette union, mais on ne veut pas avoir l'air de la sanctionner. De l'autre, une duchesse nantie d'un mari dépourvu de titre, ça fait désordre.

— Tu as toujours fait désordre, commenta Saint-John avec un haussement d'épaules.

— Ils pourraient le faire pour des services rendus à la Couronne avant son mariage, remarqua Laclere, ce qui permettrait d'ignorer ostensiblement ce mariage. Mais cela signifierait qu'il faudrait dire en quoi consistaient ces services, ce que le ministère refuse. Donc, le dilemme devient une crise.

Glasbury était conscient que les joueurs attablés l'ignoraient complètement. Il aurait aussi bien pu être une chaise vide.

Il était devenu écarlate et fixait Julian d'un œil mauvais.

— Vous êtes un vaurien. Il est inadmissible que Laclere et Burchard vous aient invité ici ! Mais à quoi s'attendre d'autre de la part d'hommes qui ont eux-mêmes suscité le scandale ?

— Vous n'allez tout de même pas me faire une leçon de morale, Glasbury ? répliqua Julian. Ce serait aussi hypocrite que ridicule.

— Je sais tout de votre petit jeu, Hampton. Pénélope m'a dit ce que vous projetiez. Mais cela n'arrivera pas. Je ne la laisserai jamais partir.

— Dans ce cas, nous sommes dans une impasse.

— Vous pouvez le dire.

— J'en déduis que vous avez reçu le message que j'ai demandé à vos sbires de vous transmettre, et que vous êtes venu pour me défier.

Glasbury resta un instant bouche bée. Il ne s'attendait manifestement pas que Julian le mette dans une position aussi inconfortable.

— Ce n'est pas un défi ? reprit Julian. Juste une fanfaronnade ? Dommage.

Glasbury se ressaisit.

— Je ne me bats pas pour des catins, ricana-t-il.

Les cinq hommes se levèrent instantanément. Adrian tendit le bras pour empêcher Julian et Laclere d'agripper le comte à la gorge, tandis que Saint-John retenait Dante. Dans la pièce, tous les regards convergèrent vers eux.

— Excusez-vous, Glasbury, gronda Adrian. Expliquez que vous vous êtes laissé emporter par la colère, sinon vous aurez trois duels sur les bras.

— Sous quel prétexte ? Il s'agit de ma femme.

— Je m'en contrefiche, lança Julian. Si vous l'insultez, je demande réparation.

Glasbury le toisa durant quelques secondes, puis recula d'un pas.

— J'admets que c'est tentant, Hampton, mais j'ai d'autres projets. Sachez qu'aujourd'hui, j'ai déposé une requête devant les tribunaux pour exiger le rétablissement de mes droits conjugaux. Quant à vous autres, je vais organiser un vote contre la charte du Parlement pour le projet Durham auquel vous êtes associés.

Un silence étonné accueillit cette déclaration. Julian tenta en vain de repousser Adrian afin d'étrangler le salaud.

Le sourire de Glasbury se fit triomphant.

— La colère m'a emporté, messieurs. Veuillez m'excuser d'avoir traité votre sœur de catin même si sa conduite mérite toutes sortes de qualificatifs...

Il tourna les talons et sortit. Julian étouffait de rage.

— Lâche ! siffla-t-il.

Personne ne commenta les propos de Glasbury tant ses menaces étaient énormes et inattendues. Ils se rassirent et reprirent leurs cartes. Seul Saint-John demeura debout.

Il s'appuya sur la table et se pencha vers Julian.

— C'est un lâche et vous, vous devenez idiot. Il a raison. Vous n'avez aucun droit de le provoquer. Il peut vous défier, mais pas vous. Un homme ne peut tuer impunément le mari de sa maîtresse en duel. Qu'est-ce qui vous a pris ? Vous avez perdu l'esprit ?

Julian le fusilla du regard, mais il devait reconnaître qu'il avait raison. Ce que Saint-John ne comprenait pas, c'est qu'il était amoureux, voilà pourquoi il avait perdu la tête.

— Il est temps que je me retire pour la nuit, annonça Bianca. Je crains que ces messieurs ne rentrent fort tard.

Tandis que les membres de la Société des duellistes se rassemblaient au *White*, leurs épouses s'étaient retrouvées chez Laclere. Une fois les invitées parties, Pénélope et Bianca se dirigèrent vers l'escalier.

Pénélope s'interrogeait : Julian la rejoindrait-il, ce soir ? Peut-être serait-il gêné de monter à l'étage avec Laclere. Les hommes réagissaient parfois bizarrement. Bien sûr, Julian ignorait que Bianca et Laclere avaient eu une liaison avant de se marier.

Mais il passerait sans doute la voir, aussi s'installa-t-elle à son secrétaire. Mme Levanham lui avait envoyé la dernière version de l'essai sur les lois du mariage pour qu'elle y apporte ses corrections. Étant donné les circonstances actuelles, avait expliqué Mme Levanham dans sa lettre, le nom de Pénélope ne serait pas inclus dans la liste des auteurs.

Pénélope avait tenté de se convaincre que cela n'avait pas d'importance, que c'était le texte qui comptait plus que le nom des auteurs. Mais au fond, cela la chagrinait.

Elle devait pourtant admettre que le divorce qu'elle obtiendrait ne servirait pas leur propos puisque Glasbury en sortirait blanc comme neige alors qu'elle-même serait accusée d'adultère. Non, son nom ne leur serait d'aucune utilité, bien au contraire.

Elle relisait les paragraphes qu'elle avait écrits et qu'elle ne pourrait jamais revendiquer, lorsqu'on frappa discrètement à la porte. Ce ne pouvait être Julian. Il ne lui demandait plus la permission d'entrer.

Elle alla ouvrir. Une femme de chambre se tenait devant elle, l'air inquiet.

— Je suis désolée de vous déranger, madame, mais quelqu'un vous demande.

— Le comte ?

— Non, madame. Nous avons l'ordre de ne pas le laisser entrer. C'est une femme. Elle est dans la cuisine. Elle attend depuis des heures que vos invitées partent. La cuisinière a eu pitié d'elle et l'y a autorisée. Nous espérons que vous n'en serez pas fâchée.

Intriguée, Pénélope suivit la domestique. Une silhouette se leva de table lorsqu'elle apparut sur le seuil.

— Catherine !

— Je suis bien contente de vous voir, madame.

Catherine s'inclina légèrement, puis posa la main sur l'épaule d'une petite fille d'environ cinq ans. L'enfant se leva à son tour.

— Voici Lisbeth. Ma chérie, c'est la comtesse de Glasbury.

L'enfant fit une petite révérence.

Comme Catherine ne disait rien, Pénélope demanda à la servante d'emmener Lisbeth à l'autre bout de la cuisine. Puis elle s'assit à la table avec la mère.

— Comment se fait-il que vous ayez votre fille avec vous ?

— Je l'ai enlevée. Je n'avais pas le choix. Elle était sale, elle ne dormait même pas dans un lit. C'est sa famille, mais ils la traitaient comme une souillon. Regardez comme elle est maigre. Et ne me dites pas que j'avais pas le droit de la reprendre. Je suis sa mère et j'ai tous les droits.

— Je serai bien la dernière à vous dire une telle chose. Ainsi, vous l'avez enlevée ? Comme ça ?

— C'était facile, ils ne s'occupaient pas d'elle. Elle était livrée à elle-même. Elle aurait pu se noyer dans la rivière sans qu'ils s'en aperçoivent.

— Que comptez-vous faire, à présent ?

— J'ai décidé de partir et de l'emmener avec moi. D'aller en Amérique. J'ai entendu dire que c'était un immense pays.

— En effet.

— Ce doit être aisé de disparaître, là-bas. Mais il faut que je fasse vite. Jacob ne va pas tarder à apprendre ce qui s'est passé. Peut-être même qu'il le sait déjà. Lisbeth m'a dit qu'il devait venir la voir. Je n'ose attendre davantage.

— Avez-vous besoin d'argent ?

Les yeux bleus de Catherine s'emplirent de larmes.

— Je n'ai pas le droit de vous en demander. M. Hampton a été très généreux lorsqu'il m'a laissée à Blackburn, mais à ce moment-là, je ne pensais pas quitter le pays. S'il n'y avait que moi, je dormirais sous les ponts. Mais avec Lisbeth... Je ne voudrais pas qu'elle tombe malade pendant le voyage, elle est si fragile.

— Je vais vous aider, bien sûr. Je vous donnerai tout l'argent que j'ai, mais je connais le moyen de vous aider davantage encore qu'avec de l'argent. Attendez-moi ici.

Pénélope regagna sa chambre en hâte. Elle sortit les documents que Julian lui avait remis pour sa fuite outre-Atlantique, et s'assit à son secrétaire. Quelques minutes plus tard, elle prit son manteau et redescendit à la cuisine.

— Comment êtes-vous venue jusqu'ici, Catherine ?

— À pied.

— Bon, maintenant, ce n'est plus possible.

Pénélope envoya la servante chercher le valet de pied de garde pour la nuit. Puis elle ordonna à ce dernier de leur procurer un fiacre.

— Assurez-vous qu'on ne vous suit pas, lui recommanda-t-elle. Il se peut que des gens surveillent la maison ou l'allée.

Catherine regarda le manteau que Pénélope tenait dans les bras.

— Que faites-vous ?

Pénélope lui tendit les documents qu'elle avait à la main.

— Il y a là une lettre de change signée par mon frère et que j'ai mise à votre nom. J'espère que la banque américaine l'acceptera. Il a aussi écrit une lettre d'introduction pour la tante de sa femme, à Baltimore. J'y ai joint une note à son intention expliquant la situation. Quant à celle-ci, ajouta-t-elle en agitant la dernière lettre, elle est signée de Daniel Saint-John et s'adresse à tous ses capitaines. Elle vous permettra d'obtenir une cabine sur n'importe lequel de ses navires. Il y en a un qui part pour Marseille demain matin. Je vais vous conduire au port, expliquer que c'est vous qui profitez de l'invitation de Saint-John, puis je demanderai au capitaine qu'il écrive une autre lettre à l'intention de ses collègues, afin que vous puissiez embarquer pour l'Amérique. Ce n'est pas le trajet le plus court, mais au moins vous quitterez l'Angleterre sans attendre.

Lorsque le fiacre arriva, Pénélope s'y engouffra avec Catherine et Lisbeth. Elle demanda au valet de pied de les suivre un moment, afin de s'assurer que personne n'avait assisté à leur départ.

— Conduisez-nous aux docks ! ordonna-t-elle au cocher.

Tandis qu'elle s'adossait à la banquette, satisfaite, une pensée lui effleura l'esprit.

— Juste par curiosité, Catherine, vous avez toujours votre pistolet ?

— Bien sûr, madame. Je n'imagine pas voyager sans.

Sentant la présence de Julian dans sa chambre, Pénélope émergea de son sommeil.

Il lui avait fallu à peine deux heures pour organiser le départ de Catherine et de sa fille. Le capitaine avait accepté sans discuter la lettre de Saint-John, mais il fallut le persuader que le privilège pouvait être transféré à une autre personne. Par précaution, Pénélope avait fini par lui demander de mettre son accord par écrit afin que Catherine ait une preuve en sa possession.

À son retour, Julian n'était pas là. C'était sans doute aussi bien ainsi, car il lui aurait sûrement reproché son imprudence. En se couchant, elle entendit du bruit en bas. Laclere devait être rentré. Mais Julian ne monta pas avec lui.

— Avez-vous fait semblant de rentrer chez vous pour ne pas embarrasser mon frère ? s'enquit-elle lorsqu'il la rejoignit dans le lit.

— J'avais besoin de marcher un peu.

— Pour y voir plus clair ? Vous aviez trop bu ?

— Pour y voir plus clair, mais pas parce que j'avais trop bu. Rendormez-vous, chérie. Je ne vais pas rester longtemps. Je dois rentrer chez moi très tôt afin que vous fassiez vos préparatifs pour le voyage.

— Le voyage ? De quel voyage s'agit-il ?

— Votre frère a décrété que vous iriez tous à Laclere Park.

— Vraiment ? C'est une décision bien soudaine. Bianca n'était pas au courant il y a seulement quelques heures.

— Vous partez tous demain.

— Le caprice de Laclere ne lui plaira pas.

— Peu importe, vous partez, et je vous accompagne. Je crois que Saint-John et Burchard ont aussi l'intention de s'y rendre avec leur famille le lendemain.

Pénélope se redressa sur un coude.

— Que se passe-t-il ? Pourquoi cette soudaine réunion de tous nos amis loin de Londres ?

— Vergil se mêle de ce qui ne le regarde pas, comme d'habitude, et ça ne s'arrange pas avec les années. Dormez, maintenant.

Elle se laissa retomber sur l'oreiller et se lova contre lui. Elle était flattée qu'il soit venu la rejoindre, même pour une heure, mais ce départ précipité lui semblait très étrange.

— Julian, il s'est passé quelque chose, hier soir, pour que mon frère prenne tant de précautions ?

— Glasbury est venu au club, c'est tout.

À son ton, Pénélope comprit que le sujet était clos. Il était évident qu'il lui cachait quelque chose.

Il lui faudrait attendre d'interroger Bianca pour connaître les détails.

Pénélope quitta Londres le lendemain après-midi. Transporter la famille Laclere à la campagne n'était pas une mince affaire. Entre les enfants, les nourrices, les gouvernantes et les précepteurs, il fallait quantité d'équipages.

Dante et Fleur voyageaient dans la même voiture que Pénélope et Julian. Pénélope était à Naples lorsque son frère s'était marié, et elle n'avait appris les détails de son histoire d'amour qu'à son retour à Londres. Aussi se réjouissait-elle de passer quelques heures en tête à tête avec eux.

Fleur était enceinte et cela commençait à se voir. Son mari la traitait avec une sollicitude et une tendresse que Pénélope trouvait charmantes.

— Voyons, chéri, je vous assure que je n'ai pas besoin d'une autre couverture, protesta Fleur en repoussant le plaid que Dante s'escrimait à étendre sur ses genoux.

— Il fait plus froid à la campagne.

— Dans mon état, une femme a rarement froid, mon amour. C'est même le contraire.

— Dante, je crois que tu devrais écouter ta femme, intervint Pénélope. Elle est la dernière à vouloir prendre des risques.

Il parut se détendre.

— Oui, bien sûr. Désolé.

Fleur sourit à Pénélope d'un air complice et celle-ci lui rendit son sourire. C'était un vrai plaisir de voir son frère aussi amoureux. Elle se sentait plus proche de lui, soudain, car elle comprenait ce qu'il ressentait comme jamais.

Julian quant à lui demeurait silencieux.

Comme elle contemplait son profil parfait qui se détachait sur le paysage, il se tourna vers elle et lui prit la main. Puis il désigna leurs compagnons. Les yeux dans les yeux, Dante et Fleur semblaient coupés du reste du monde.

— Et dire que j'avais déconseillé cette union ! chuchota Julian.

— Est-ce pour cela que vous broyez du noir ? Vous faites le compte de vos erreurs ?

— Je ne broie pas du noir. J'admirais leur sérénité, leur amour et la joie que leur procure cet enfant à venir.

Pénélope songeait qu'il devait aussi les envier lorsqu'un brusque changement d'allure l'arracha à ses pensées.

— Encore un barrage ? s'exclama Dante. Glasbury devrait pourtant savoir que nous ne nous laisserons pas dépouiller.

Julian passa la tête par la fenêtre tandis que la voiture s'immobilisait.

— On nous a suivis, expliqua-t-il. Je ne pense pas que ce soit Glasbury. Un attelage tiré par quatre chevaux et flanqué de deux cavaliers arrive.

L'un des cavaliers montait un pur-sang. Julian ouvrit la portière et descendit.

— L'un des hommes à cheval parle avec Laclere, annonça-t-il.

— Vous le connaissez ? s'enquit Fleur.

Julian mit la main en visière au-dessus de ses yeux.

— Non. En revanche, je connais l'un de ceux qui descend de la voiture. Il s'appelle Lovejoy et c'est un inspecteur de police.

Dante ne put retenir un juron.

— C'est aussi le pantin de Glasbury ! s'exclama-t-il avant de bondir hors de la voiture.

Une panique familière s'empara de Pénélope, comme chaque fois qu'on mentionnait le comte. Elle avait beau être avec Julian, ses frères et une armée de domestiques, elle se sentait aussi vulnérable qu'autrefois.

Fleur lui pressa la main en un geste silencieux de réconfort, et elle lui en fut reconnaissante.

Des pas résonnèrent sur la route. Des voix retentirent. L'expression de Julian se durcit. Soudain, Laclere fut là avec deux hommes que Pénélope ne connaissait pas. Il paraissait inquiet. Il fixa les deux étrangers jusqu'à ce que ceux-ci reculent un peu. Il glissa alors quelques mots à l'oreille de Julian, puis ouvrit la portière de la voiture.

— Nous devons rentrer à Londres immédiatement, annonça Laclere.

— Que se passe-t-il, Vergil ?

— On a retrouvé Glasbury mort chez lui ce matin. Quelqu'un l'a tué.

22

Laclere renvoya la police en faisant valoir l'état de choc de sa sœur et son chagrin. Il donna sa parole de gentilhomme que la comtesse de Glasbury rentrait sans attendre à Londres pour s'occuper des funérailles de son mari.

Durant le voyage du retour, personne ne dit mot dans la voiture.

Julian garda Pénélope dans ses bras, mais malgré son silence, il était loin d'être calme.

Le comte était mort. Pénélope était libre.

Mille images lui traversaient l'esprit quant à ce que cela signifiait pour eux deux. Pourtant, il n'osait laisser libre cours aux émotions qui l'envahissaient. Il s'inquiétait de savoir dans quelles circonstances Glasbury avait été assassiné.

Julian alla trouver Vergil dès leur arrivée chez ce dernier.

— J'emmène Pénélope dans votre bureau, annonça-t-il. Personne ne doit venir nous parler, pas même vous. Envoyez chercher Nathaniel Knightridge. Qu'il me retrouve dans le bureau dès qu'il se présentera.

— Knightridge ? Vous ne pensez tout de même pas…

— Faites ce que je vous dis, Vergil.

Julian alla chercher Pénélope dans la voiture et l'accompagna jusqu'au bureau de Laclere. Elle était dans un état second, et il dut l'aider à s'asseoir.

Il se dirigea vers une console chargée de verres et de bouteilles et versa un peu de cognac dans un verre.

— Vous avez reçu un choc, chérie. Buvez cela.

Elle obéit, et ses joues reprirent lentement leurs couleurs.

— Je me sens toute bizarre, Julian. Comme engourdie. Je n'arrive pas à croire que ce soit possible.

— C'est une réaction normale. Reposez-vous, maintenant.

— J'ai désiré sa mort. Que Dieu me pardonne, je l'ai ardemment désirée !

C'était le genre de confidences qu'il ne voulait pas que d'autres que lui entendent.

— On ne peut pas toujours contrôler ses pensées. Vous n'avez pas à vous en sentir coupable.

Elle fit un suprême effort pour se ressaisir.

— Julian, ces hommes… La police. Pourquoi nous ont-ils suivis ? Pourquoi voulaient-ils me parler ?

Comme il ne répondait pas, elle pencha la tête d'un air songeur. Puis elle commença à comprendre.

— Ils pensent que j'ai quelque chose à voir avec sa mort, c'est cela ?

— Ils voudront vous interroger. Une fois qu'il sera établi que vous n'avez eu aucun contact avec Glasbury depuis votre retour à Londres, et qu'ils auront la preuve que vous n'avez jamais quitté cette maison seule, ils vous laisseront tranquille.

— Julian, c'est faux. Je veux dire, je suis sortie seule une fois.

— Pardon ?

— Oui, enfin, je n'étais pas vraiment seule, mais il n'y avait ni domestiques ni même Bianca.

— Quand êtes-vous sortie, chérie ?

— La nuit dernière.

Julian était atterré.

— Catherine est venue me trouver, expliqua-t-elle. Elle avait enlevé sa fille, et son mari était à sa poursuite. Alors je l'ai conduite à l'un des bateaux de Saint-John et je lui ai remis quelques-unes de mes lettres.

Elle raconta ce qui s'était passé. L'homme de loi en lui évaluait l'effet que son histoire aurait devant un tribunal. Il y avait des trous dans son récit qui la rendraient terriblement vulnérable.

— Qui, à part Catherine et le capitaine du bateau, est au courant de cette escapade ? demanda-t-il.

— Une fille de cuisine et le valet de pied qui est allé chercher le fiacre. Et le cocher du fiacre, bien sûr.

Cela faisait beaucoup trop de monde. Un seul témoin aurait pu être acheté, caché ou même envoyé très loin.

Encore sous le choc, Pénélope ne paraissait pas consciente du danger qu'elle courait.

Il la souleva dans ses bras et s'assit dans un fauteuil sans la lâcher.

— J'attends la visite d'un homme avec qui vous parlerez avant de faire toute autre déclaration. Jusque-là, pensons à autre chose. Que comptez-vous faire, à présent, Pénélope ? Votre but était de vous libérer de lui, et voilà que vous l'êtes

Elle posa sur lui un regard étrange.

— C'est cela que je n'arrive pas à envisager. Je m'aperçois que je n'ai aucune idée de ce que je veux faire de ma liberté, parce que je n'avais jamais osé imaginer quelle serait ma vie après lui.

Le cœur serré, il déposa un baiser sur sa tempe. Si elle n'y avait jamais pensé, cela signifiait qu'elle n'avait jamais cru cela possible.

— Merci, madame la comtesse. Je pense avoir bien compris ce qui s'est passé, à présent.

Pénélope se leva pour sortir, et Nathaniel Knigthridge lui adressa un sourire rassurant. Julian accompagna la jeune femme jusqu'à la porte. Laclere les attendait dans le couloir, mais Julian referma la porte avant que le vicomte puisse songer à entrer.

Knightridge s'était installé au bureau. Il griffonna quelques notes, puis posa sa plume et se laissa aller contre le dossier de son fauteuil.

C'était un grand jeune homme athlétique dont le regard sombre et intense retenait l'attention. Une voix de stentor et un esprit brillant avaient fait de lui l'un des avocats les plus doués de sa génération. À seulement vingt-six ans, Knightridge était considéré comme un as du barreau.

— Je vais être franc, Hampton. On l'a trouvé dans le cabinet de toilette attenant à sa chambre ; il y avait du sang témoignant d'une hémorragie intestinale. Deux verres et une bouteille de vin étaient posés sur un guéridon. L'un des deux verres sentait autre chose que le vin. Donc, il a reçu quelqu'un, et ce quelqu'un l'a empoisonné. Ce sont les conclusions de la police.

— Soupçonnent-ils la comtesse ?

— Oui, puisqu'ils l'ont poursuivie sur la route. Entrer chez Glasbury lui était facile. Ils pensent sans doute qu'elle est venue sous prétexte de se réconcilier avec lui. Si elle n'était pas comtesse et la sœur d'un pair du royaume, elle serait déjà en prison.

— Vous êtes très franc, en effet.

— Si vous voulez que je mente et vous donne de faux espoirs, je le ferai. Mais cela n'aidera en rien la comtesse.

Il avait raison. Julian se tourna vers la fenêtre, l'air absent. Il aurait dû obliger Pénélope à prendre ce bateau pour l'Amérique. Il aurait dû la supplier de fuir avec lui. Il aurait dû lui demander de vivre avec lui lorsqu'elle hésitait sur sa conduite à tenir dans la cour de l'église de Bruton.

Aurait-elle accepté ? La protection qu'il lui offrait lui aurait-elle suffi ? Aurait-elle décidé qu'elle tenait assez à lui pour rester sa maîtresse toute sa vie ?

— La croyez-vous coupable ? demanda Knightridge d'une voix neutre, comme s'il parlait de quelque voyou accusé de vol.

— Bon sang, bien sûr que non !

— Alors gardez l'esprit clair, ou vous ne lui serez d'aucune utilité. Je vois plusieurs façons d'assurer sa défense qui lui épargneront le pire et permettront de faire appel auprès de la cour supérieure. Mais si jamais elle tente de s'enfuir et qu'on l'intercepte, personne ne pourra lui éviter la pendaison.

Knightridge le regarda au fond des yeux, comme pour s'assurer qu'il avait bien compris l'avertissement. Julian garda le silence, conscient que l'avocat avait lu dans ses pensées. En fait, avant même que ce dernier y ait fait allusion, il commençait à réfléchir aux moyens d'aider Pénélope à fuir en Amérique.

— Si elle est accusée, accepterez-vous de la défendre ?

— Je ne résisterai pas à une telle tentation. Non seulement par amitié pour vous, mais aussi parce que cela promet d'être un procès retentissant. La vente des comptes rendus des débats devrait être spectaculaire.

— Sans vouloir nier votre sens du drame ni votre goût pour la célébrité, je vous rappelle que cette femme risque sa vie.

— Je ne l'oublierai jamais, mon ami. Elle est aussi votre maîtresse, n'est-ce pas ? On l'accusera d'avoir tué pour vivre avec vous. Si vous doutez de ma capacité à la tirer de là, vous feriez mieux de vous adresser à un collègue.

— Non, je veux que ce soit vous. Je vais la prévenir.

Knightridge rassembla ses notes et se leva.

— Dites à sa famille de tenir la police à distance le plus longtemps possible. Qu'elle s'évanouisse cinq fois par jour ou témoigne de tous ces malaises qu'ont les femmes quand elles sont bouleversées. Il faut que Laclere envoie quelqu'un à Marseille sur-le-champ, pour essayer de ramener Mme Langton. Avec un peu de chance, elle n'aura pas encore embarqué.

— Elle refusera peut-être de rentrer en Angleterre. Après tout, elle a enlevé sa fille et craindra d'être obligée de la rendre.

— Il faut à tout prix qu'elle revienne ! Je vais aussi faire passer une annonce dans les journaux, dans l'espoir de retrouver le cocher du fiacre que la comtesse a utilisé hier soir. C'est la seule chance qu'on ait de lui éviter d'être arrêtée.

— Ce serait idéal. Est-ce que ces gens-là acceptent facilement de témoigner ?

— Malheureusement, s'ils reniflent le moindre lien avec un crime, ils se terrent. Mais rien ne nous empêche d'essayer.

— Je ne peux pas rester, Pénélope.

C'étaient les premiers mots que Julian prononçait depuis une heure. Le cœur de Pénélope fit un bond dans sa poitrine et elle se blottit davantage contre lui. Ils ne seraient plus seuls avant longtemps. Peut-être même plus jamais.

— Mon frère est très inquiet.

— Laclere est toujours inquiet lorsque ceux qu'il aime ont des ennuis.

— Et mes ennuis sont bien pires que tous ceux que notre famille a connus jusqu'ici, n'est-ce pas ? Même Dante ne s'est jamais retrouvé dans une pareille situation.

Après le départ de Nathaniel Knightridge, ils avaient tous essayé de ne pas montrer leur désarroi à la jeune femme, riant de ces prétendus soupçons qu'ils trouvaient ridicules.

Pénélope voyait bien que l'apparente indifférence de Vergil était feinte, et le regard de Bianca trahissait son inquiétude.

En outre, Julian se montrait plus attentionné et protecteur que jamais. D'une gentillesse qui lui rappelait celle qu'on témoigne aux mourants.

— Tout ira bien, Pénélope, murmura-t-il en l'embrassant comme si c'était la dernière fois.

— Comment pouvez-vous être sûr que tout ira bien si vous ne restez pas ce soir ? Je sais que vous pensez qu'il y aura un procès, et que si l'on apprend que j'ai mis mon amant dans mon lit le lendemain de la mort de mon mari, ce serait comme de danser sur sa tombe.

— Je ne pense pas qu'il y ait un procès. Mais étant donné que Laclere a dit à la police que vous étiez trop bouleversée pour leur parler, cela paraîtrait bizarre que vous me receviez.

— Il faut que j'aie l'air d'avoir du chagrin ?

— Il faut que vous vous retiriez complètement du monde. Si l'on met cela sur le compte de votre deuil, tant mieux.

Il n'était pas honnête avec elle. Elle se doutait qu'il y aurait un procès et voyait très bien l'effet déplorable que causerait son absence durant la nuit du crime, si on l'apprenait. À moins de retrouver le cocher du fiacre, elle ne pourrait jamais prouver où elle se trouvait pendant qu'on assassinait le comte.

Elle étreignit Julian et ferma les yeux. Elle voulait oublier tout ce qui n'était pas l'incroyable bonheur d'être dans ses bras.

Mais une ombre les menaçait, et en dépit de ses efforts, elle ne pouvait l'ignorer. La fragilité de ces instants d'intimité partagée était d'autant plus poignante qu'elle craignait que cela ne se reproduise plus jamais.

— Vous ne pourrez pas non plus venir dans la journée ?

— Je suis le notaire de votre famille. Je peux vous faire des visites rapides.

Au moins le verrait-elle de temps en temps. Ils ne seraient pas seuls, mais il ne disparaîtrait pas complètement de sa vie.

Malgré cela, Pénélope ne parvenait pas à se consoler. Comment survivrait-elle sans lui à ces longues nuits, à ces heures interminables durant lesquelles elle imaginerait le pire ?

Soudain, elle prit la pleine mesure de ce qu'elle risquait si on la déclarait coupable.

— Au moins ne brûle-t-on plus les femmes qui ont tué leur mari, murmura-t-elle. À moins que ce ne soit différent dans le cas d'un comte ?

— Pénélope, ne...

— Ils m'accorderont peut-être la grâce de m'étrangler d'abord, comme ils l'ont fait pour cette pauvre femme, dans le Nord, lorsque j'étais enfant.

— Ma chérie, cessez de ruminer de telles pensées !

Mais elle ne pouvait s'en empêcher.

— Il faut que je sache ce qui m'attend. Peut-être serai-je simplement pendue. Peut-être aurai-je droit à une corde de soie à cause de mon rang.

Il détourna le regard afin qu'elle ne puisse lire en lui.

— Arrêtez de vous faire peur avec ces folles spéculations ! Je ne permettrai jamais que votre vie soit menacée.

Elle tremblait comme une feuille, à présent, et ses yeux étaient embués.

Il l'attira contre lui.

— Pénélope ! Je vous promets qu'on ne vous fera aucun mal ! Je vous le jure. J'abattrai ce dragon, faites-moi confiance. Vous ne risquez rien.

Elle retint ses larmes.

— Julian, je ne vous demande pas de tuer ce dragon. Je suis malheureuse parce que vous ne serez pas près de moi pour m'aider à le maintenir à distance, surtout la nuit.

Il l'embrassa avec tendresse, et elle se cramponna désespérément à lui, ne supportant pas l'idée qu'il arrête.

Il le comprit. L'écartant avec douceur, il alla jusqu'à la porte qu'il ferma à clé avant de revenir vers elle. Il lui prit la main. Elle se laissa conduire jusqu'à une banquette. Là, il s'assit et déboutonna son pantalon. Puis il souleva la jupe de Pénélope et son jupon.

— Comme ça, souffla-t-il en l'attirant à califourchon sur lui.

Ils demeurèrent ainsi, sans bouger, se contentant de ne faire plus qu'un.

Elle le regarda intensément pour graver en elle son expression. Elle ne savait comment nommer ce qu'ils vivaient et s'étonnait de découvrir tant de passion dans son regard. Sous sa réserve, cet homme cachait des trésors de volupté et de sensibilité.

Il ne la quitta pas des yeux durant tout le temps où ils firent l'amour. Et son regard lui demandait de lui faire confiance. Il voulait qu'elle croie en lui, en son pouvoir de la protéger de tout, y compris de la mort.

Elle s'y efforça. Et lorsque leur étreinte devint follement vertigineuse, elle cessa d'avoir peur. Elle avait atteint un lieu où seuls Julian et elle existaient, un lieu à l'abri des horreurs du monde extérieur.

On publia une annonce dans les journaux, mais aucun cocher ne se présenta. Laclere fit savoir qu'il offrirait une récompense. Il y eut alors soixante-quatre réponses.

— Tous disent avoir pris la comtesse dans leur fiacre la nuit où le comte a été tué, expliqua Knightridge à Julian, quatre jours plus tard. La moitié d'entre eux affirment qu'elle était accompagnée d'une autre femme.

— Rien d'étonnant, puisqu'une dame ne sort jamais seule.

— Malheureusement, oui ! Pire, vingt d'entre eux prétendent qu'ils ont conduit la comtesse chez Glasbury. Comme ils manquent d'imagination, ils ne font que rapporter ce que dit la rumeur, sans se soucier du fait que c'est le frère de l'accusée qui offre la récompense. Notre homme est peut-être parmi eux, mais il faut que je continue à les interroger pour le savoir.

— Et le valet ?

— Il faisait nuit, il n'a pas vu le visage du cocher.

Ils s'étaient donné rendez-vous dans une taverne de Smithfield, loin du tribunal. Knightridge était en tenue d'équitation, et Julian en déduisit qu'il avait interrompu sa promenade pour le voir.

— Je reste confiant, déclara Knightridge avec chaleur.

Julian tressaillit. Il reconnut ce ton pour l'avoir lui-même souvent utilisé.

— Je croyais que vous deviez m'épargner les mensonges et les faux espoirs.

— J'essaie simplement de vous soutenir le moral.

— J'ai besoin que vous soyez honnête avec moi.

— Comme vous voudrez. Demain ou après-demain, ils vont exiger de lui parler. Et je pense qu'ils l'arrêteront.

— Mais les domestiques de Glasbury l'auraient reconnue, si elle était venue chez lui !

— Ils prétendent ne rien savoir. Cela n'aide pas la comtesse, bien sûr, car c'est interprété comme une volonté de leur part de ne pas lui nuire. L'un d'eux, un vieux cuisinier, a avoué que le comte recevait parfois des invités que personne ne voyait. Il semble que ce soit Glasbury lui-même qui ait fait entrer son assassin. Rien ne le prouve, évidemment, mais je m'en servirai à notre profit.

Donc, Knightridge préparait déjà sa défense devant les juges.

— Comment évaluez-vous la situation, aujourd'hui ? demanda Julian tout en redoutant la réponse.

— Les cas de ce genre bénéficient d'une énorme publicité. Les journaux se répandent en spéculations. Vous avez eu raison de prôner la discrétion ces jours derniers, mais je crains qu'il ne soit trop tard. De nouvelles difficultés s'annoncent. L'opinion pèse énormément dans des procès aussi spectaculaires. Les jurés sont influencés, et les juges tiennent trop souvent compte des mouvements de leur auditoire. Et puis, naturellement, à Saint-James, on suit tout cela avec beaucoup d'attention.

— Autrement dit, vous êtes inquiet.

— S'il s'agissait d'une femme de basse extraction, je pourrais la faire acquitter par manque de preuves. Mais votre liaison si affichée change la donne. Il est clair qu'elle cherchait à recouvrer sa liberté. À moins que ne surviennent de nouveaux développements, j'avoue que je ne suis pas optimiste.

Lorsque Julian était entré dans la taverne, il se sentait oppressé. Il avait espéré contre toute attente que Knightridge apaiserait ses craintes. Mais, hélas, il venait de les confirmer.

Il imagina Pénélope répondant aux questions des policiers, puis les suivant, menottes aux poignets. Il la vit dans sa cellule.

Il ressentait sa peur comme s'il s'agissait de la sienne propre.

— Je suis désolé, Hampton. J'ai l'impression qu'il faudrait que je vous cite quelque poème pour vous consoler, mais la poésie ne peut malheureusement pas résoudre les vrais problèmes.

Julian s'apprêtait à répliquer d'un ton sarcastique lorsqu'une pensée lui traversa l'esprit.

À vrai dire, la poésie pourrait peut-être résoudre le problème de Pénélope. Et complètement !

23

Le lendemain soir, Laclere entra dans le bureau de Julian à Russel Square. Sans un mot, il se versa un verre de porto et s'approcha de la cheminée.

Pâle, les traits tirés, il affichait une mine épouvantable.

— Les policiers ne sont qu'une bande d'imbéciles, murmura-t-il. Je me demande à quoi cela a servi de créer cette institution, si c'est pour la confier à de tels idiots. Ce Lovejoy est agressif. À en juger par la façon dont il s'acharne sur ma sœur, je pense que la mort du comte le prive d'un emploi secondaire.

— Comment supporte-t-elle tout cela ?

— Elle est courageuse. Plus que moi, je dois dire. Cette histoire me rend malade. Je crains le pire, et je ne peux rien faire pour le lui épargner.

Julian posa le livre qu'il était en train de lire.

— Si, Vergil, vous pouvez peut-être faire quelque chose.

— C'est pour cette raison que vous m'avez prié de passer vous voir ? Si ça n'est qu'une probabilité, je ferai tout pour que ça devienne une certitude.

— Il vous faudra faire quelque chose d'assez peu honorable.

— Je me moque de l'honneur quand la vie de ma sœur est en jeu. Parlez clairement, Hampton. Je ne suis pas d'humeur aux subtilités.

— Le plus sûr moyen d'empêcher Pénélope d'être arrêtée, c'est que quelqu'un d'autre le soit à sa place.

— Oui, mais qui ? Knightridge lui-même ne voit pas qui pourrait être le coupable.

— Vergil, je ne suis pas rentré chez moi après que nous nous sommes séparés devant le club, ce soir-là. Je ne suis pas allé retrouver Pénélope non plus. J'ai marché pendant deux heures dans la ville endormie avant de regagner votre demeure Le valet de pied pourra témoigner de l'heure à laquelle je suis arrivé.

Le visage fermé, Laclere contempla le feu.

— Je ne peux pas vous laisser faire une chose pareille. Je refuse que vous vous sacrifiiez.

— Qui vous dit que c'est un sacrifice ?

Laclere lui lança un coup d'œil.

Julian arborait une expression indéchiffrable. L'atmosphère se tendit soudain.

— Il y a dans le tiroir de ce bureau des papiers qui m'accusent, et qui sont écrits de ma main, reprit Julian. Si vous aviez la moindre raison de me soupçonner, personne ne vous en voudrait d'avoir fouillé cette pièce afin d'y chercher la preuve susceptible de sauver votre sœur.

Il se leva.

— Bon sang, vous ne pensez tout de même pas que je…

— Si, Vergil.

— Mais c'est…

— … peu honorable ? Vous avez dit que vous vous moquiez de l'honneur.

— C'est différent. Vous êtes innocent, et vous êtes un ami.

— Vous ignorez si je suis innocent ou non. Quant à notre amitié, si c'est ce qui vous arrête, considérez dès à présent qu'elle est morte.

Ils se dévisagèrent en silence. Comme Vergil ne protestait pas, Julian quitta la pièce.

Il n'y retourna qu'une heure plus tard.

Laclere était en train de lire une lettre. Des feuillets étaient empilés sur le bureau, certains avaient été mis de côté. En entendant la porte s'ouvrir, Laclere leva les yeux, s'adossa à sa chaise et désigna l'ensemble des feuilles.

— Certaines sont très anciennes.

— En effet.

— J'ai trouvé celles où vous méditiez de tuer Glasbury. Des projets de duels et des choses de ce genre. Mais pas vraiment d'idées de meurtre.

— Cela devrait suffire. Je crois cependant que vous devriez les prendre toutes. Mes motivations y sont plus évidentes. Il ne faut pas qu'ils pensent que je veux prendre sa place par simple esprit chevaleresque.

Laclere montra la lettre qu'il tenait encore à la main.

— Vous ne deviez pas avoir plus de seize ans lorsque vous avez écrit ce poème. Et les lettres… Jamais je ne me suis douté, Julian.

— Jamais ?

Laclere reposa la feuille sur le bureau.

— Peut-être une ou deux fois, à Laclere Park. Milton avait dit quelque chose… mais j'avais cru que ce n'était qu'une passade. À aucun moment je ne me suis douté que vous étiez à ce point épris d'elle.

Il se tut, bouleversé, les yeux fixés sur les documents épars.

— Moi aussi, j'ai cru que cela passerait, avoua Julian. Je l'espérais. Je comptais sur le temps. Et j'ai tout fait pour ça. Mais ça n'a pas passé. Vous me trouvez idiot ?

— Bon sang, non ! Je suis stupéfait, voilà tout. Par votre loyauté, par la force de votre amour. En fait, je suis plus qu'admiratif. Je suis intimidé…

— Emportez-les. C'est exactement ce qu'il leur faut, en plus des témoignages sur notre dispute au club et mon absence d'alibi pour cette nuit-là. La police sera soulagée de savoir que c'est moi le coupable et non une comtesse. Cela leur facilitera la tâche.

Laclere hésita avant d'empiler les lettres avec soin.

— Je ne savais pas non plus que vous maniiez si bien la plume. Vos mots sont très émouvants. Dire que ma sœur a passé toutes ces années à s'entourer d'écrivains et que le meilleur d'entre eux se trouvait sous son nez sans qu'elle le sache ! J'aurais dû deviner, je suppose, étant donné les petites épopées qui nous enthousiasmaient tant lorsque nous étions jeunes.

— Elles étaient privées. Je n'ai jamais envisagé de les publier.

— Vos lettres seront lues par tous. Le supporterez-vous ?

— Oui, bien sûr.

Pour elle, il supporterait tout.

Laclere rassembla les lettres en un petit paquet, les regarda d'un air songeur, puis se leva.

— Je vais réfléchir jusqu'à demain avant de prendre une décision, déclara-t-il.

Laclere se raccrochait à l'idée qu'il avait encore le choix. Mais tous deux savaient qu'il n'en était rien.

— Je sais pourquoi vous faites cela, reprit-il. Je ferais la même chose pour Bianca. Mais, entre nous, il est inutile de mentir. Vous pouvez me dire que vous ne l'avez pas tué.

Pour toute réponse, Julian lui tourna le dos.

Quelques secondes plus tard, il entendit la porte du bureau se refermer. Son destin était scellé. Et Pénélope serait sauvée !

Pénélope s'assit sur un banc du jardin, sous un arbre. Le soleil la réconforta un peu, sans parvenir toutefois à dissiper les nuages qui assombrissaient ses pensées. Des nuages noirs, de mauvais augure, qui l'empêchaient d'y voir clair.

Elle luttait en permanence pour juguler sa panique. C'était plus facile lorsqu'elle était seule. En voyant les visages tourmentés de ses frères et les mines catastrophées de ses amis, elle redoutait de s'effondrer.

Le pire, c'était l'attente. Cela lui rappelait sa vie auprès du comte, lorsqu'elle savait qu'il viendrait la punir. Il était mort, à présent, mais elle tremblait toujours à l'idée de la souffrance et de l'humiliation à venir. L'attente était pire que la réalité.

La veille, Vergil était resté étrangement silencieux, l'air si sombre qu'elle avait eu le pressentiment d'un grand danger. Puis Dante était passé, et il s'était enfermé dans le bureau avec son frère.

Lorsque Dante était revenu dans le salon, il paraissait tellement bouleversé qu'elle avait ressenti le besoin de le réconforter.

Ce matin, l'atmosphère dans la maison était lugubre. Tout le monde savait que la police viendrait l'interroger dans la journée.

Elle serait incapable d'apporter la preuve de son innocence et ils allaient la jeter en prison. Peut-être était-ce la dernière fois qu'elle serait assise au soleil dans un jardin. Ses yeux s'emplirent de larmes. Elle était à bout de nerfs, alors que l'épreuve n'avait pas encore véritablement commencé.

Le bruit du portail du jardin qu'on ouvrait la fit sursauter. Des pas résonnèrent sur le sentier. Le cœur de Pénélope se mit à battre si fort qu'elle sentait les veines de ses tempes se gonfler.

La police devait être arrivée. Vergil venait la chercher.

Elle ferma les yeux pour tenter de recouvrer ses esprits. Elle ne voulait pas faire honte aux siens. Elle se comporterait comme il seyait à une femme de sa condition et resterait digne et maîtresse d'elle-même.

Les pas s'arrêtèrent devant elle. Rassemblant son courage, elle ouvrit les yeux.

— Julian ! s'exclama-t-elle.

Il sourit et s'assit près d'elle.

— Quel temps merveilleux, vous ne trouvez pas ?

Elle examina le sentier.

— Vous n'avez pas de chaperon ?

Il lui entoura les épaules de son bras et l'attira contre lui.

— Pas de chaperon. Nous sommes absolument seuls !

Ils n'avaient pas eu un moment d'intimité depuis une semaine. Depuis le jour où il lui avait annoncé qu'il ne pouvait plus rester auprès d'elle la nuit. Et il ne l'avait pas touchée depuis qu'ils avaient fait l'amour dans la bibliothèque.

— Vous m'avez affreusement manqué, murmura-t-elle.

— Mon amour est toujours avec vous, même quand je ne suis pas là.

C'était la première fois qu'il utilisait ce mot, et le visage de Pénélope s'illumina. Dieu qu'elle était heureuse qu'il l'aime aussi ! Même s'il n'éprouvait pas la même passion qu'elle, c'était déjà autre chose que l'amitié ou l'affection.

— Je sais. Mais c'est encore mieux lorsque vous êtes là. Surtout aujourd'hui...

Elle s'interrompit. Elle ne voulait pas gâcher ces quelques instants de bonheur.

Il lui caressa l'épaule et déposa un baiser sur ses cheveux.

— Je suis désolé que vous ayez dû subir une telle épreuve, chérie. On vous laissera tranquille, à présent. Sans doute vous questionnera-t-on, mais pas aujourd'hui. Vous n'êtes plus soupçonnée.

— Comment ? Mais que s'est-il passé ?

— Ils s'intéressent à quelqu'un d'autre.

Elle crut que son cœur s'arrêtait de battre. Puis un immense soulagement l'envahit et elle se jeta au cou de Julian pour l'embrasser.

Ils sourirent en même temps, et leurs dents s'entrechoquèrent. Elle éclata de rire. Il paraissait heureux, lui aussi. Jamais elle ne l'avait vu aussi radieux, aussi insouciant.

— Je n'arrive pas à y croire. Hier soir, mes frères avaient l'air de préparer mes funérailles. Et même ce matin…

— Knightridge vient de nous prévenir, Laclere et moi. Croyez-moi, Pénélope, vous ne risquez plus rien.

— Comme vous me l'aviez promis… souffla-t-elle en se blottissant contre lui.

Elle n'aurait plus besoin de le regarder comme si elle le voyait pour la dernière fois. Plus rien ne les séparerait.

— Une fois que tout cela sera terminé, j'aimerais que nous retournions dans votre cottage au bord de la mer, Julian. Vous et moi, seuls. Je veux faire l'amour dans votre chambre qui donne sur la mer.

Le visage enfoui dans ses cheveux, il la tint longuement contre lui.

— Nous irons dès que nous pourrons, murmura-t-il.

Le cœur de Pénélope se gonfla de bonheur.

— J'ai l'impression de renaître. Le soleil me paraît plus chaud et la brise plus fraîche. Oh, Julian, quelle merveilleuse journée ! Être libre, enfin, délivrée de ces fantômes, ceux du présent comme ceux du passé. J'en suis presque désemparée, comme si je ne savais plus que faire de moi.

— Vous avez bien une petite idée, non ? dit-il en riant.

— D'abord, je veux passer la journée entière avec vous. Je veux courir dans un pré, avoir les joues rouges et jouer comme une enfant.

Elle se leva et le tira par la main.

— Allons à Laclere Park, Julian ! Là-bas, nous oublierons cette folie pendant quelques jours.

Il résista et l'attira sur ses genoux.

— C'est impossible, Pénélope, j'ai une obligation dans la soirée. Mais nous pouvons aller à Hampstead.

Le chevalier y possède quelques prés et un bois. Cela vous conviendra-t-il ?

Elle noua les bras autour de son cou et déposa un baiser sur le bout de son nez.

— N'importe quel lieu me conviendra, Julian, pourvu que nous soyons ensemble.

Le chevalier Corbet les accueillit avec chaleur. Il leur servit un repas frugal, bavarda aimablement avec eux, puis les quitta avec le plus grand naturel. Une fois seule avec Julian, Pénélope traversa la grande salle où Laclere et ses amis s'entraînaient à l'épée depuis qu'ils étaient entrés à l'université.

— Je vous imagine tous très bien ici, commenta-t-elle en examinant les sabres accrochés au mur. Après tout, je vous ai vus une fois.

— C'était très vilain.

— Je ne pensais pas qu'on me surprendrait, avoua-t-elle en riant. Laclere m'a passé un beau savon. Il était très jeune, mais il me parlait comme s'il était mon père ou mon oncle. Heureusement qu'il a rencontré Bianca, sinon il serait devenu insupportable !

Leurs pas résonnaient dans la salle vide. Elle revoyait les épées s'entrechoquer bruyamment, les torses nus des jeunes gens luisant de sueur.

La plupart d'entre eux s'étaient hâtés de passer une chemise lorsqu'ils s'étaient aperçus que Diane et Pénélope les regardaient. L'un d'entre eux avait adressé à Pénélope un sourire charmeur tout en s'habillant.

Le fantôme de Witherby se dressa soudain devant elle, séducteur. Penser à lui ne l'attristait plus, à présent. Elle se remémorait leur histoire avec une surprenante indifférence.

Elle glissa un regard à Julian et devina qu'il lisait dans ses pensées.

— Il y a longtemps que je ne le regrette plus, Julian.

— J'en suis heureux.

— Mon seul regret, c'est que… que ça n'ait pas été vous. J'aurais voulu que vous ayez tenté de me séduire.

— L'auriez-vous remarqué si je l'avais fait ?

— Je ne sais pas. Peut-être pas, en effet. J'étais sans doute trop jeune pour comprendre. Trop jeune pour vous apprécier. Mais j'en éprouve de la nostalgie, de la jalousie, même. Je suppose que j'aimerais que vous m'ayez désirée, à l'époque, comme lui.

— Mais je vous désirais déjà, Pénélope.

Elle éclata de rire.

— De temps à autre, peut-être. Comme vous me l'avez dit vous-même, les hommes pensent toujours aux femmes de cette façon, n'est-ce pas ?

Elle lui prit la main et l'entraîna vers la porte.

— Allons nous promener tant que le soleil est chaud !

Le temps était parfait, et ce fut le plus beau jour de leur vie, plein de rires et de jeux, tandis qu'un avenir radieux s'ouvrait devant eux. Elle tacha de boue ses souliers et sa robe en mimant avec Julian les jeux de leur enfance. Entre deux explorations du passé, ils s'embrassaient, se caressaient. Par deux fois, ils firent l'amour sur l'herbe, oublieux de la fraîcheur et de la dureté du sol.

Lorsque vint le crépuscule, ils regagnèrent Londres.

— Nous sommes dans un piteux état, observa Pénélope dans la voiture en ôtant un brin d'herbe de sa jupe froissée.

Puis elle brossa la veste de Julian pour en ôter la terre.

— Je n'échangerai cette journée contre rien au monde, déclara-t-il.

— Moi non plus ! Il nous faudrait du vin pour porter un toast et nous souhaiter de nombreuses journées comme celle-ci.

Ils atteignirent la demeure de Laclere au crépuscule. Julian aida Pénélope à descendre de voiture.

— Julian, il me semble reconnaître cet équipage, dit-elle soudain en désignant un attelage dans la cour. N'est-ce pas celui qui nous a arrêtés lorsque nous allions à Laclere Park ? La police a dû vouloir m'interroger aujourd'hui, finalement. Sinon, pourquoi auraient-ils attendu ?

Julian regarda la maison, puis la voiture de la police, et se tourna vers Pénélope.

— Lorsque nous entrerons, je veux que vous alliez droit dans votre chambre, chérie.

La joie de Pénélope s'évanouit d'un coup et la peur reprit possession de son cœur.

— Julian, m'avez-vous menti, ce matin, en me disant que je ne risquais plus rien ? Vouliez-vous m'offrir un dernier jour de liberté et de bonheur ?

Il prit le visage de la jeune femme entre ses mains.

— Je ne vous ai pas menti. Maintenant, allez dans votre chambre. Et promettez-moi de vous souvenir de ce que je vous ai dit dans le jardin : mon amour est avec vous, même lorsque je ne suis pas là !

— Et pourquoi ne seriez-vous pas là ? Vous dites qu'ils ne sont pas venus pour moi, et maintenant…

— Pénélope, ce n'est pas vous qu'ils attendent. C'est moi.

24

Elle fit ce que Julian lui avait demandé de faire et gagna sa chambre directement. Puis elle courut dans une autre pièce qui donnait sur la rue et attendit pendant près d'une demi-heure, les yeux rivés sur la cour.

Enfin la porte d'entrée s'ouvrit. Julian se dirigea vers la voiture de police, encadré par deux hommes. Quelques secondes plus tard, l'attelage disparaissait dans la nuit.

Les larmes l'aveuglaient. Elle pleura à en avoir mal. À bout de forces, elle s'effondra sur le sol, haletante, laissant libre cours à la terreur qu'elle avait tenté de réprimer durant plus de dix jours.

Soudain, elle sentit une présence dans la pièce. Levant les yeux, elle découvrit Vergil, une lampe à la main. Il posa la lampe sur une table, vint s'asseoir près d'elle, sur le sol, et la prit dans ses bras. Pénélope recommença à sangloter éperdument.

— Tu le savais, hoqueta-t-elle contre l'épaule de son frère.

— Oui.

— Tu le savais et tu l'as laissé m'emmener aujourd'hui en prétendant que tout allait bien. Tu savais qu'ils l'attendraient à notre retour !

— C'est lui qui l'a voulu ainsi.

— Il paraissait tellement heureux ! Pas un instant je n'ai eu le moindre soupçon.

— Peut-être était-il vraiment heureux.

Elle prit une profonde inspiration et s'essuya les joues avant de s'écarter de son frère.

— Il ne faut pas lui permettre de faire une chose pareille. Tu dois aller lui dire que je m'y oppose.

Vergil étendit les jambes et s'adossa au mur.

— Je pense que ce n'est plus de notre ressort, à présent, Pénélope.

— Il a fait quelque chose pour leur laisser croire qu'il a tué Glasbury, mais c'est uniquement pour me protéger.

— Dans ce cas, il ne m'écoutera pas si je lui demande de se disculper. Du reste, je ne le lui demanderai pas.

Elle n'en croyait pas ses oreilles.

— Quoi ? Tu veux dire que tu approuves un tel mensonge ?

— Tu es ma sœur. Je ferai tout pour te sauver.

— Y compris laisser condamner un innocent ? Ton ami, en plus ?

Il demeura silencieux, et ses yeux évitèrent les siens. Il paraissait terriblement tourmenté.

— Vergil, tu admets que c'est une stratégie de sa part, n'est-ce pas ? Tu reconnais qu'il est innocent ?

À sa grande surprise, son frère ne répondit pas tout de suite. Il paraissait peser le pour et le contre.

— Il a refusé de me dire qu'il était innocent, Pénélope. Je lui ai posé la question, mais il est resté silencieux. Et pourtant, oui, je le crois innocent. Mais ce n'est pas parce que c'est mon ami, ni parce que je le crois incapable de tuer. En fait, je pense que s'il te savait en danger, il n'hésiterait pas.

— J'espère que tu ne le dépeindras pas ainsi à la police !

— Pénélope, il espérait tuer Glasbury en duel. Quelle que soit la raison qu'il t'a donnée pour rentrer à Londres, c'était ce qu'il voulait. Il comptait sur votre liaison pour forcer le comte à le provoquer.

Un duel ! Tout son être se rebella. Elle s'apprêtait à protester avec force. Son frère n'avait pas le droit d'accuser Julian ainsi.

Puis elle se souvint des promesses de Julian. Il lui avait juré qu'il ne laisserait jamais Glasbury l'obliger à reprendre la vie commune. « Je ferai tout ce qui sera nécessaire », avait-il dit. Combien de fois le lui avait-il répété ?

Elle pensait alors qu'il voulait juste la rassurer.

— Vergil, si tu l'en crois capable, pourquoi crois-tu qu'il n'a pas tué le comte ?

— Parce qu'il a été empoisonné. Julian n'utiliserait jamais une méthode aussi lâche. S'il avait tué Glasbury, il lui aurait planté une épée dans le cœur.

— Vous n'avez nullement l'intention de m'aider, n'est-ce pas ? lâcha Knightridge d'un ton irrité, tout en arpentant le cachot.

Autant dire qu'il tournait en rond, car la pièce sombre et humide était exiguë. Mais Julian savait que c'était l'une des plus confortables de la prison de Newgate. Ses amis avaient soudoyé le concierge pour s'assurer qu'il recevrait le meilleur traitement possible. Son statut de fils de gentleman et d'homme de loi lui avait aussi valu un certain respect.

— C'est le problème avec les hommes comme vous, poursuivit Knightridge. Quand vous finissez par tomber amoureux, vous devenez complètement idiots. Je me sens insulté que vous ayez eu si peu confiance en moi que vous avez cru bon de monter cette machination ridicule. Qu'avez-vous déclaré au jury ?

— Quasiment rien. Je ne pouvais pas nier que je n'étais pas chez moi cette nuit-là. J'ai admis que je ne pouvais pas apporter la preuve de mes déplacements. Et j'ai refusé de répondre aux questions concernant ma relation avec la comtesse…

— Voilà qui est très utile, mon vieux ! Tout le pays est au courant de votre liaison.

— C'est possible, mais le gentleman que je suis a refusé d'en parler.

— Avez-vous au moins nié l'avoir tué, bon sang ?

— Évidemment. C'est ce que tout le monde fait, dans ce cas-là, non ?

— Ne jouez pas au désinvolte avec moi, Hampton ! s'exclama Knightridge. Bon, résumons-nous. Personne ne vous a vu dans les rues de Londres cette nuit-là, et vous ne pouvez pas prouver que vous n'étiez pas chez Glasbury. Vous affichez votre liaison avec la comtesse, mais le comte n'a fait aucune démarche en faveur du divorce auquel vous espériez le pousser. Pire, il a déposé une requête pour obliger son épouse à reprendre la vie commune. De plus, il a menacé d'utiliser ses relations pour contrer un projet dans lequel vous avez investi de l'argent, et vous êtes l'un des associés le plus touché en cas d'échec. Vous vous êtes disputé publiquement avec Glasbury le soir même, et il a fallu vous retenir pour que vous ne le frappiez pas. Comme si cela ne suffisait pas, vous avez cherché à le provoquer en duel.

Le visage de Knightridge s'assombrissait à mesure qu'il égrenait les faits.

— Vous oubliez mes lettres.

— Il y a aussi des lettres ?

— Oui. Et dans certaines, en proie à une profonde mélancolie, je m'imagine tuer Glasbury.

— De mieux en mieux !

Knightridge recommença à tourner en rond tel un lion en cage.

— J'ai bien l'intention de découvrir comment ces lettres sont arrivées entre les mains de la justice. Cela pourrait être une piste, marmonna-t-il.

— Je vous prie de n'en rien faire.

Knightridge croisa les bras sur la poitrine.

— Si vous souhaitez être pendu…

— Non, je ne le souhaite pas. Mais je vous demande de ne rien faire qui puisse reporter les soupçons sur la comtesse. Absolument rien, vous m'entendez ? Il faut la tenir le plus possible à l'écart de tout ceci.

— Comme si j'en avais le pouvoir, répliqua Knightridge. Elle est mêlée à cette histoire jusqu'au cou. Je ferai ce que je pourrai pour vous, Hampton. Mais j'avoue que vous vous êtes mis dans un sacré pétrin.

Comme si perdre Julian ne suffisait pas, Pénélope dut s'absenter durant trois jours. Ses frères la conduisirent dans le Cambridgeshire, pour l'enterrement de Glasbury.

Elle dut jouer le rôle de la veuve alors que tout le monde la croyait coupable de la mort du comte. Ses frères ne la quittaient pas d'une semelle, fusillant du regard ceux qui osaient la dévisager un peu trop longtemps.

Après la cérémonie et les condoléances polies des uns et des autres, Pénélope se retira dans la bibliothèque avec Laclere et Dante. Là, elle tenta de se ressaisir avant d'aller jouer les hôtesses auprès des Lords qui avaient porté le cercueil.

Elle se sentait une étrangère dans cette immense demeure. Elle n'avait jamais vécu ici. Glasbury ne quittait sa maison que pour celle, isolée et sombre, du Wiltshire où il se livrait à un sport très particulier, loin des regards.

Dante et Vergil restaient silencieux. Pénélope se taisait aussi, songeant à Julian. Comment supportait-il la prison ? Elle mourait d'envie de questionner ses frères mais n'en fit rien, sachant qu'ils répugneraient à lui avouer la vérité.

M. Rumford, le notaire de Glasbury, frappa à la porte peu après.

— Je me demandais si je pouvais vous être utile en quoi que ce soit, madame, dit-il. Sinon, je vais rentrer en ville.

Ses propos polis étaient teintés de mépris, comme s'il luttait pour masquer la répugnance qu'il éprouvait à s'adresser à elle.

— Avez-vous fait le nécessaire pour que tous les domestiques demeurent dans les différentes propriétés ?

— Oui, madame. Tout est réglé. J'ai aussi informé ceux d'entre eux qui ont reçu des legs et j'ai fait le nécessaire pour que les factures à régler me parviennent à mon étude. Si cela vous convient, bien sûr, ajouta-t-il à contrecœur.

Elle s'en moquait. M. Rumford était un homme respecté, et elle était certaine qu'il s'occuperait parfaitement de tout cela.

— J'imagine que l'héritier a été prévenu, intervint Laclere.

— J'ai en effet écrit à son neveu. Comme il se trouve à la Jamaïque, il n'apprendra sans doute pas la triste nouvelle avant quelque temps. Et son retour risque aussi de ne pas être immédiat. Il y a un tel bouleversement, là-bas, à cause de l'abolition de l'esclavage. Jusqu'à ce qu'il arrive, la comtesse conserve bien entendu l'entier usage de ses propriétés.

« Si elle l'ose », sembla-t-il sous-entendre avant de prendre congé.

— Il est à la limite de l'impertinence, remarqua Dante.

— Il ne me connaît pas, Dante. Je ne l'ai vu qu'une seule fois. Lui aussi me croit responsable de la mort de Glasbury, et peut-être même son instigatrice.

— Cela passera, dit Laclere. Ce genre de rumeur ne dure jamais longtemps.

C'était faux. Les gens cesseraient peut-être de parler d'elle, mais ils n'oublieraient pas. Si elle était parvenue à conserver une petite place dans la bonne société après avoir quitté Glasbury, sa mort faisait d'elle une paria.

Mais peu lui importait. Seul comptait l'homme qui croupissait dans un cachot humide et sale.

— Je veux voir Julian dès notre retour à Londres, lâcha-t-elle. Soudoyez qui vous voulez, mais faites-moi entrer à Newgate !

Un peu avant l'aube, Pénélope pénétra dans la prison de Newgate en compagnie de Charlotte et de M. Knightridge. De toute évidence, cette visite était clandestine et résultait de cadeaux et de faveurs particuliers. Combien cela avait coûté à Laclere, elle n'en avait aucune idée.

— D'ordinaire, on ne permet ces visites privées qu'avant une exécution, expliqua l'avocat.

— Vous semblez ne pas approuver notre venue ? observa Charlotte.

Malgré le voile noir qui masquait son visage et la faible lumière, Pénélope vit que sa sœur était piquée au vif. Son ton suffisait du reste à le deviner.

— Madame, j'ai vu des innocents être pendus sans avoir eu la consolation d'embrasser une dernière fois leur famille, leurs amis. Je ne regrette pas le privilège qui vous est accordé. Je trouve simplement que c'est injuste.

— Dans ce cas, faites ce qu'il faut pour que cela change, monsieur. Ma sœur est suffisamment bouleversée comme ça, elle n'a nul besoin de vos sermons.

— Ce n'était pas un sermon. Juste une remarque.

Charlotte ouvrait la bouche pour répliquer lorsque Pénélope posa la main sur son bras.

— Je me moque que vos paroles soient un sermon ou une remarque, monsieur Knightridge. Je vous suis reconnaissante d'avoir organisé cette rencontre.

Charlotte se tut, mais elle n'en pensait visiblement pas moins.

M. Knightridge leur fit traverser une affreuse salle au plafond bas, puis poussa une lourde porte qui menait à un bureau. L'homme assis derrière la table se contenta de hocher la tête. Knightridge le présenta aux visiteuses comme l'assistant du gardien de la prison.

L'homme sortit. Les minutes s'égrenèrent lentement.

— Vous le trouverez changé, les avertit Knightridge. Cela fait maintenant six jours qu'il est en prison, et cela affecte rapidement un homme.

Charlotte prit la main de sa sœur et la serra dans la sienne. Pénélope se laissa faire, mais elle ne trouvait de réconfort que dans son cœur. Ces derniers jours, son désespoir avait cédé la place à une autre émotion : la colère.

Le gardien fit entrer le prisonnier. Charlotte poussa un petit cri et Pénélope crut défaillir.

Julian était enchaîné.

Il se tenait fièrement devant elles, avec la même élégante réserve qu'il montrait dans les réceptions. Il était rasé de près, un privilège sans doute dû à un généreux pourboire. Et il se comportait comme si aucun lien ne l'entravait.

— Laissez-nous ! ordonna Knightridge au gardien.

— Je ne crois pas que…

— Le prisonnier est enchaîné, ces deux femmes sont des veuves de pairs du royaume, et je suis un gentleman. Vous n'avez aucune inquiétude à avoir. Sortez.

Le gardien s'exécuta en maugréant.

Une fois la porte close, Julian se tourna vers Pénélope.

— Vous n'auriez pas dû venir.

— Selon M. Knightridge, ma visite ne me met nullement en danger.

— C'est vrai, Hampton. Je crois que le dévouement de la comtesse envers un ami sera bien vu par la bonne société. Elle paraîtrait terriblement insensible de vous ignorer en un tel moment.

— Cela pourrait être mal interprété, s'entêta Julian. Je vous ai dit que rien ne devait...

— Ce n'est pas un notaire qui va me donner des leçons de droit criminel ! Occupez-vous de vos testaments et de vos contrats, et laissez-moi essayer de vous sauver la peau.

— J'espère que vous ne comptez pas lui sauver la peau en risquant celle de ma sœur, fit Charlotte d'un ton coupant.

M. Knightridge poussa un soupir excédé, comme s'il devait supporter le vol incessant d'un moustique autour de lui.

— Ma chère baronne, vous étiez convenue que si je vous autorisais à vous joindre à nous, vous ne vous mêleriez de rien. À l'avenir, j'exigerai que la comtesse soit accompagnée de lady Laclere.

— Vous n'avez rien *autorisé*, monsieur. Dois-je vous rappeler que...

— Je t'en prie, Charlotte, intervint Pénélope, ne gâche pas le peu de temps que je peux passer avec Julian. Si certains voient dans cette visite la preuve que je suis votre complice, Julian, ajouta-t-elle à l'adresse de ce dernier, tant pis. Tant que j'aurai la possibilité de vous voir durant cette épreuve, je viendrai.

Avec une expression de triomphe qui ne fit rien pour apaiser la colère de Charlotte, l'avocat se dirigea vers la porte.

— Madame, si vous voulez bien me suivre, peut-être pourrions-nous accorder à votre sœur quelques minutes de solitude avec M. Hampton ? Je devrais pouvoir intimider le gardien encore un moment.

Le regard qu'il lança en sortant était éloquent : l'entrevue devait être brève. Dès que la porte se fut refermée, Pénélope se jeta au cou de Julian.

— Ne vous fâchez pas, je vous en prie !

Avec ses chaînes, il ne pouvait l'enlacer, mais il déposa un baiser sur ses cheveux.

— Je suis bien trop heureux de vous voir pour me fâcher.

— Vous n'êtes pas enchaîné tout le temps, n'est-ce pas ? Je ne supporterais pas de...

— Le gardien craignait que je ne m'évade, c'est pourquoi il a jugé bon de me déguiser en forçat.

« Dieu merci ! » songea-t-elle, soulagée.

— Je sais que vous êtes innocent, Julian. Et je regrette que vous ayez imaginé cette supercherie.

— Ce n'est pas une supercherie, Pénélope. Toutes les preuves retenues contre moi sont vraies. Je n'ai rien inventé.

— Alors vous devez nier !

— Je l'ai fait, mais tout m'accable.

Et c'était tout ce qui comptait aux yeux de ses juges. Satisfaits d'avoir un meurtrier plausible, ils n'iraient pas chercher plus loin. N'était-ce pas ce qui s'était passé pour Pénélope ? Julian l'avait sauvée en leur proposant quelqu'un d'autre à sa place.

— Julian, vous ne l'avez pas tué, et moi non plus. Mais le meurtrier existe bel et bien.

— Je doute que nous soyons les seuls à savoir qui Glasbury était vraiment, Pénélope. Il doit y avoir des douzaines de personnes qui souhaitaient sa mort.

Des douzaines avaient souhaité sa mort, certes, mais pas au point de passer à l'acte.

La colère de Pénélope se transforma soudain en une froide détermination. Quelque part, un homme dormait tranquillement dans son lit pendant que Julian moisissait en prison. Le vrai meurtrier se promenait librement, en toute impunité, certain qu'un autre serait pendu à sa place. Comment pouvait-on permettre une telle injustice ?

Elle étreignit Julian plus fort encore, s'imprégnant de sa chaleur, consciente de ne pas savoir quand elle le reverrait. Mais tant que son cœur battrait, tant qu'il respirerait, elle lutterait.

Elle savait ce qu'il lui restait à faire, à présent.

L'heure de la vengeance était enfin venue.

25

— Je vous demande à toutes de m'aider, dit Pénélope.

Elle était assise dans son salon, vêtue de l'austère robe noire qu'exigeait son deuil. Le lendemain de sa visite à Newgate, elle avait décidé de regagner sa maison. Et elle avait convoqué ses plus proches amies sans attendre.

— Qu'attendez-vous de nous ? s'enquit Sophia. Nous sommes à vos ordres !

— Cela n'a rien d'agréable, je le crains. Vous refuserez peut-être.

— J'en doute, dit Fleur.

— Si vous refusez, je comprendrai, tint pourtant à préciser Pénélope. Après tout, le comte est mort. Il ne peut plus se défendre. Je n'agis ainsi que pour sauver Julian.

— Il n'aurait pu se justifier de son vivant, déclara Charlotte. Il n'a aucunement besoin d'indulgence, même mort !

Elle seule était au courant du but de cette réunion. Pénélope lui avait expliqué son projet la veille, après que Knightridge les avait quittées. La réaction de Charlotte avait été violente, et elle avait employé des termes peu dignes d'une dame de son rang.

— Je crois que cela aiderait Julian si on apprenait pour quelles raisons j'ai quitté Glasbury, expliqua Pénélope. M. Knightridge est d'accord avec moi.

Lorsque certaines de vos relations vous laisseront entendre qu'elles aimeraient en savoir plus sur ma liaison et mon histoire, vous pourriez leur rapporter des faits précis. Surtout vous, Sophia. Vous recevez des personnes très importantes.

— Si les commérages d'une duchesse peuvent vous aider, je me ferai un plaisir de colporter tout ce que vous voudrez ! Dites-moi seulement ce que je dois raconter.

C'était la partie la plus difficile. Cela l'avait aidée de se confier à Charlotte, mais tout de même, décrire ces scènes horribles, admettre sa lâcheté vis-à-vis de Cléo, cela n'allait pas de soi. L'idée que le monde sache ce qu'elle avait vécu lui répugnait.

Cependant, il s'agissait de ses amies. Elle n'avait pas à craindre leurs réactions. Et si cela pouvait aider Julian…

— Durant la première année de mon mariage, je me suis rendu compte que Glasbury attendait d'une épouse des choses qui ne sont ni normales ni respectables, commença-t-elle.

Elle leur en révéla plus qu'elle n'avait osé le faire avec Julian. Un quart d'heure durant, elle raconta des faits dont le seul souvenir la faisait encore trembler.

Dès la troisième phrase, Fleur parut transformée en statue de sel. Sophia semblait en état de choc et Diane au bord des larmes. Quant à Bianca, elle affichait un visage de marbre.

Pénélope n'eut pas à formuler ses doutes à propos du prétendu suicide de Cléo car, visiblement, ses amies en étaient arrivées à la même conclusion. Bianca ne se gêna d'ailleurs pas pour faire remarquer que cette mort avait eu lieu au moment précis où le comte avait exigé que sa femme revienne vivre sous son toit.

Charlotte observa leurs réactions avec un mélange de satisfaction et d'indignation.

— C'est un miracle que tu ne l'aies pas tué, Pénélope !

Bianca tapota pensivement le damas du sofa sur lequel elle était assise.

— Si cela se sait, nombreux sont ceux qui penseront que Julian aurait dû le tuer. J'imagine que M. Knightridge a anticipé cette réaction.

— Je le crois, en effet, dit Pénélope.

— Il y aura donc deux procès. L'un dans la salle du tribunal, l'autre dans les salons et les cafés de Londres, dit Fleur. D'après mon expérience, le second peut avoir une énorme influence sur le premier.

— Est-ce M. Knightridge qui a songé à lever le voile sur Glasbury, Pénélope ? s'enquit Diane. Si c'est le cas, c'est une idée brillante qui prouve qu'il a tout compris de l'humanité.

— L'idée vient de Pénélope, répondit Charlotte. Quant à l'intelligence de Knightridge, elle est malheureusement ternie par son incroyable arrogance, si vous voulez mon avis.

Bianca eut un petit rire amusé.

— Et si l'on ne vous le demande pas, vous nous le donnerez tout de même !

— Est-ce que vous ferez ce que je vous demande ? risqua Pénélope. C'est une histoire tellement sordide et horrible, je suis désolée de…

— Bien sûr que nous le ferons ! s'exclama Bianca. Chacune à sa façon. Nous n'aurons pas besoin de donner les détails. On imaginera sans peine ce que nous taisons. Je pense que certains soupçonnaient déjà le comte d'avoir des goûts peu respectables. Ils se rappelleront leurs soupçons et se soucieront peu de discrétion.

Pénélope baissa les yeux.

— Je ressens quelque appréhension, je dois l'avouer.

— Vous vous êtes sacrifiée pendant des années pour que rien ne transpire de tout cela, dit Diane. Vous avez protégé sa réputation, et à quel prix ! Après ce que vous nous avez dit de la façon dont il a traité cette enfant, je me moque bien que son nom soit traîné dans la boue.

— Nous allons raconter ce qui s'est passé, avec ou sans ta permission, décréta Charlotte. En tout cas, moi, je vais le faire.

— Redresse le menton, Pénélope, murmura Laclere en aidant sa sœur à descendre de la voiture à Hyde Park.

Elle lissa sa robe de taffetas noir et obéit. Déjà des têtes se tournaient dans sa direction. Une voiture ralentit en passant devant eux afin que ses occupants la regardent.

Dante lui offrit le bras tandis que Laclere se tenait de l'autre côté. La brise légère fit voltiger le ruban du chapeau de la jeune femme.

Cela faisait seulement deux jours qu'elle avait convoqué ses amies, mais celles-ci s'étaient apparemment acquittées de leur tâche avec diligence.

En tout cas, ses frères étaient au courant. Ils n'avaient pas eu besoin de le lui dire. Dès qu'on mentionnait le nom de Glasbury, leurs yeux jetaient des éclairs.

— J'ai l'habitude de faire l'objet de commérages, murmura-t-elle, mais d'être aussi ouvertement célèbre est un peu déconcertant…

Elle n'avait jamais eu l'intention de se cacher, maintenant que le voile était levé sur les pratiques de Glasbury. Si ses frères n'étaient pas venus, elle les aurait envoyés chercher.

— Adrian est parti pour Blackburn, expliqua Laclere. Sophia lui a raconté comment le comte t'avait fait enlever, et il veut essayer de ramener Jones à Londres.

— Je doute que Jones avoue avoir tué Cléo.

— Au moins, Adrian pourra apporter la preuve que c'est toi qui as été enlevée, et sur ordre du comte.

— Cela peut se retourner contre Julian ! protesta Pénélope. Le juge peut voir là un motif supplémentaire pour avoir tué Glasbury.

— Nous laisserons Knightridge décider de l'opportunité d'utiliser ou non ce témoignage. Si son acte peut s'expliquer par la volonté de défendre une femme en danger, cela vaut la peine d'essayer.

— Iras-tu au procès, Pénélope ? demanda Dante.

La date avait été affichée. Julian serait jugé dans deux jours.

— Bien sûr. Nous affronterons cette épreuve ensemble, Julian et moi.

La foule commençait à remplir les rues autour du tribunal. Des colporteurs profitaient de l'aubaine pour vendre leurs journaux.

Lorsque la voiture de Dante s'arrêta, un jeune garçon se précipita pour lui proposer une feuille relatant le crime. La réaction de Dante fut si glaciale que l'enfant rougit et s'éloigna sans demander son reste.

Pénélope descendit à son tour. Si personne n'avait reconnu la voiture de son frère, sa tenue de deuil la désigna aux passants, qui affluèrent en masse.

— Dépêchons-nous ! ordonna Dante en lui prenant le bras pour se hâter vers le bâtiment.

La salle d'audience était pleine à craquer et l'arrivée de la jeune femme provoqua une grande agitation. Pénélope regarda ces visages curieux tournés vers elle. Mue par une impulsion, elle releva son voile et le fixa sur le bord de son chapeau.

— Qu'ils me regardent ! dit-elle à son frère. Je m'en moque.

Dante avait envoyé des domestiques réserver des sièges. Il se fraya un chemin dans la foule, Pénélope toujours accrochée à son bras, et parvint enfin à leurs places. Peu à peu, les autres domestiques se levèrent pour laisser leurs sièges à Laclere, Bianca et Fleur, les Saint-John et Charlotte.

Un léger brouhaha se fit entendre derrière eux. Se retournant, Pénélope vit la foule s'ouvrir devant une petite femme au port de reine, vêtue d'une superbe robe de soie verte sur laquelle était drapé un châle jaune. Elle portait un chapeau aux couleurs flamboyantes, orné de deux longues plumes.

La duchesse d'Everdon était venue en personne et faisait tout pour que personne ne l'ignore. Elle s'assit près de Pénélope.

— Croyez-vous que les journalistes m'accuseront d'être trop bien habillée pour un procès ? chuchota-t-elle.

— Certainement pas ! Votre goût est beaucoup trop sûr.

Le sourire de Sophia était dubitatif.

— J'ai pensé leur offrir un petit spectacle vestimentaire. Et avec ce chapeau, Julian nous verra de loin. Avant son départ pour Blackburn, Adrian m'a demandé expressément de m'asseoir près de vous.

Le vrai spectacle tenait surtout au fait qu'une duchesse soit présente à un procès. Les regards méprisants et les chuchotements n'avaient pas affecté Pénélope, en revanche, la gentillesse de ses amis la bouleversait.

— Aucun accusé ne peut avoir de soutien plus impressionnant, murmura-t-elle.

— Je pense qu'on nous a surpassés dans quelques cas de trahison, déclara Sophia. Ah, on dirait qu'ils vont commencer. Courage ! ajouta-t-elle en pressant la main de Pénélope.

Pénélope devait admettre que M. Knightridge avait une présence incroyable. Comparé à lui, le juge paraissait vieux et ratatiné. L'esprit vif et le discours chargé d'insinuations, il interrogea les témoins de façon à distraire la foule et à révéler les ambiguïtés de leurs témoignages.

Julian semblait indifférent à son sort, à tel point que son attitude pouvait passer pour arrogante et détachée. Il fit une déclaration tellement sobre et dénuée d'émotion qu'un murmure désapprobateur parcourut l'assistance.

Pénélope avait la gorge nouée. Comme il devait souffrir d'être exposé ainsi aux yeux de tous tel un phénomène de foire ! Mais il ne se défendait pas assez. Et lorsqu'il proclama son innocence, ce fut d'une voix dure et sèche qui semblait un aveu de culpabilité.

Elle savait pourquoi il agissait ainsi. Il ne voulait pas que la justice cherche un autre coupable. Il ne voulait pas que les soupçons se portent sur elle.

Il l'avait vue dès qu'il était entré, mais ensuite il n'avait pas regardé une seule fois dans sa direction. Elle afficha une expression stoïque alors que son cœur saignait de le voir accuser de la sorte. À mesure que les preuves s'accumulaient, elle avait l'impression qu'on l'arrachait lentement à elle.

Le procureur se dirigea vers Julian. Il tenait plusieurs feuillets à la main.

— Vous haïssiez le comte, n'est-ce pas, monsieur ? En fait, vous souhaitiez sa mort. Ce document est écrit de votre main. Vous y projetez de tuer Glasbury, et ce n'est pas la première fois. Laissez-moi vous lire ceci.

On aurait dit qu'il s'agissait du journal intime de Julian. Ce dernier y révélait ouvertement sa haine du comte et comment il souhaitait le tuer.

Un murmure indigné monta de la salle. Affolée, Pénélope parcourut les visages du regard. Ces gens voyaient Julian comme un criminel. Ses écrits le faisaient apparaître comme un monstre à leurs yeux.

Même les amis de Pénélope semblaient étonnés par le caractère tempétueux de ces confidences. Laclere, surtout, était devenu gris, comme s'il savait que ces pages condamnaient Julian à la potence.

Satisfait de l'effet produit, le procureur laissa la place à Knightridge.

Celui-ci se leva, l'air préoccupé. Il tendit la main afin que le procureur lui remette les lettres de Julian.

— Mesdames et messieurs, ces confidences sont datées, commença l'avocat. L'encre utilisée est la même pour les dates que pour le reste des lettres, ce qui nous permet d'assurer qu'elles ont été datées le jour même où elles ont été écrites. Deux d'entre elles ont été rédigées il y a dix ans, et une autre il y a cinq ans. Et... attendez ! Celle-ci est... pardonnez-moi, l'encre est un peu effacée... oui, on dirait que c'est la première d'entre elles. Elle a été rédigée il y a quinze ans.

Il s'interrompit pour balayer l'auditoire du regard, puis se tourna vers Julian.

— Monsieur, pour un homme ayant le dessein de tuer, on peut dire que vous prenez votre temps !

Des rires fusèrent.

Julian lui-même ne put s'empêcher de sourire.

— Si on doit m'accuser de lenteur, à présent, murmura-t-il.

— Ce n'est plus de la lenteur, remarqua Knightridge, c'est de la préméditation d'escargot !

Cette fois, ce fut un éclat de rire général.

— En fait, reprit Knightridge d'une voix tonitruante en agitant les feuilles, ces prétendus projets d'assassinat sont de simples exutoires ! Ces mots sont ceux d'un homme en colère. D'un homme en proie à une rage impuissante. Selon moi, ils servent à calmer un esprit torturé par un secret atroce que l'honneur et la morale interdisent de porter sur la place publique. Tout notre théâtre est construit sur cette vérité fondamentale. La vérité, voilà ce qui nourrit ces lettres.

Une vérité insupportable… qu'il faut lire entre les lignes. Monsieur Hampton, je ne crois pas que vous ayez dit à ce jury tout ce qu'il y a à savoir dans cette affaire.

Julian garda le silence.

— L'honneur vous en empêche, reprit Knightridge. Je vais pourtant vous poser quelques questions, mais rassurez-vous, vous pourrez y répondre sans causer de tort à personne. Vous êtes depuis longtemps le notaire de la famille Laclere, n'est-ce pas ?

— En effet.

— Lorsque la comtesse de Glasbury s'est séparée de son mari, est-elle venue vous demander conseil ?

Julian ne répondit pas.

— Votre silence est éloquent. Donc, elle est venue vous trouver. Nous pouvons supposer qu'elle vous a confié la raison d'une démarche qui allait durement affecter sa position dans la société et son train de vie. Et nous pouvons également supposer, monsieur Hampton, que durant toutes ces années vous étiez au courant de… disons de particularités concernant son mariage que tout le monde ignore.

Un murmure balaya la salle d'audience, et Pénélope sentit tous les regards converger vers elle. Knightridge mentait, bien sûr. Tout le monde était au courant des pratiques de Glasbury, à présent, et l'avocat le savait.

Mais pas Julian. Il fusilla Knightridge du regard.

— Vous faites beaucoup de suppositions, monsieur.

— C'est possible. Il est possible aussi que le seul fait de savoir qu'une femme honnête est maltraitée ne suffise pas à justifier toutes ces… élucubrations sur la mort du comte.

L'air profondément songeur, Knightridge s'avança vers le jury. Passant près de la table du procureur, il s'arrêta un instant et inclina la tête.

— Ma foi, vous avez là une pile de feuilles impressionnante ! s'exclama-t-il, surpris. Tout cela a été écrit par M. Hampton ? Ce sont d'autres projets d'assassinat ?

À la consternation de son adversaire, Knightridge s'empara d'une liasse de feuillets et retourna à la barre. Avec un geste théâtral, il les feuilleta et les parcourut du regard.

— Eh bien... Vraiment... Ça, par exemple... Je pense que le jury doit être tenu au courant de ces écrits. Oui, dans l'intérêt de la justice, j'ai le regret de dire qu'il faut lire ces documents. Ils révèlent beaucoup du caractère de l'accusé, et peut-être même de ses intentions.

— De quoi s'agit-il ? murmura Sophia.

— Je n'en ai aucune idée, répondit Pénélope.

— S'il est au *regret* de les lire, pourquoi ne pas les ignorer, tout simplement ? Il est supposé l'aider et non l'accabler !

La voix de l'avocat les interrompit. Ce qu'il lisait était une belle lettre d'amour d'un homme à une femme que le destin lui refusait.

Pénélope l'écoutait sans quitter Julian des yeux. Elle se le remémorait, jeune et plein de promesses, l'imaginait à sa table en train d'écrire ces mots passionnés.

Elle ignorait qu'il était amoureux en secret, alors. Cette jeune fille l'avait-elle blessé ? Était-ce pour cela qu'il ne s'était jamais marié ?

Knightridge termina la lettre, puis regarda Julian. Ce dernier détourna les yeux, et le cœur de Pénélope se serra. Comme ces révélations devaient être douloureuses pour un homme aussi discret !

Knightridge saisit une autre lettre dans un silence quasi religieux

Le 21 janvier 1822. Mon incomparable bien-aimée...

C'était une autre lettre d'amour, toujours aussi lyrique, mais parcourue d'amertume. Pénélope écoutait attentivement. Soudain, elle retint son souffle.

Avait-elle bien entendu ? *À la différence de la femme légendaire dont vous portez le nom, votre mari n'est pas Ulysse et ne mérite pas la loyauté éternelle de son épouse.*

Elle ne fut pas seule à comprendre l'allusion. La salle s'agita, des exclamations retentirent.

Nombreux étaient ceux qui savaient que l'épouse du héros grec de l'Antiquité, Ulysse, se nommait Pénélope.

La lettre s'adressait à *elle*.

Pénélope fixait Julian avec stupeur. Comme s'il l'avait senti, il tourna la tête et plongea son regard dans le sien.

Knightridge lut d'autres lettres, des poèmes aussi. Tous exprimaient un amour passionné et désintéressé, et le regret de Julian que son amour ne soit pas partagé. Il célébrait sa beauté, sa grâce, sa perfection. Parfois, il s'abandonnait à la rage d'un homme prisonnier d'un amour sans espoir.

Pénélope avait l'impression de flotter dans un brouillard. Elle entendait vaguement les réactions autour d'elle et prenait peu à peu conscience que toute la salle avait reconnu en elle la bien-aimée de Julian.

Mais cela lui importait peu.

Les yeux rivés à ceux de Julian, elle écoutait Knightridge lire d'autres lettres, d'autres poèmes, et c'était comme si Julian lui révélait les secrets de son cœur. À elle, et à elle seule.

26

— J'ai été magnifique, si vous voulez mon avis, déclara Knightridge en refermant la porte derrière lui.

Il s'y adossa, empêchant ainsi les gardes qui attendaient dehors pour reconduire Julian à sa cellule d'entrer.

Ce dernier avait croisé les bras et fixait l'avocat d'un air peu amène.

— Étiez-vous vraiment obligé de *tout* lire, Knightridge ?

— Évidemment ! Les hommes étaient fascinés, les femmes pleuraient. Vous les avez entendus rugir lorsque le juge a tenté de m'interrompre ? De plus, en lisant l'intégralité de vos lettres, j'ai réussi à repousser l'issue du procès à demain matin.

— Le procureur a eu la courtoisie de ne lire que des extraits, même si c'était pour prouver mes intentions criminelles. Mais vous, mon défenseur, vous vous êtes senti tenu de déballer publiquement ma vie privée !

— Vous savez fort bien que les procès criminels ne sont pas qu'une question de loi. Ce sont aussi des spectacles. Il y a une petite chance de vous sauver la mise malgré votre minable performance comme personnage principal. Vous ne pourriez pas vous en réjouir davantage ?

— Vous n'avez fait que couvrir d'embarras la femme que j'aime.

— Elle ne m'a pas paru le moins du monde embarrassée. D'ailleurs, Laclere va l'amener ici d'un instant à l'autre, et vous pourrez le lui demander vous-même. Du moins, si j'arrive à retenir les gardes assez longtemps.

Julian n'était pas certain de vouloir demander quoi que ce soit à Pénélope. Il ne savait même pas quoi lui dire. Knightridge avait raison. Elle n'avait pas eu l'air gênée. Juste stupéfaite.

— Pourquoi tenez-vous à ce que le procès se prolonge jusqu'à demain ?

— Ne réservez pas votre imagination pour vos seuls poèmes d'amour, mon vieux ! À propos, vous écrivez fort bien, félicitations. Je veux que la rumeur se répande, que toute la ville soit au courant. Les dames de qualité, les pairs du royaume, les marchands et leurs filles, les filles de cuisine et les mendiants. Si j'ai raison, et j'ai rarement tort, demain, la foule exigera votre acquittement.

— Magnifique. Et quand on me pendra, tous les habitants de Londres me porteront un toast avant d'aller vaquer à leurs occupations.

— Cela m'étonnerait qu'on vous pende ! Entre la preuve de votre chaste et fidèle amour, et ce que tout le monde sait à présent de la façon dont Glasbury la maltraitait, je…

— Quoi ? Tout le monde sait ?

Knightridge s'immobilisa, puis risqua un sourire prudent.

— Hum, oui… il est vrai que vous n'êtes pas encore au courant…. Je voulais vous en parler, mais…

— Éclairez-moi tout de suite, je vous prie.

— Eh bien, les pratiques de Glasbury ne sont plus un secret pour personne.

— Voilà donc pourquoi vous y avez fait allusion pendant le procès. Si jamais je m'en sors, Knightridge, il se pourrait que je sois pendu pour vous avoir tué *vous* !

— C'était l'idée de la comtesse, je vous le jure. Elle est venue me trouver et m'a demandé si révéler la vérité sur les mœurs de Glasbury vous aiderait. J'étais à cent lieues d'imaginer la noirceur de ces pratiques. Si vous voulez vous en prendre à quelqu'un, prenez-vous-en à elle, pas à moi.

— Mais vous êtes bien content qu'elle ait jeté son histoire en pâture à la foule !

— Cela a tout changé, Hampton. Lorsque vous êtes entré en prison, vous étiez considéré comme une fripouille ayant lâchement assassiné son rival. Depuis que j'ai lu vos lettres et vos poèmes, vous êtes un héros, un preux chevalier. C'était très courageux de sa part. La plupart des femmes que je connais auraient préféré vous voir vous balancer au bout d'une corde plutôt que d'avouer de telles horreurs.

Julian ferma les yeux pour contenir sa colère. Pénélope continuait à se sacrifier pour les autres ! Elle était demeurée mariée à ce monstre pendant des années plutôt que de révéler la vérité à la face du monde et voilà qu'elle levait le voile pour le sauver.

Il se la rappelait dans la salle d'audience alors que Knightridge lisait ses poèmes. Elle paraissait tellement surprise, tellement incrédule. Point de colère sur son visage, non, juste une immense perplexité.

Il entendit des éclats de voix derrière la porte et reconnut le ton autoritaire de Laclere. Quelques secondes plus tard, ce dernier entra, suivi de Pénélope et de Bianca, et referma la porte au nez de deux gardes.

— Nous n'avons pas beaucoup de temps ! lança-t-il. Et ils exigent que Knightridge reste avec nous.

Pénélope ne semblait pas ennuyée par ce manque d'intimité, aussi Julian s'efforça-t-il de contrôler sa colère. Bon sang, le lendemain, les journaux imprimeraient ses lettres ! La présence de quelques personnes dans cette pièce n'était rien comparé à cela.

Laclere, Bianca et Knightridge se réunirent dans un coin sous prétexte de discuter entre eux et Julian se retrouva face à face avec Pénélope.

Elle ne semblait plus ni surprise ni perplexe. Son regard était lumineux.

Elle s'empara de la main de Julian et l'embrassa.

— Julian, on ne m'a jamais fait un aussi grand honneur, murmura-t-elle. Aucune femme n'a reçu un aussi bel hommage.

Soudain, il oublia tout. Le procès, les lettres, les personnes présentes à deux pas… Plus rien ne comptait que la douceur de la main de Pénélope dans la sienne.

— Je ne me suis jamais doutée de rien, avoua-t-elle. Vous n'avez jamais rien dit. Mais, bien sûr, vous êtes un homme d'honneur, vous ne vouliez pas me compromettre.

— J'ai souvent regretté mon sens de l'honneur. J'ai bien failli le mettre de côte. Seul le tort que cela vous causerait m'en a empêché.

— J'ai été tellement stupide, mon amour. Et pas seulement par le passé. Vous m'avez tout dit à Hampstead, et je n'ai pas compris.

— Je ne m'attendais pas que vous compreniez. J'avais juste besoin de vous le dire avant que nous nous séparions.

Elle leva vers lui un regard ardent. Elle était si belle…

Il l'attira contre lui, et elle se blottit dans ses bras.

— J'ai écouté M. Knightridge lire vos lettres en vous imaginant au fil des années. Depuis l'enfance, vous n'avez cessé de me protéger… J'ai été tellement stupide, Julian. Tellement aveugle ! Je vous en prie, dites-moi que je n'ai pas gâché le meilleur de notre amour. Dans certaines de vos lettres vous paraissez si… furieux, comme si vous me haïssiez.

Glissant le doigt sous le menton de la jeune femme, il la força à lever le visage vers lui et l'embrassa.

— Je ne vous ai jamais haïe. Je n'étais pas en colère contre vous, mais contre l'enfer auquel mon cœur me condamnait. La colère passait toujours, et je n'ai jamais regretté de vous aimer. Si j'étais mort sans jamais vous avoir touchée ni embrassée, je n'aurais pas pensé avoir gâché cet amour.

Elle tressaillit en entendant le mot « mort » et son visage s'assombrit. Puis une farouche détermination se peignit sur ses traits.

— Je suis heureuse que vous m'ayez embrassée. Nous recommencerons souvent. Je le sais dans mon cœur.

Il l'embrassa de nouveau. Longuement. Tendrement. Lorsqu'il la tenait ainsi contre lui, il avait foi en l'avenir et oubliait le danger.

Une toux discrète les ramena sur terre. Pénélope tourna la tête et Julian leva les yeux. Quelqu'un tapait du poing contre la porte. Laclere s'approcha d'eux avec un sourire d'excuse.

Ils avaient tout entendu, bien sûr. Cela se voyait à leur expression volontairement neutre. Mais Julian s'en moquait. Il s'écarta doucement de Pénélope, dont les yeux s'emplirent de larmes.

— Je vous aime, Julian, chuchota-t-elle.

Il lui sourit.

— Rappelez-vous que mon amour est toujours avec vous, chérie, même quand je ne suis pas là.

Rappelez-vous que mon amour est toujours avec vous, chérie, même quand je ne suis pas là. Pénélope se répéta la phrase de Julian dans la voiture qui la ramenait chez elle. Elle se la répétait encore dans la bibliothèque où elle était assise avec Charlotte.

Le regard de Julian était si triste lorsqu'elle était partie, comme s'il pensait ne plus jamais la revoir. À l'évidence, il s'attendait à être condamné. Et cela, elle ne pouvait l'accepter. Elle se leva précipitamment.

— Charlotte, je te remercie de m'avoir tenu compagnie, mais il faut que tu t'en ailles. Je dois sortir.

— Tu ne peux pas, tu es en deuil !

— Je ne vais pas à une réception, voyons. Je vais chez Glasbury. Jusqu'à ce que son neveu rentre de la Jamaïque, c'est toujours ma maison, légalement.

— Pénélope, cela ne fera que raviver de mauvais souvenirs ! Que cherches-tu ?

— Je veux voir la pièce où il est mort. Je dois parler aux domestiques.

— Ma chérie, M. Knightridge les a déjà interrogés. Ils n'ont pu donner aucune information susceptible d'aider Julian. Knightridge est peut-être suffisant mais je n'ai aucun doute quant à sa capacité à interroger les gens.

— Justement. Si je les interroge, moi, ce sera différent. Je suis la comtesse de Glasbury, même si j'ai refusé de l'être durant des années. Pour l'instant, ce sont *mes* gens, comprends-tu ?

— Dans ce cas, je t'accompagne. Il n'est pas question de te laisser seule en compagnie de ce hideux fantôme !

27

La voiture de Pénélope s'arrêta devant l'opulente demeure de Grosvenor Square. La jeune femme contempla un instant la façade où quelques fenêtres brillaient dans la nuit. À ses côtés, Charlotte se taisait.

Elle n'avait pas pénétré dans cette maison depuis qu'elle avait quitté Glasbury.

— C'est cette maison que j'ai abandonnée lorsque je suis partie, expliqua-t-elle. J'avais vingt et un ans. Le comte m'a surveillée jusqu'à la dernière seconde. Il ne m'avait autorisée à emporter que ce que j'avais apporté avec moi quand je me suis mariée. Je n'avais pas d'argent. J'ai laissé les bijoux et les vêtements qu'il m'avait offerts.

— Il voulait que tu souffres. Il pensait que tu reviendrais lorsque tu en aurais assez d'être pauvre.

— S'il l'avait fallu, je serais partie avec seulement ce que j'avais sur le dos. Je ne voulais rien de ce qu'il m'avait donné. Et cela, il ne l'a jamais compris.

Le valet de pied vint les aider à descendre de la voiture. Pénélope se dirigea vers la porte, mais une fois sur le seuil, elle ne put s'empêcher de se retourner. Elle se rappelait exactement ce qu'elle avait ressenti ce jour-là.

Il pleuvait, mais le soleil avait illuminé son cœur. Sa soudaine liberté lui donnait le vertige, elle avait eu l'impression de quitter les ténèbres.

Elle avait presque couru pour rejoindre la voiture qui devait l'emmener à Laclere Park. Julian l'attendait près de la portière. Il devait l'escorter pour expliquer à ses frères le pourquoi de sa décision en en révélant le moins possible.

— Nous étions si jeunes, Charlotte ! murmura-t-elle. Julian a pris un gros risque en prenant ma défense contre Glasbury. Je ne l'avais pas compris, à l'époque.

Charlotte tira la sonnette près de la porte.

Un domestique noir en perruque et livrée vint ouvrir. Pénélope le reconnut aussitôt. Il s'inclina devant elle, puis s'effaça. Visiblement, lui aussi l'avait reconnue.

— Je suis heureuse de vous revoir, César, dit-elle en pénétrant dans le hall.

César et son frère Marcus servaient le comte depuis des années.

— Merci, madame la comtesse, répondit-il en prenant son manteau ainsi que celui de Charlotte.

— Savez-vous quand le nouveau comte arrivera en Angleterre ? s'enquit-elle.

— Nous n'avons reçu aucune nouvelle de lui jusqu'à présent, madame la comtesse.

César s'exprimait avec la même déférence que d'ordinaire. Son visage était sans expression et ses yeux ne révélaient rien. Cette neutralité n'était pas rare chez les domestiques, mais chez César et les autres Jamaïcains, elle était particulièrement marquée. Comme s'ils avaient su que le regard était le miroir de l'âme et qu'ils le voilaient délibérément pour dissimuler leurs émotions.

— Je ne resterai ici que quelques heures, expliqua Pénélope. Avant que je parte, j'aurais besoin de vous parler. Mais pour l'instant, dites-moi qui je connais dans cette maison. Votre frère est ici ?

— Non, madame la comtesse. Mon frère a trouvé une autre situation en ville. En dehors de moi, je crois que madame ne connaît que la cuisinière.

— Julia ? Où est-elle ?

— En bas, madame la comtesse. Monsieur le comte l'a fait venir du Wiltshire il y a quelques années, lorsqu'il a commencé à passer plus de temps à Londres.

— Il faut que je la voie. Inutile de l'envoyer chercher, je vais la trouver moi-même, ajouta-t-elle en se dirigeant vers l'escalier de service.

Charlotte lui emboîta le pas et la tira par la manche.

— Est-ce l'un des esclaves dont tu parlais ? chuchota-t-elle. Comme Cléo ?

— Oui, mais César et son frère ne semblaient pas souffrir beaucoup de la situation. Ils étaient très dévoués à Glasbury et semblaient accepter leur sort. C'étaient sans doute les seuls en qui Anthony avait confiance. Il les emmenait partout avec lui, tandis que les autres restaient dans le Wiltshire.

— Dans ce cas, ils savaient sûrement que la loi anglaise faisait d'eux des hommes libres et non plus des esclaves.

— Lorsqu'il a négocié mon départ, Julian a obligé Glasbury à dire à tous les Jamaïcains que l'esclavage n'était pas reconnu en Angleterre. Mais avant cela, à moins que d'autres domestiques n'en aient parlé devant eux, comment l'auraient-ils su ?

— Si j'étais esclave et que je sente l'odeur de la liberté, je t'assure que je chercherais plus loin ! déclara Charlotte.

— Apparemment, ils ont choisi de rester à son service. Le comte avait donné certains privilèges à César et à Marcus, et ils avaient une certaine autorité sur les autres qu'ils n'auraient pas eue au service d'un autre maître. Peut-être que cela rendait leurs chaînes moins lourdes.

— Crois-tu que César savait, pour Cléo ?

— Comme tous ceux qui vivaient dans le manoir du Wiltshire, je le crains.

— Quels lâches !

Pénélope s'arrêta et regarda sa sœur.

— Moi aussi j'ai été lâche, Charlotte. Tu ne sais pas ce que c'est que la peur. Elle vous brise toute volonté. Tu ne peux pas comprendre, et je prie le ciel pour que cela ne t'arrive jamais.

Lorsqu'elles entrèrent dans l'office, deux jeunes servantes récuraient des marmites dans un coin. Une vieille mulâtresse était assise près de l'âtre, les yeux clos mais le dos bien droit. Des mèches blanches s'échappaient du foulard rouge qu'elle avait noué sur sa tête et elle tenait son tablier replié sur sa robe de drap brun.

— Julia ?

La vieille femme ouvrit les yeux et se tourna lentement vers Pénélope. Puis elle fit un signe aux deux servantes qui posèrent leurs marmites sur la table et sortirent sans un mot.

Julia se leva avec peine.

— Je vous en prie, restez assise ! Je vais m'asseoir près de vous, ajouta Pénélope en s'emparant d'un tabouret.

La vieille cuisinière affichait la même expression indéchiffrable que César. Et que Cléo, autrefois. Les esclaves apprenaient de bonne heure à dissimuler leurs pensées. Leur survie en dépendait.

Pénélope lui présenta Charlotte. La cuisinière la salua poliment mais sans manifester le moindre intérêt.

— Maintenant qu'il est mort, vous pouvez revenir, madame, fit Julia avec une étonnante franchise. Jusqu'à ce que le nouveau maître arrive, évidemment.

À son ton, il était évident qu'elle ne s'attendait pas que ce nouveau maître soit meilleur que l'ancien.

— Je ne suis là que pour régler quelques questions.

— Et quelles questions, madame ?

— Sur les circonstances de sa mort, d'abord. On m'a dit que les domestiques n'ont rien vu et ne savent rien. Je ne crois pas que ce soit possible.

Julia se frotta la joue.

— Tout le monde dormait, madame.

— Son valet sait sûrement qui lui a rendu visite.

— Des fois, le maître recevait des gens qu'il ne voulait pas qu'on voie. Ce soir-là, il avait envoyé son valet se coucher.

— Qui s'est occupé de lui au coucher ? Je doute que Glasbury se soit déshabillé seul, question de principe.

Julia ne répondit pas tout de suite.

— César se serait occupé de lui, normalement, mais il est parti se coucher avant qu'aucun visiteur arrive.

Pénélope scruta longuement la vieille femme, cherchant à découvrir la vérité dans son regard sans expression.

— Julia, je suis aussi venue vous dire que Cléo est morte. Je l'ai appris le mois dernier.

Julia tourna les yeux vers l'âtre.

— Dans ce cas, elle est au paradis, madame. C'est mieux qu'ici, et elle est en compagnie du Seigneur.

Elle prit un tisonnier et se pencha pour remuer le charbon. Comme les braises s'embrasaient, elles éclairèrent son visage, et Pénélope tressaillit. Julia paraissait contente. Profondément contente.

— Elle sait quelque chose, j'en suis certaine, déclara Pénélope lorsqu'elle fut seule avec Charlotte dans l'appartement de Glasbury.

— Sa mort ne lui fait ni chaud ni froid, c'est évident. Je dois dire que je la comprends.

Pénélope balaya la chambre à coucher du regard. La décoration datait du siècle passé. Glasbury ne l'avait pas autorisée à changer quoi que ce soit. Il ne tolérait d'autre goût que le sien.

Elle regarda le lit, la banquette, le tapis. C'étaient les mêmes qu'autrefois, mais elle n'avait plus peur. Elle se détourna et surprit le regard soucieux de Charlotte qui l'observait.

— C'était une autre époque, et j'étais une autre femme, déclara Pénélope en se dirigeant vers la pièce qui abritait la garde-robe du comte. Ne crains rien, je ne vais pas m'effondrer.

Le cabinet de toilette était aussi grand que la chambre, et contenait des divans et des fauteuils, placés entre les penderies et les commodes. La pièce avait été aménagée du temps où l'on recevait dans son cabinet de toilette.

Pénélope vit immédiatement que tout avait été nettoyé et rangé avec soin. Il ne restait aucune trace de la nuit du meurtre. Elle parcourut tout de même la pièce, cherchant un indice quelconque susceptible de la mettre sur une piste.

— Et si c'étaient les domestiques ? hasarda Charlotte. Ils auraient pu empoisonner son dîner. Le poison n'était peut-être pas dans le vin qu'il a bu plus tard.

— Pourquoi avoir attendu toutes ces années pour l'éliminer ? De toute façon, il ne fait aucun doute qu'il a eu un visiteur, ce qui joue contre Julian. On a retrouvé deux verres, tu te rappelles ? Glasbury n'aurait jamais bu avec un domestique. Il y avait quelqu'un d'autre avec lui.

— Quelqu'un qui n'admettra jamais être venu, selon moi ! Si le comte a reçu cette personne en secret, c'est qu'il y avait une bonne raison.

— Une raison qui empêche cet homme de s'identifier, même s'il n'a pas tué le comte.

— Probablement, dit Charlotte en ouvrant nonchalamment un tiroir de la table de toilette. J'imagine qu'on a fouillé la maison pour retrouver des lettres ou des notes.

— M. Knightridge s'en est occupé.

— Bien sûr.

Charlotte se dirigea vers la grande penderie du fond, ouvrit les portes et examina les vêtements du comte. Elle poussa de côté plusieurs vestes d'intérieur, puis se figea un instant avant de les remettre hâtivement en place.

Son geste n'échappa pas à Pénélope.

— Que se passe-t-il, Charlotte, tu es toute pâle ?

Elle s'approcha de la penderie, tandis que sa sœur lissait les étoffes d'un air gêné.

— Ce n'est rien, je t'assure.

Pénélope repoussa les vêtements et découvrit les fouets suspendus à la paroi du fond, ainsi que les cordes et tout l'attirail de Glasbury.

— Apparemment, Knightridge n'a pas fouillé les placards, commenta Charlotte.

— Il ne cherchait pas ce genre de choses.

Pénélope referma les portes de la penderie.

— Je crois savoir qui était avec lui cette nuit-là, murmura-t-elle. Glasbury n'a pas abandonné ses jeux malsains après mon départ et celui de Cléo. Il recevait des femmes ici, tu comprends ? Des prostituées, avec qui il pouvait tout se permettre.

Charlotte prit une profonde inspiration.

— Écoute, Pénélope, commença-t-elle, après que j'ai parlé des pratiques du comte, j'ai appris qu'il ne se contentait pas des femmes... C'est peut-être un homme qui est venu ce soir-là, et pas forcément un homme qui se prostituait.

Pénélope avait prié sa sœur de l'attendre au salon tandis qu'elle recevait César dans la bibliothèque.

L'homme était impressionnant dans sa livrée. Grand, les épaules larges, le dos droit. Si le comte interprétait l'attitude du valet comme déférente et soumise, Pénélope quant à elle avait toujours vu en lui un être fier.

Quel âge pouvait-il avoir ? Quarante ans ? Cinquante ? Avait-il des cheveux gris, sous sa perruque ? Les gens des îles ne paraissaient pas leur âge, à la différence des Anglais. Et si Julia paraissait vieille, à présent, c'est qu'elle devait être vraiment très, très âgée.

— Je n'ai pas l'intention de vous poser des questions, parce que je sais que vous n'y répondrez pas, dit Pénélope sans préambule.

— Comme vous voudrez, madame la comtesse.

— Je vous demande d'écouter très attentivement ce que j'ai à vous dire. Je crois savoir qui est venu voir le comte cette nuit-là. Peut-être que vous vous taisez par peur d'être accusé de complicité. Ou peut-être cherchez-vous à protéger la réputation de Glasbury pour plaire à son héritier. Quelles que soient vos raisons, je pense que Julia et vous, et peut-être d'autres, savez ce qui s'est passé mais que vous refusez de le dire.

— Nous n'avons pas menti, madame.

— Mais vous n'avez pas non plus dit toute la vérité, répliqua-t-elle en s'avançant vers lui. Un homme est accusé d'avoir tué le comte et il est innocent. M. Hampton n'est pour rien dans sa mort, vous le savez parfaitement. Seriez-vous donc prêt à le laisser pendre ?

À en juger par l'attitude impassible de César, qu'un Anglais meure lui importait peu.

— Vous vous souvenez de Cléo, César ?

Le masque se fissura. Oh, cela ne dura qu'une fraction de seconde !

— C'est Julian Hampton qui l'a arrachée des griffes du comte, reprit-elle. Le saviez-vous ? Il l'a conduite en lieu sûr. Il a veillé à ce que le comte ne se permette plus ce genre de choses avec une domestique. Il a aussi obligé mon mari à vous dire à tous que vous étiez libres depuis que vous aviez posé le pied en Angleterre. C'est grâce à lui que votre sort à tous a changé. Grâce à M. Hampton. Il a emmené Cléo chez une dame qui s'est occupée d'elle et il a payé sa pension durant toutes ces années. L'homme que vous laisseriez pendre a veillé sur Cléo et s'est soucié de votre liberté à tous alors que personne d'autre ne l'avait fait.

César détourna les yeux.

Cet homme savait quelque chose qui pourrait sauver Julian, comprit-elle aussitôt. Un mot de lui, et tout danger serait écarté.

— Vous devez empêcher qu'on le pende, César. Faites-le de façon à vous protéger. Ne révélez qu'une partie de la vérité si vous le souhaitez, mais vous devez aller voir M. Knightridge et lui raconter ce qui s'est passé cette nuit-là.

Il posa de nouveau les yeux sur elle, sans un mot.

Pénélope se sentait impuissante à l'atteindre, et cela la rendait folle. Elle aurait voulu crier ou pleurer. César détenait la clé de l'énigme et elle ne pouvait s'en emparer. Par fierté, par haine ou par peur, César et Julia resteraient indifférents à ses supplications.

Si Julian était condamné, elle ne se le pardonnerait jamais. Et elle ne le pardonnerait jamais à l'homme qui se tenait devant elle non plus.

Livide, tremblante de colère et d'humiliation, elle se dirigea vers la porte.

— Si M. Hampton est pendu parce que vous n'avez rien dit, je n'aurai pas une seconde de repos tant que je n'aurai pas découvert la vérité. Toute la vérité ! Et j'y parviendrai, César, faites-moi confiance !

28

Le lendemain matin, aux abords du tribunal, les colporteurs vendaient déjà le récit des extraordinaires révélations de la veille. Certains avaient même imprimé plusieurs lettres et poèmes de Julian dans leur intégralité.

Dans la salle d'audience, les spectateurs paraissaient surexcités. Ils avaient tous à la main les journaux qui reflétaient la sympathie que ressentaient les Londoniens pour le prisonnier romantique.

Sophia entra en compagnie de son mari. Adrian Burchard était revenu à Londres la veille au soir avec une lettre de Jones dans laquelle ce dernier avouait avoir enlevé la comtesse de Glasbury sur ordre du comte. La nouvelle s'était répandue comme une traînée de poudre.

— L'opinion générale est que Julian devrait être accusé de meurtre, mais pas d'assassinat, murmura Sophia à l'oreille de Pénélope. Je suis allée à une réception, hier, et les dames présentes soutenaient la thèse selon laquelle il n'avait fait que défendre une femme en péril.

Adrian se pencha vers elle et chuchota sur le ton de la confidence :

— La plupart des membres de mon club affirment qu'un vaurien mérite la mort, quel que soit son titre.

En dépit de ces nouvelles rassurantes, Pénélope se sentait oppressée. Elle doutait que l'opinion publique ait une quelconque influence sur la sentence. Un pair du royaume avait été assassiné et il leur fallait un coupable.

Dire que ceux qui pouvaient sauver Julian se terraient dans la maison de Glasbury ! Cela la rendait folle. Elle avait passé la nuit à chercher quels arguments ou quelles promesses pourraient décider César à parler. Mais l'aube s'était levée sans qu'elle ait trouvé de solution, et à présent, elle luttait contre la peur qui lui étreignait le cœur.

Le juge arriva en même temps que le jury. Puis on fit entrer Julian, et le procureur s'installa.

L'avocat de la défense demeurait invisible.

— M. Knightridge doit être épuisé par sa lecture d'hier, ironisa le juge. Comme c'est dommage !

Et il ouvrit la séance sans attendre.

Il ne restait plus qu'à résumer les faits, et le procureur s'en chargea. Knightridge n'aurait pu s'opposer à cette procédure, aussi son absence ne nuisait-elle pas à Julian. Pour l'instant.

Mais la terreur de Pénélope croissait à chaque seconde. Pourquoi diable Knightridge n'était-il pas là ?

Tandis que le procureur égrenait les faits, un murmure parcourut la salle, s'enfla jusqu'à devenir une clameur, le forçant à s'interrompre.

Le juge exigea en vain le silence. Puis fronça les sourcils tandis que Knightridge s'avançait en bousculant les fonctionnaires de police.

— Monsieur le juge, déclara l'avocat, je sollicite votre indulgence. J'ai été retardé par un cas de force majeure.

— Vous ne nous avez nullement manqué, monsieur Knightridge. Vous vous croyez peut-être indispensable, mais nous pouvons très bien terminer ce procès sans votre aide.

— Je n'en doute pas, monsieur le juge. Mais nous n'en sommes pas là. Une personne est venue me trouver, ce matin, et m'a communiqué une information capitale que je dois porter devant la cour.

— Nous disposons déjà de toutes les informations nécessaires, grommela le juge.

Knightridge parut tour à tour vexé, blessé, puis perplexe.

— Monsieur le juge, vous refuseriez un témoignage sous serment qui pourrait apporter un nouvel éclairage sur ce crime ? Si vous exigez des précédents avant de l'autoriser, je peux vous citer quelques cas de jurisprudence.

Le juge lui décocha un regard peu amène, auquel Knightridge répondit par une expression mi-hautaine, mi-innocente.

Ce fut l'auditoire qui trancha. Des cris s'élevèrent dans la salle, exigeant d'entendre ce nouveau témoignage. Bientôt, ce fut un vrai tintamarre.

Devant choisir entre exercer ses prérogatives ou céder devant la menace d'une émeute, le juge opta pour la seconde solution.

Knightridge se tourna alors vers la porte et fit un signe. Tous les regards convergèrent vers la femme qui entra alors.

— Grands dieux ! La señora Perez ! murmura Sophia, incrédule.

Stupéfaite, Pénélope regarda la belle Vénézuélienne descendre l'allée centrale pour rejoindre la barre. Elle portait une sage robe de soie ivoire qui mettait en valeur sa peau mate. Son chapeau aussi était très modeste. Seul son long châle de soie bleue orné d'un motif vert était exotique. Il semblait couler sur ses épaules comme de l'eau, soulignant ses courbes splendides.

La lumière tombant de la fenêtre illuminait son visage et Pénélope en eut le souffle coupé. Dans la pénombre du théâtre, l'autre soir, elle n'avait pu voir à quel point sa beauté était exceptionnelle.

— Madame, détenez-vous une quelconque information concernant ce crime ? l'interrogea le juge, visiblement sceptique.

— J'ai une information importante à communiquer, mais je ne sais rien sur ce crime.

— Dans ce cas, vous nous faites perdre notre temps et…

Elle l'interrompit.

— Je sais simplement que M. Hampton ne pouvait pas se trouver avec le comte, cette nuit-là, puisqu'il était avec moi.

Pénélope retint un cri, de même que Sophia, Dante et la plupart des personnes présentes.

Durant quelques secondes, le silence fut absolu. Puis des murmures parcoururent la salle, semblables aux prémices d'une tempête.

Pénélope fixait la femme debout à la barre. Il y avait quelque chose dans son expression… dans son comportement…

— Vraiment, madame ? fit le juge. Êtes-vous en train de nous dire que vous êtes la maîtresse de M. Hampton ? On se demande combien il en faut à ce monsieur !

Le juge semblait ravi de son trait d'esprit. Mais cela ne fit rire personne.

— M. Hampton n'est pas mon amant, monsieur le juge. À ma demande expresse, il était venu me donner un conseil. Mon mari était sur le point de faire un investissement qui me préoccupait beaucoup, car il risquait de nous ruiner. J'ai demandé à M. Hampton de passer quand Raoul serait absent. Je souhaitais le consulter sans que mon mari en sache rien. Il est arrivé à minuit et est reparti deux heures plus tard.

— Et vous êtes satisfaite de son… conseil ? s'enquit le juge avec un sourire entendu.

Personne dans l'assistance ne releva l'ironie. Le drame qui se jouait était autrement plus important que les insinuations fielleuses du juge.

La señora Perez ignora l'allusion, offrant l'attitude digne d'une femme vertueuse incapable de comprendre de telles choses.

— Son conseil s'est révélé très utile, en effet. J'ai pu convaincre mon mari de renoncer à cet investissement.

— Pourquoi n'êtes-vous pas venue plus tôt ? intervint le procureur d'un ton sec. Ce témoignage me semble très suspect. Il se pourrait que M. Hampton soit votre amant, et que vous tentiez de le sauver.

— Je me suis tue jusqu'ici, parce que je craignais que mon mari ne se méprenne sur la nature de mon rendez-vous avec M. Hampton. Mais conscient de ma détresse grandissante, Raoul m'a pressée de questions. C'est lui qui m'a priée d'aller trouver M. Knightridge, ajouta-t-elle en baissant les yeux telle une épouse soumise.

— Votre mari a cru à l'innocence de ce rendez-vous nocturne ?

— Ma femme de chambre et un domestique étaient présents dans le salon où j'ai reçu M. Hampton. Jamais je ne resterai seule en présence d'un homme. Dans le pays d'où je viens, les dames ne se comportent pas ainsi.

Elle leva vers le juge de grands yeux innocents.

— Si vous désirez interroger mes domestiques, ajouta-t-elle, ils confirmeront mes dires.

— Je n'en doute pas ! lança le procureur d'un ton exaspéré.

— Je ne pense pas que ce nouveau témoignage soit d'une grande importance, déclara le juge en se tournant vers le jury. Quelqu'un a tué le comte de Glasbury, et le récit tardif de cette femme ne nous dit pas qui l'a tué ou ne l'a pas tué.

Julian semblait s'être changé en statue de marbre. Pénélope comprit la raison de sa colère. Si le jury croyait l'histoire de la señora Perez, il serait innocenté et les soupçons retomberaient sur quelqu'un d'autre. Elle-même, en l'occurrence !

— Si je puis me permettre, commença Knightridge très poliment.

— Nous vous avons assez entendu, monsieur, répliqua le juge.

— J'insiste. Cette dame vient de nous dire qui n'a pas tué le comte, et j'ai peut-être une idée de qui l'a fait.

La foule semblait médusée. Julian fronça les sourcils.

Knightridge poursuivit un ton plus bas, comme s'il s'adressait au juge en confidence. Néanmoins, la plupart des spectateurs, dont Pénélope, l'entendirent fort bien.

— Très tôt ce matin, je suis retourné en compagnie de policiers chez le comte de Glasbury. J'avais en effet appris qu'une fouille plus approfondie de la chambre à coucher du maître de maison pourrait se révéler intéressante.

Il s'arrêta et regarda l'auditoire avant de décocher un coup d'œil interrogateur au juge. Tout le monde comprit que les révélations promettaient d'être scabreuses.

Impuissant, le juge le foudroya du regard.

— Continuez, marmonna-t-il.

— Eh bien, dans sa penderie, caché derrière des vêtements, nous avons trouvé certains... hum.... accessoires qui laissent à penser que ses visiteurs nocturnes venaient pour... euh... disons qu'ils ou elles venaient parce que le comte avait sollicité leurs services pour, justement, être à son service, si vous me permettez l'expression.

Il paraissait sincèrement embarrassé d'avoir à révéler de pareilles informations à une assemblée d'honnêtes gens.

Le juge s'empourpra, gêne et colère mêlées.

— La police a ces objets en sa possession, monsieur le juge. Vous souhaitez peut-être qu'on les apporte, afin de vous assurer de leur nature...

— Ce ne sera pas nécessaire, monsieur Knigthridge.

— Non ? Dans ce cas, pouvons-nous convenir que l'existence de ces « objets » indique qu'il faut rechercher l'assassin du comte dans des sphères moins distinguées ?

— Quel talent ! souffla Sophia.

Le juge arborait l'expression d'un homme acculé. Knightridge en profita pour porter l'estocade.

— Pouvons-nous convenir que le témoignage de Mme Perez innocente M. Hampton, et que la personne qui a rendu visite au comte est inconnue de la police et n'a aucun rapport avec M. Hampton ?

Personne ne se méprenait sur l'importance de ces questions. Des cris d'approbation montèrent de la salle. Le juge gonfla les joues tel un chat en colère, puis hocha finalement la tête en signe d'assentiment.

La salle explosa de joie.

Indifférente au brouhaha, Pénélope fixait Julian. Elle aurait voulu se jeter dans ses bras et pleurer de soulagement. Lui aussi la regardait, et il y avait tant d'espoir et de promesses dans ses yeux qu'elle en fut bouleversée.

Il l'aimait depuis toujours, l'avait attendue. À présent, c'était à elle d'aller à lui…

29

— Tu as parlé de la penderie à M. Knightridge, n'est-ce pas ? demanda Pénélope.

Elle se tenait avec Charlotte devant le tribunal et attendait Julian. La foule s'était dispersée, mais il restait encore quelques badauds.

Le juge avait recommandé au jury de voter l'acquittement, et ce dernier l'avait suivi. Il y avait quelques formalités à accomplir avant de libérer Julian, mais celui-ci ne devrait plus tarder à sortir.

Pénélope bouillait d'impatience.

— Évidemment, répliqua Charlotte. Lorsqu'ils ont fouillé la maison, la première fois, ils ne cherchaient pas de preuves de la vie intime de Glasbury. Tes révélations sont venues après. Tout le monde étant désormais au courant de ce qu'il t'imposait, j'ai compris qu'une allusion de Knigthridge aux pratiques du comte suffirait pour que le jury se jette sur une autre piste.

— Tu es aussi brillante que lui, Charlotte. Admets qu'il a été parfait. Il a mené le juge par le bout du nez.

— J'imagine que les juges doivent le détester autant que moi s'il les fait toujours passer pour des imbéciles lorsqu'il gagne, riposta Charlotte avec un petit rire méprisant.

La porte s'ouvrit sur l'avocat.

— Le voilà ! Sois aimable avec lui, Charlotte, murmura Pénélope. Il mérite des félicitations.

— Sans toi et moi, et sans la señora Perez, il aurait échoué. Quelle surprise, d'ailleurs, qu'elle ait rejoint notre camp. Tout ce que je peux dire, c'est que je rends grâce à Dieu qu'elle ait un mari aussi compréhensif et honorable.

Pénélope avait beaucoup à dire sur le sujet, et à la señora Perez. Mais cela pouvait attendre.

Aujourd'hui, elle voulait se réjouir.

Enfin, Julian franchit le seuil du tribunal derrière Knightridge, et Pénélope, éperdue de bonheur, ne vit plus que lui.

Il s'arrêta un instant, contempla le ciel. Puis il ferma les yeux, comme s'il ressentait une puissante émotion.

Lorsqu'il les rouvrit, il était redevenu le M. Hampton d'autrefois. Maître de lui. Distant. Mystérieux.

Jusqu'à ce qu'il la voie.

Son regard devint de braise, révélant la passion ardente qui l'habitait. Elle vit aussi la peur qu'il avait combattue en prison alors qu'il se préparait à être pendu, et l'ivresse que lui procurait la fin de ce cauchemar. Jamais encore elle n'avait compris à quel point il était prêt à tout pour la protéger, même au prix de sa propre vie !

Ignorant Knightridge, qui lui parlait, et sans prêter attention aux regards curieux des badauds, Julian s'avança vers elle, les bras grands ouverts.

Elle courut s'y jeter.

Elle l'emmena chez elle et il n'eut pas la force de refuser.

Tout était allé si vite. Il n'arrivait pas encore à croire au tour inattendu qu'avaient pris les événements. Il était dans un état de stupeur et de bonheur qui lui donnait le vertige. Et plus épuisé qu'il ne l'avait imaginé.

Pénélope prit les choses en main. Elle ordonna qu'on lui prépare un bain, puis lui versa un verre de cognac avant de s'en servir un.

— Promettez-moi de n'en rien dire à personne, fit-elle, mais moi aussi, je crois que j'ai besoin d'un petit remontant.

L'alcool redonna un peu de couleur aux joues pâles de Julian. Assise sur le divan, Pénélope rayonnait littéralement.

— Je n'ai jamais rendu la moindre visite à la señora Perez, commença-t-il. Et encore moins cette nuit-là.

— Je sais.

— J'ignore pourquoi elle a fait ça. Elle ne me doit rien, encore moins un mensonge sous serment.

— Elle est peut-être amoureuse de vous et ne supportait pas l'idée que vous soyez pendu.

Pénélope posa son verre, se leva et s'approcha de lui.

— Quelles que soient ses raisons, je lui suis reconnaissante puisque vous êtes libre. Nous irons la remercier demain. Pour l'heure, venez avec moi, ajouta-t-elle en lui prenant la main avant de l'entraîner hors de la pièce.

— Où allons-nous ?

— Là où je vais pouvoir m'occuper de vous. Inutile de refuser ou de m'expliquer que ce ne serait pas convenable. Ma réputation est faite, à présent, et je peux tout me permettre !

— C'est l'un des avantages du scandale, n'est-ce pas ?

— Hé oui !

Elle le conduisit à sa chambre, ce qui n'était vraiment pas convenable, en effet, surtout en plein jour et sans même prendre la peine de se cacher des domestiques.

Il lui ferait la morale le lendemain. Aujourd'hui, il n'avait envie d'obéir à aucune règle.

La baignoire était installée devant la cheminée, sur une toile cirée qui protégeait le tapis.

— Mon cabinet de toilette n'est pas assez grand. J'ai pensé que vous aimeriez vous débarrasser des miasmes de cette horrible semaine.

Il sentait encore sur lui l'odeur de la prison, et elle aussi, probablement. Il doutait qu'un bain suffise à chasser totalement cette puanteur. Elle demeurerait dans un coin de son esprit, avec la misère et le désespoir qui suintaient de ce lieu.

Il s'assit. Alors qu'il ôtait ses bottes, il entendit le bruit de la clé dans la serrure. Tournant la tête, il vit que Pénélope n'était pas sortie. Elle avait juste verrouillé la porte.

Elle le rejoignit. Se tenant debout derrière son siège, elle glissa les mains sur ses épaules.

— J'ai dit que j'allais m'occuper de vous, murmura-t-elle. Vous pensiez donc que c'était comme une mère ?

— J'espérais bien que ce qui m'attendait ici serait plus qu'un simple bain.

— Oui, beaucoup plus…

Elle fit glisser la veste de ses épaules et l'en débarrassa. Puis elle dénoua sa cravate.

Enivré, il ferma les yeux et appuya la tête contre sa poitrine, luttant contre le désir impérieux qui s'était emparé de lui. Elle sourit et défit les boutons de son gilet.

Chacun de ses gestes attisait son désir. Soudain, le bain lui paraissait moins urgent qu'à son arrivée.

Elle déboutonna tranquillement sa chemise et en écarta les pans. Il leva soudain les yeux vers elle et croisa son regard ; une lueur sensuelle y brillait.

Elle rougit.

— Il faudrait que vous vous leviez, souffla-t-elle.

Julian obéit en silence, s'abandonnant au vertige de ce voluptueux déshabillage. Et tandis qu'elle se concentrait sur les boutons de son pantalon, il admira la ligne gracieuse de son cou, la courbe de ses épaules.

La main de Pénélope effleurait sans cesse son sexe en érection.

La jeune femme s'empourpra de nouveau.

— Avez-vous besoin d'aide, Pénélope ?

— Non, j'y arriverai.

Mais elle semblait plus résolue que convaincue.

— Cela fait des jours que je rêve de votre retour, ce ne sont pas quelques boutons qui vont m'arrêter, poursuivit-elle.

Enfin, elle parvint au bout de sa tâche. Elle fit une pause.

— Vous ne voulez vraiment pas que je vous aide ?

— Vous pourriez m'embrasser, répondit-elle en riant. Cela m'aiderait énormément. C'est plus difficile que je ne l'imaginais. Je pensais être une vraie séductrice, mais je me sens gauche et stupide.

Il glissa la main derrière la nuque de la jeune femme et l'attira à lui.

— Vous êtes infiniment séduisante.

Et pour le lui prouver, il l'embrassa avec fougue. Il aurait voulu la dévorer de baisers, caresser son corps magnifique, et il lui fallut faire un gros effort de volonté pour ne pas la soulever dans ses bras et la porter sur le lit.

Il s'écarta en souriant. Les yeux brillants de désir, Pénélope déposa une pluie de baisers sur son cou, ses épaules, lui arrachant des frissons de volupté.

— Si vous voulez prendre un bain, murmura-t-elle d'une voix rauque en reculant, c'est maintenant ou jamais.

Elle s'agenouilla pour l'aider à se dévêtir tout à fait. Il la contemplait, ému. C'était un geste d'autant plus touchant qu'elle était fille de vicomte et veuve d'un pair du royaume. Elle ne s'était sans doute jamais agenouillée devant quiconque de son plein gré, hormis le roi.

Il posa la main sur ses cheveux soyeux.

— Vous m'honorez, madame.

Elle leva vers lui des yeux embués de larmes, puis tourna la tête pour déposer un baiser sur sa cuisse. Elle remonta doucement vers l'aine, puis plus haut encore, et il crut mourir de plaisir.

Lui tendant la main, il l'aida à se relever, puis il s'approcha de la baignoire et s'y installa.

— L'eau est assez chaude ? s'enquit-elle.

— Si elle ne l'était pas, la température de mon corps suffirait à la réchauffer...

Il commença à se laver.

Pénélope savait-elle ce que son dernier baiser impliquait ? se demanda-t-il tandis qu'elle s'agenouillait près de la baignoire pour l'aider.

— Vous allez mouiller votre robe.

— Je ne pense pas qu'un peu d'eau et de savon va l'abîmer.

— Inutile de prendre ce risque, répliqua-t-il en plongeant la main dans l'eau pour la rincer.

Puis il se redressa et entreprit de défaire les agrafes qui fermaient sa robe.

— Si vous voulez continuer vos manœuvres de séduction, Pénélope, je ne vois qu'une solution : il faut enlever votre robe !

Elle se tourna pour lui faciliter la tâche. Peu après, il désigna la chaise.

— Si vous ôtez vos vêtements et les déposez là-bas, reprit-il d'une voix rauque, ils ne risqueront pas d'être mouillés.

Et il pourrait la regarder, songea-t-elle en laissant choir sa robe sur le sol. Elle alla la porter sur la chaise, puis se débarrassa de son jupon. Avec un sourire sensuel, elle ôta son corset.

— J'aime la façon dont vous me regardez, Julian. Je me sens très séduisante, en effet... Voyons si je peux aussi être dévastatrice... Ne bougez pas avant que j'aie terminé.

— Croyez-moi, j'en suis bien incapable !

Avec une lenteur délibérée, elle fit glisser sa chemise sur ses épaules, révélant sa gorge laiteuse, sa taille fine, puis le triangle brun entre ses cuisses de déesse. Elle était entièrement nue, à présent, à l'exception de ses bas blancs. Julian contempla cette image parfaite de la féminité, pâle, douce, infiniment désirable.

Les yeux rivés sur lui, Pénélope s'avança vers la baignoire, vision d'une incroyable sensualité. Dès qu'elle fut à portée de main, il lui saisit le poignet, la forçant à se pencher vers lui, et s'empara de sa bouche avec avidité. Elle répondit à son baiser presque timidement, comme si c'était le premier, puis se laissa emporter par son ardeur. Tandis qu'elle prenait appui au bord de la baignoire, il lâcha ses lèvres pour s'intéresser aux tendres rondeurs de sa gorge.

Il taquina la pointe d'un sein de ses dents tandis que sa main caressait l'autre, guettant avec délice les gémissements qui s'échappaient des lèvres de Pénélope. Il poursuivit ses caresses, sachant désormais ce qui lui plaisait.

— C'est si bon, souffla-t-elle. La nuit, je me rappelais comment nous faisions l'amour, et je ne pouvais plus dormir.

Elle prit son visage entre ses mains et l'embrassa.

— Julian, je voudrais que vous ne cessiez jamais ces caresses, mais j'ai promis de m'occuper de vous, aujourd'hui, vous vous souvenez ?

Elle se redressa sans cesser de le regarder.

— Et je n'ai pas fini de me déshabiller, ajouta-t-elle en posant le pied sur le rebord de la baignoire.

Lentement, elle roula son bas le long de sa jambe. Julian dut lutter pour rester impassible. Il lui entoura les hanches du bras et déposa un baiser sur son flanc, sur sa cuisse, en proie à un désir indicible.

Changeant de jambe, elle se tourna légèrement au creux de son bras pour garder l'équilibre. Cette position l'exposait de façon plus intime encore et il serra les dents pour se contrôler.

Soudain, il se rendit compte que les mains de Pénélope s'étaient immobilisées. Levant les yeux, il vit à son expression qu'elle avait clairement vu où il regardait.

— Vous êtes dévastatrice, Pénélope, murmura-t-il.

— Moins que vous, mon amour. En ce moment, votre regard me procure de délicieux frissons.

Elle baissa les yeux vers la toison bouclée qui dissimulait son intimité.

— Vous voulez m'embrasser là ?

— Oui. Cela vous choque ?

— Un peu. Je n'ai jamais rien fait de tel auparavant, avoua-t-elle en se mordant la lèvre inférieure, ce qui la fit paraître soudain très jeune et innocente. Julian, j'aimerais faire avec vous des choses que je n'ai jamais faites avec personne.

Il fit glisser le bas le long de la jambe de Pénélope, tentant de se calmer par la même occasion. Puis il se dressa dans l'eau et sortit de la baignoire. Sans prendre la peine de se sécher, il souleva la jeune femme dans ses bras et la porta jusqu'au lit.

Il s'étendit près d'elle, s'appuya sur le coude pour l'admirer, avant de la caresser doucement, s'émerveillant de la douceur de sa peau.

Elle l'enlaça et l'attira à elle. C'était la première fois qu'ils s'étreignaient ainsi depuis Hampstead, et un sentiment poignant, exquis, submergea Julian.

Mais déjà Pénélope reprenait l'initiative. Elle le fit basculer sur le dos et l'embrassa passionnément avant de couvrir son corps de baisers, le mordillant, le caressant, le hissant au sommet de la volupté. Son désir d'elle se fit plus pressant, mais une autre faim le tenaillait, qu'il voulait apaiser d'abord.

Il fit rouler Pénélope sur le dos et s'agenouilla entre ses cuisses. Le regard embrumé de désir, elle le contemplait entre ses paupières à demi closes.

Il s'inclina sur elle, posa les lèvres sur son ventre et ses cuisses, puis se redressa.

— Je n'ai jamais fait ça avec personne, Pénélope, chuchota-t-il en lui caressant les cuisses.

— Tant mieux... J'en suis heureuse.

Alors il embrassa les replis intimes, ébloui, assoiffé, tel un homme qui découvre la source même du désir. Les boucles soyeuses lui livraient leur secret voluptueux. D'instinct, Pénélope s'ouvrit davantage à ses caresses, et ses gémissements se transformèrent bientôt en cris. Julian éprouvait un plaisir primitif à goûter à cette chair odorante, à la fouailler de la langue.

Il se laissait guider par les gémissements de Pénélope, ne songeait plus qu'à la combler. Et sa jouissance vint comme un raz-de-marée, l'entraînant lui aussi dans ses ondes puissantes.

Puis il se coula contre elle et lui souleva les hanches pour s'insinuer enfin entre les plis délicieux qu'il avait embrassés jusqu'au vertige.

Elle l'accueillit de tout son être, tremblant et vibrant autour de lui. Il fouillait maintenant son corps avec passion, et elle s'arc-boutait, partageant avec lui la fureur sublime qui les menait inexorablement vers le même cataclysme.

Pénélope se réveilla aux premières lueurs de l'aube. Flottant dans un demi-sommeil, elle écouta le souffle régulier de Julian, savourant le contact de son torse tiède sous sa joue.

Il y avait eu beaucoup de premières fois avec Julian, et leur audace de la veille inaugurait une nouvelle liberté dans leur relation.

Cela la rendait humble de savoir qu'il l'aimait depuis si longtemps et n'en avait jamais soufflé mot. D'autres à sa place auraient sans doute envoyé ces lettres, ou l'auraient poursuivie de leurs ardeurs. Certains auraient peut-être joué les poètes malades d'amour dans les cercles littéraires, tandis que quelques-uns auraient crié leur désespoir à la face du monde.

Julian, lui, s'était tu, et son amour digne et silencieux était mille fois plus romantique.

Il aurait certainement avoué ses sentiments si elle n'avait pas été mariée. Mais il s'en était abstenu pour la protéger.

Un rayon de soleil se posa sur le visage de Julian, qui resserra instinctivement son étreinte, comme s'il voulait s'assurer qu'elle était bien près de lui.

Elle ne bougea pas, devinant pourtant qu'il était réveillé. Soudain, il l'embrassa sur le sommet de la tête.

— Que voulez-vous faire, à présent, Pénélope ?

Elle savait qu'il ne parlait pas seulement d'aujourd'hui, mais de leur avenir. Il voulait savoir ce qu'elle comptait faire de sa liberté. Mais il était encore trop tôt pour répondre à cette question.

— Pour commencer, dit-elle, je veux remercier la femme qui vous a sauvé. Ensuite, je veux que nous allions dans votre cottage au bord de l'océan. Mais tout de suite, je veux faire l'amour dans cette lumière incroyable…

C'est ce qu'ils firent, lentement, voluptueusement. Après quoi ils envoyèrent un message demandant à Batkin, le valet de Julian, de lui faire parvenir des effets propres.

À midi, ils étaient assis dans la salle à manger, devant une tasse de café et le courrier du jour.

— Julian ! s'écria Pénélope, Catherine m'écrit de Marseille ! Elle a envoyé cette lettre avant de s'embarquer pour l'Amérique. Elle me remercie très explicitement de lui avoir permis de s'embarquer cette nuit-là.

Julian lut la lettre avec attention.

— Conservez cette lettre, Pénélope. Je suis sûr que Knightridge veillera à ce que le juge ne vous soupçonne plus de rien, mais si jamais la police avait des velléités de vous ennuyer, cela la calmera.

Une autre lettre attendait depuis deux jours dans le plateau du courrier. Reconnaissant l'écriture sur l'enveloppe, Pénélope avait préféré ne pas l'ouvrir.

— C'est de M. Rumford, le notaire de Glasbury, fit-elle en parcourant la brève missive. Il souhaite me voir, sans doute au sujet du manoir dans le Northumberland qui me revient.

— Lorsque vous vous êtes mariée, la propriété rapportait suffisamment pour bien vivre à la campagne.

En tant que notaire des Laclere, il avait bien sûr vu son contrat de mariage. Il devait en savoir plus qu'elle, d'ailleurs, sur les arrangements décidés à l'époque.

— Vous voulez dire que cela ne permettrait pas de vivre aussi en ville.

— Je le crains.

— Apparemment, Glasbury s'est montré généreux envers ma famille à mon détriment, observa-t-elle en posant la lettre. Ça m'est égal. Vu que je n'ai été sa femme que quelques années, je me sentirais coupable d'accepter davantage de lui.

— Je suis certain que Laclere continuera à vous aider si vous souhaitez garder votre maison de Londres.

— Je ne veux plus de l'aide de Vergil. Je suis lasse de dépendre de lui. Je ne me suis pas libérée de Glasbury pour compter sur un autre homme pour vivre.

Julian retourna à son journal.

— Dans ce cas, je ne serai pas assez stupide pour vous offrir mon aide. Sachez cependant que j'en ai les moyens, et que si jamais vous en avez besoin, elle vous est acquise.

La petite salle à manger devint soudain étrangement silencieuse. Il aurait fallu qu'ils abordent franchement le sujet, mais Pénélope ne se sentait pas prête. Elle voulait mettre un point final à son passé avant d'envisager l'avenir. Il restait notamment quelques questions sur les événements de la semaine passée qui demandait une réponse.

Comme s'il devinait ses pensées, Julian posa la *Gazette* sur la table en désignant un article.

— Il y a là un compte rendu du procès. Dans sa conclusion, l'article insinue que trop de questions demeurent sans réponses.

— Certaines personnes douteront de votre innocence ou de la mienne, tant qu'on n'aura pas découvert l'assassin, n'est-ce pas ?

— Je le crois. Mais c'est surtout moi qu'ils soupçonneront. Il faudra montrer la lettre de Catherine. Cela mettra fin aux spéculations à votre sujet.

Comme toujours, c'était tout ce qui comptait pour lui.

— Avez-vous des doutes sur mon innocence, Pénélope ? demanda Julian d'un ton calme.

La question la choqua.

— Aucun, voyons ! Et je sais que je ne suis pas coupable non plus.

— Comment pouvez-vous être aussi certaine de mon innocence ?

— Ça ne peut être vous, Julian.

— Vous avez plus confiance en moi que je n'ai confiance en moi-même. J'ai souvent voulu le tuer, vous savez.

— Mais vous n'en avez rien fait.

Vergil avait sans doute vu juste lorsqu'il lui avait dit que Julian serait prêt à tout pour la protéger. Mais comme le chevalier qu'il était dans l'âme, il aurait affronté son rival dans un combat loyal s'il avait voulu sa fin.

Julian garderait-il toujours un doute quant à la confiance qu'elle lui témoignait ? Elle espérait de tout cœur qu'il la croirait sans réserve, qu'il comprendrait qu'elle ne remettrait jamais son innocence en question. Et que cela n'avait rien à voir avec l'amour qu'elle éprouvait pour lui.

Pourquoi l'aurait-elle fait, du reste ? Après tout, depuis la veille, elle savait qui avait tué Glasbury.

30

Julian fit arrêter la voiture devant une ravissante maison de Piccadilly.

Un serviteur vint s'occuper de l'équipage et Julian accompagna Pénélope jusqu'à la porte. À l'intérieur, un autre serviteur, à la peau noire celui-ci, prit les cartes des visiteurs. Il ne portait ni livrée ni perruque, mais la ressemblance avec son frère était flagrante.

Pénélope lui tendit sa mante.

— Heureuse de vous revoir, Marcus. César m'avait dit que vous aviez trouvé une autre situation, mais j'ignorais où.

Marcus ne réagit pas, à croire qu'il était sourd. Pénélope cessa de lui prêter attention en entendant la voix de la maîtresse de maison lancer des ordres en espagnol dans l'escalier. Son ton était cinglant.

Marcus alla porter leurs cartes. Il revint peu après et les conduisit dans la bibliothèque. Les livres, sur les étagères, ressemblaient à ceux que l'on achète par lots dans les ventes aux enchères pour emplir les rayonnages des maisons de location.

La señora Perez les attendait. Cette fois, elle n'était plus vêtue d'un ivoire virginal, comme au tribunal, mais d'un violet chatoyant. Et son attitude modeste et soumise avait laissé place à sa vitalité coutumière.

Elle les accueillit avec un sourire de conspiratrice, accepta les remerciements de Julian et leur offrit du café. Tout cela très poliment, mais son regard railleur disait clairement qu'elle trouvait leur visite et leur conversation fort hypocrites.

Julian désigna une malle ouverte près du bureau.

— Vos domestiques semblent très occupés, aujourd'hui. Seriez-vous sur le point de quitter Londres ?

— En effet. Il fait trop froid pour moi, en Angleterre. L'humidité a déjà affecté ma santé. Je rentre dans mon pays, où l'hiver n'est pas si rude.

— Londres vous regrettera, dit Pénélope. J'imagine que vous reviendrez au printemps, et que nous pourrons compter sur vous pour la prochaine saison.

— Je ne sais pas encore, répondit-elle avant d'adresser un chaleureux sourire à Julian. Par conséquent, s'il y a un sujet que vous souhaitez aborder, il vaudrait mieux le faire sans attendre.

— En dehors de vous remercier de nouveau pour votre témoignage et de vous souhaiter un bon voyage, je ne crois pas avoir autre chose à vous dire, répondit Julian.

— Les Anglaises semblent très arrangeantes avec leurs amants, monsieur Hampton. Je pensais que vous étiez venu afin que je rassure la comtesse en lui expliquant que vous n'étiez pas avec moi cette nuit-là.

— Je n'ai pas besoin d'être rassurée, lâcha Pénélope. Du reste, M. Hampton est un gentleman. Il ne vous demanderait jamais d'avouer devant quelqu'un d'autre que vous êtes menteuse et parjure.

Les yeux noirs de la señora Perez lancèrent des éclairs sous l'insulte.

Nullement troublée, Pénélope but son café puis reposa sa tasse.

— Moi, en revanche, je peux parler plus librement que M. Hampton. Je vous suis peut-être encore plus reconnaissante que lui d'avoir menti. Mais je me demande ce qui vous y a poussée.

— Il était en danger. Je ne le crois pas capable d'un acte pareil. L'imaginer pendu… Non, je ne pouvais pas, ajouta-t-elle avec un haussement d'épaules.

— Vous avez beaucoup de cœur, remarqua Pénélope d'un ton ironique.

— Évidemment, renchérit Julian, en me procurant cet alibi, vous vous en procuriez aussi un. Si jamais la comtesse ou moi-même avions le moindre doute sur votre rôle dans la mort de Glasbury, nous ne pourrions en faire part à la police sans annuler le témoignage qui m'a rendu la liberté.

Pénélope regarda Julian avec étonnement. Ainsi lui aussi la soupçonnait ?

— Bien joué, madame, ajouta Julian. Excellent.

La señora Perez semblait sur le point de répliquer vertement puis elle changea soudain d'avis. Elle regarda Pénélope, puis Julian, et revint sur Pénélope, comme si elle avait compris d'où venait le danger.

— Comme votre amant vient de le dire, madame la comtesse, aborder le sujet équivaut à le renvoyer en prison.

— Vous aviez peur que je ne comprenne tout, n'est-ce pas ? C'est pourquoi vous avez témoigné. J'ai dit à César que je découvrirais la vérité si on pendait Julian. Alors vous avez veillé à ce que cela n'arrive pas.

La señora Perez hocha la tête.

— Cela m'était égal que vous découvriez la vérité. La mort de Glasbury ne vous causait aucun chagrin. Mais si votre amant mourait, vous risquiez de vouloir vous venger.

— Que voulez-vous dire ? intervint Julian. Je suis arrivé à la conclusion que vous aviez tué Glasbury par le seul fait que vous aviez témoigné en ma faveur, mais je n'ai aucune idée de votre mobile.

— Je ne reconnais pas ce crime, monsieur. J'ai seulement voulu me protéger de la comtesse au cas où elle voudrait m'en accuser.

— Et pourquoi l'aurait-elle fait ?

— Regardez-la attentivement, Julian, dit Pénélope. Les yeux, la forme du visage... Au théâtre, elle m'a tellement éblouie que je n'ai pas fait attention à ses traits. Mais dans la salle du tribunal, son attitude soumise et effacée m'a paru familière. Comme si elle dissimulait sa personnalité derrière une façade. Cela m'a rappelé César, Julia et tous les autres. C'est là l'attitude des esclaves devant leur maître.

Julian étudia leur hôtesse avec attention.

— Vous êtes apparentée à Cléo, n'est-ce pas ? poursuivit Pénélope. Vous lui ressemblez.

La señora Perez haussa les sourcils d'un air étonné.

— La dernière fois que vous l'avez vue, Cléo était très jeune. Vous ne vous souvenez sans doute pas de ses traits. D'ailleurs, il est probable que vous ne l'avez jamais regardée. C'était une esclave à votre service, rien de plus.

— Si vous savez de quand cela date, vous savez aussi qui était au service du comte quand je l'ai épousé. D'ailleurs, vous employez un de ses anciens domestiques. Et je me souviens très bien de Cléo. Son visage est gravé dans ma mémoire, et dans ma conscience.

La façade hautaine de la señora Perez se fissura, et ce fut comme si un volcan était sur le point d'entrer en éruption.

— La comtesse a-t-elle raison ? Êtes-vous apparentée à Cléo ? demanda Julian.

Leur hôtesse le dévisagea d'un œil plus noir que jamais.

— C'était ma demi-sœur.

En entendant cet aveu, Pénélope sut qu'elle avait deviné la vérité sur la mort de Glasbury.

— Il y a une vingtaine d'années, le comte est venu visiter sa plantation de la Jamaïque, reprit la señora Perez d'un ton vibrant de dégoût. Il y avait vécu du vivant de son père et avait aimé cela, car il avait le droit de vie et de mort sur ses esclaves. Personne n'était heureux de le revoir.

— Vous viviez encore là-bas ? s'enquit Pénélope.

— Je ne suis partie que plus tard. Un visiteur s'est épris de moi et m'a achetée pour une très grosse somme. Lorsqu'il est mort, je suis partie et je me suis réfugiée au Venezuela. Je me suis inventé une histoire. Dans ce pays, les gens comme moi ne sont pas rares, et j'ai été acceptée. Je suis devenue la maîtresse d'hommes influents, et j'ai fini par en trouver un qui m'a amenée ici afin que je revoie enfin ma sœur.

Elle se leva et commença à arpenter la pièce d'un pas nerveux. Sa voix était amère lorsqu'elle reprit :

— Cléo n'était qu'une enfant quand Glasbury est venu. Elle faisait partie du lot d'esclaves qu'il a décidé de ramener en Angleterre. Je croyais qu'elle y serait libre. Je savais qu'il la voulait. J'imaginais qu'elle deviendrait sa maîtresse lorsqu'elle serait plus âgée, et qu'elle aurait une meilleure vie que nous. Nous pensions tous qu'elle avait beaucoup de chance d'avoir les faveurs du maître.

— Vous ne connaissiez pas les vices du comte ?

— Non, pas avant d'arriver ici. J'ai cherché ma sœur, persuadée qu'elle vivait dans le luxe, avec des servantes pour s'occuper d'elle. Ceux qui étaient restés au service du comte m'ont tout raconté. Ils savaient qui j'étais.

— Comment avez-vous su qu'elle était morte ? s'étonna Julian. Même moi, je l'ai ignoré pendant des mois.

— C'est César qui me l'a appris. Le comte ne prenait pas assez de précautions en sa présence. Il lui était devenu tellement familier qu'il en oubliait de se méfier. Or César savait lire, et il a vu la lettre qui annonçait la mort de Cléo à Glasbury. Il a supposé que le comte l'avait fait éliminer, et c'est ce que je crois aussi.

— Alors vous avez tué Glasbury pour vous venger !

— Pour faire justice. Cela a été facile d'attirer son attention. Je savais déjà qu'il aimait les femmes à peau sombre. Je connaissais ses préférences dans *tous* les domaines.

Elle se détourna, mais Pénélope eut le temps de voir son expression de dégoût. La señora Perez avait payé le prix pour attirer Glasbury dans son piège...

— Si vous en parlez à la police, cela ne servira à rien, reprit-elle en se retournant vers eux d'un air de défi. Les domestiques de Glasbury ne me trahiront jamais. Ils sont contents qu'il ait payé pour ce qu'il a fait à ma sœur et à d'autres. Demandez-le-leur si vous ne me croyez pas. Le comte a fait disparaître des esclaves qu'il avait amenés en Angleterre et qui ont informé les autres que la loi anglaise leur accordait la liberté.

— Je suis certain qu'ils ne vous trahiront pas, fit Julian. D'autant qu'ils vous ont aidée et qu'ils sont donc vos complices. Glasbury ne s'est jamais douté de votre véritable identité ?

— Jamais. Pour lui, je n'étais qu'une esclave de plus pour la nuit, achetée avec un collier de pierres précieuses qu'il prétendait être un cadeau.

Elle baissa les yeux.

— Mais je le lui ai dit, à la fin. Après qu'il eut bu le vin. Je voulais qu'il sache la vérité avant de mourir.

— Bien sûr, dit Julian. Vous ne vouliez pas avoir fait ça pour rien.

— Vous me désapprouvez ? Vous pensez peut-être que j'aurais dû me contenter de dire des prières pour ma sœur. Ou bien que j'aurais dû aller trouver votre belle police pour lui demander de l'aide, sans la moindre preuve ?

— Rien ne justifie un meurtre, madame. Raoul est-il au courant ? Est-ce pour cela qu'il vous renvoie au Venezuela aussi vite que possible ?

— C'est moi qui ai décidé de partir. Mais oui, Raoul est au courant. C'est un homme intelligent et cultivé, monsieur Hampton. Il connaît les lois morales enseignées par les philosophes. Mais il comprend aussi qu'il y a des lois plus fortes que la morale. Si j'avais été un homme, j'aurais pu provoquer Glasbury en duel et le tuer en tout honneur. Les femmes n'ont pas ce droit-là. Soit un homme est prêt à le faire à notre place, soit nous devons nous débrouiller autrement. C'est ce que j'ai fait.

— Sans vous soucier de mettre en péril la vie d'une innocente, observa Julian d'un ton glacial. Ne me parlez pas d'honneur alors que vous envisagiez de laisser une autre payer pour votre crime. Vous ne pouviez ignorer qu'on soupçonnerait la comtesse.

La señora Perez parut chagrinée.

— Vous n'étiez pas censée être en danger, dit-elle à Pénélope. Je pensais que vous resteriez à Naples jusqu'à ce que je sois parvenue à mes fins. La police aurait conclu que la coupable était une prostituée de passage, et les choses en seraient restées là.

— Mais je n'étais pas à Naples, et vous le saviez.

— Je ne pouvais plus différer mon acte. Je n'imaginais pas qu'on soupçonnerait une comtesse, encore moins qu'on l'accuserait. J'ai toujours cru que l'aristocratie protégeait les siens, ne serait-ce que pour étouffer les scandales.

— Vous aviez tort, lâcha Julian d'un ton acerbe.

— Cela ne vous dérangeait pas non plus que M. Hampton soit en prison à votre place, souligna Pénélope.

— Je m'étais méprise sur votre rôle dans cette histoire, monsieur Hampton. Je vous dois des excuses. Je pensais que Glasbury vous avait vendu Cléo, illégalement. Je ne vous croyais pas meilleur que lui. Lorsque la comtesse a expliqué à César ce qui s'était réellement passé, j'ai décidé de tout faire pour vous innocenter.

— Et nous vous en sommes reconnaissants, assura Pénélope.

La señora lui décocha un regard perspicace. Les hommes font les lois, semblait-elle dire, mais nous, les femmes, nous savons ce qu'il en est réellement.

Julian se leva, mettant ainsi fin à l'entretien.

— Comme je l'ai dit, señora, faire part de mes soupçons à votre égard équivaudrait à détruire mon seul alibi. Si je regrettais la mort du comte, cela me poserait un grave problème moral. Dans le cas présent, je pense qu'il vaut mieux que vous quittiez le pays avant que ma conscience ne se réveille. Laissons Dieu décider si vous avez eu raison ou non de faire justice vous-même.

31

— Je parle trop, n'est-ce pas ? chuchota Pénélope en déposant un baiser sur l'oreille de Julian.

— Pas du tout. Je ne me lasse pas de vous entendre.

À vrai dire, elle n'avait cessé de parler depuis qu'ils avaient quitté Londres. Avec n'importe qui d'autre, Julian en aurait eu assez au bout d'un kilomètre, mais c'était Pénélope, et elle ne l'ennuyait jamais. Tout ce qui sortait de la bouche de sa bien-aimée lui paraissait fascinant.

— C'est parce que je suis tellement contente, Julian ! Je n'arrive pas à croire que nous allons être seuls durant quelques jours. Mais qu'allons-nous bien pouvoir faire durant tout ce temps ? ajouta-t-elle avec un rire malicieux.

— Eh bien, en premier lieu, je vais vous apprendre à cuisiner.

— À cuisiner ? Moi ?

— Sans domestiques, il faut bien que quelqu'un fasse à manger. Avec une femme à la maison, je pourrai enfin me reposer.

— Nous vivrons sans doute plus longtemps si vous vous mettez devant les fourneaux, Julian. Mais si je me montre une bonne élève, m'apprendrez-vous d'autres choses ?

— Seulement si vous promettez de manifester un grand intérêt, répondit-il avec un sourire entendu.

— Julian, j'ai l'intention d'être la meilleure des élèves, murmura-t-elle en lui mordillant l'oreille.

Comme ils apercevaient le cottage, Pénélope poussa une exclamation de joie et, se blottissant contre Julian, glissa la main sous sa veste.

— Si vous continuez, la prévint-il, j'arrête la voiture et je vous prends tout de suite, sur la route.

— Vous en seriez bien capable... Seulement, on dirait qu'un orage se prépare. Vous aimez les orages, n'est-ce pas ?

— C'est vrai. Ils me fascinent.

— Vous voulez dire que toute cette énergie, ces forces colossales qui se libèrent soudain vous impressionnent. De même que la nature est la proie du chaos, la froide rationalité de l'homme semble tout à coup balayée par des puissances primitives. C'est bien cela, n'est-ce pas, qui vous fascine ?

Devant le regard interrogateur de Julian, elle sourit.

— C'est ce que vous m'avez expliqué il y a bien longtemps. Je m'en suis souvenue une nuit, alors que vous étiez en prison, et que la pluie martelait les carreaux de ma fenêtre. J'avoue que je n'avais jamais compris ce que vous vouliez dire avant que nous fassions l'amour. Une grande passion est aussi puissante qu'un orage, n'est-ce pas ?

— Oui, si elle est partagée avec la bonne personne.

Ils parvinrent au cottage avant que l'orage n'éclate. Julian déchargea le cabriolet et prit soin des chevaux sous les rafales de vent.

Le ciel était devenu noir lorsqu'il regagna la maison. Il trouva Pénélope sur la terrasse, emmitouflée dans son manteau bleu. Il s'arrêta derrière elle et l'enlaça. Ensemble, ils contemplèrent la mer démontée dont les vagues frangées d'écume avaient pris une teinte vert sombre.

Elle avait raison. Il aimait l'orage, son énergie, les émotions que cela faisait naître en lui. La nature était tellement puissante, alors, que l'homme n'avait d'autre choix que de s'y soumettre humblement.

Pénélope s'abandonna contre lui.

— Je commence à avoir les joues en feu. Vous ne semblez pas affecté par le temps, Julian. Qu'il vente ou qu'il neige, cela ne vous arrive jamais. Ce n'est pas juste !

— J'ai toujours trouvé que vous étiez jolie avec les joues rouges.

Elle baissa les yeux sur les bras qu'il avait noués autour de sa taille.

— Ai-je tort de ne pas porter le deuil du comte en privé ? Cela me semble très hypocrite…

— Vous avez dit que vous ne porteriez plus jamais le deuil d'un homme, Pénélope. De plus, il ne le mérite pas.

— J'aurais porté le deuil pour vous, Julian. Je vous aurais pleuré jusqu'à la fin de mes jours.

Profondément touché, il ferma les yeux.

— Je voulais venir ici pour que nous fassions l'amour devant la mer, continua Pénélope. Et aussi pour que nous soyons complètement seuls. Mais j'espérais surtout que cela m'aiderait à faire un choix important, comme la dernière fois que nous étions ici. Il faut que je décide quoi faire de ma liberté, n'est-ce pas ?

— Je voudrais que vous fassiez un choix précis, Pénélope, mais je respecterai votre décision quelle qu'elle soit.

Elle pivota entre ses bras pour lui faire face.

— Quel est le choix que vous désirez, Julian ?

— Celui qui me donnera le droit de prendre soin de vous. Mais j'ai accepté la possibilité de votre refus. Vous avez attendu votre indépendance si longtemps…

— Est-ce une demande en mariage ?

— Même si j'ai perdu quelques clients, je suis toujours le notaire de familles importantes. Vous ne serez jamais dans le besoin, Pénélope. J'ai aussi des revenus provenant d'investissements heureux, et de futurs bénéfices encore plus prometteurs dans d'autres projets, notamment le projet Durham, créé par Dante et Fleur. Nous n'aurons pas le même train de vie que Laclere ou que le comte, mais vous ne serez pas obligée de regarder à la dépense.

— Je n'ai nul besoin de mener le même train de vie que mon frère. Donc, c'est bien une demande en mariage ?

— Je comprends très bien que le mariage ne vous tente guère, ma chérie. Je comprends que la notion même vous laisse de glace.

Elle éclata de rire.

— Dieu que vous êtes bavard, monsieur Hampton ! C'est vrai que le mariage en soi ne me tente guère. Je ne vois pas sous quel prétexte je me remarierai.

— Oui, bien sûr.

Le vent s'engouffra dans le long manteau de Pénélope. Elle paraissait flotter au-dessus du sol, tel un ange.

— Je ne vois aucun prétexte mais quelques bonnes raisons.

— Une raison comme celle-ci ? répliqua-t-il en l'embrassant. C'en est une, mais il y en a des milliers d'autres. La passion, l'amitié… Être amoureux, Pénélope, c'est la meilleure des raisons pour se marier, et je suis fou amoureux de vous.

— Aimer un homme digne de l'être, c'est encore une bonne raison de l'épouser. Est-ce que vous me demandez ma main, Julian ? Parce que, si c'est le cas, je suis pratiquement convaincue.

— Oui, je veux vous épouser, Pénélope, et je plaiderai ma cause aussi longtemps qu'il le faudra.

Il l'embrassa passionnément, et leurs lèvres avaient le goût de l'orage.

Elle s'écarta pour reprendre son souffle, les joues en feu.

— Je serai bien sotte de refuser de vous épouser, mon amour. Et je serai plus sotte encore de prendre le risque que vous changiez d'avis.

— Je ne changerai jamais d'avis. Je suis à vous de la façon qu'il vous plaira. Sans condition.

— Je serai fière d'être votre femme, Julian.

Il l'embrassa de nouveau, bouleversé, en proie à une immense gratitude à laquelle se mêlaient la joie et l'émerveillement.

— Je vais rentrer, à présent, murmura-t-elle. Mais vous, restez ici. Je veux que vous sachiez que vous n'avez pas à être sans cesse auprès de moi. Je ne vous demande pas de renoncer à vos silences ni à votre solitude. Je ne suis pas jalouse de ces moments d'intimité, et je ne veux pas vous les voler. Ils vous appartiennent.

Elle regagna la maison, le laissant seul devant la mer. L'orage grondait déjà. Il devinait qu'il serait bref, car une longue bande lumineuse se dessinait déjà derrière la couche sombre des nuages. La mer, en revanche, était un chaos. Les plus hautes vagues venaient s'écraser contre le mur de la terrasse, en contrebas. Il se mit à pleuvoir, de grosses gouttes d'abord, puis une averse rude et pénétrante.

C'était un bel orage qui reflétait le tumulte de son cœur comme les grandes tempêtes de sa jeunesse.

La voix de Pénélope résonnait encore à ses oreilles. Elle était avec lui, même si elle se trouvait ailleurs physiquement. Il éprouva soudain le sentiment de ne faire qu'un avec la nature. Il avait déjà ressenti cela à de rares occasions, et toujours dans une profonde tristesse. Aujourd'hui, c'étaient la joie et la beauté qui le hissaient à ce niveau de plénitude. C'était l'amour qui unissait son âme aux éléments.

— Julian !

Il fit volte-face et leva les yeux. L'une des fenêtres de sa chambre était ouverte et Pénélope se tenait dans l'embrasure, nue, les cheveux défaits. Ses boucles brunes cascadaient sur ses seins magnifiques. Elle était si belle qu'il en eut le souffle coupé.

— Je suis là-haut, Julian. Venez me chanter une chanson ou me lire un poème, preux chevalier ! Protégez-moi durant cet orage féroce.

Il se dirigea vers la tour du château. Le passé revivait. Les longues années de solitude étaient balayées par l'orage.

— J'arrive, milady.

Découvrez les prochaines nouveautés
de la collection

Aventures et Passions

Le 3 janvier

À toi jusqu'à l'aube

de Teresa Medeiros (n° 7856)

Avide d'impressionner Cecily March, la jeune fille qu'il courtise, Gabriel Fairchild rejoint la marine britannique. Il revient blessé, aveugle et aigri. La famille de Gabriel engage alors Samantha Wickersham pour le soigner. Grâce à ses reparties acérées, à son intelligence et à sa détermination, elle obtient la guérison de Gabriel : il veut vivre !

Le 3 janvier

Un mariage de convenance

de Kathleen E. Woodiwiss (n° 7857)

Promis l'un à l'autre dès l'enfance, Colton Wyndham et Adriana Sutton se retrouvent face à face, seize ans plus tard. Colton, qui s'était violemment opposé aux projets matrimoniaux de son père, se sent très attiré par la jeune beauté qui apparaît devant lui. Adriana, de son côté, n'a jamais cessé de penser au « beau chevalier » de son enfance.

Le 19 janvier

L'ange de minuit

de Lisa Kleypas (n° 4062)

Saint-Pétersbourg, 1870. Toute la ville réclame sa mort. Elle sera exécutée demain à l'aube. Coupable de meurtre. Les preuves sont accablantes, mais Tasia ne se souvient de rien. Elle parvient à s'enfuir et se fait engager comme gouvernante en Angleterre, chez lord Stokehurst, un homme habitué à régner en maître et à obtenir tout ce qu'il veut. Y compris la ravissante Tasia…

Le 19 janvier

La favorite du pharaon

de Judith E. French (n° 7862)

Kayan, prince de Bactria, apprend par le pharaon Ptolémée que l'amour de sa vie, Roxanne, a été assassinée ! Fou de douleur, il jure de se venger. En vérité, Roxanne est toujours en vie mais elle a perdu la mémoire. Devenue la concubine favorite du pharaon, elle est retenue captive. Jusqu'au jour où Kayan, à la tête d'une délégation barbare, se présente à la cour et reconnaît sa princesse…

Le 19 janvier

Les frères Malory - 1 : Passagère clandestine

de Johanna Lindsey (n° 3778)

Il lui faut absolument quitter l'Angleterre au plus vite ! Le seul navire à appareiller pour l'Amérique ne prend aucun passager, mais cherche un mousse… C'est risqué, mais Georgina n'a pas le choix. Et, à vrai dire, l'idée de jouer avec le feu la tente plutôt : elle se déguise en garçon ! Bien sûr, le capitaine James Malory n'est pas dupe. Mais avant de la démasquer, il va jouer un peu…

7826

Composition Chesteroc Ltd
Achevé d'imprimer en France (Manchecourt)
par Maury-Eurolivres
le 2 novembre 2005.
Dépôt légal novembre 2005. ISBN 2-290-34684-5

Éditions J'ai lu
87, quai Panhard-et-Levassor, 75013 Paris
Diffusion France et étranger : Flammarion